Der Palast der Liebe

JACK VANCE

Die Dämonenfürsten III:
Der Palast der Liebe

Originaltitel: *The Palace of Love*
Copyright © 1967, 2013 by Jack Vance
Originalausgabe: *The Palace of Love* – New York: Berkley, 1967
Deutsche Erstausgabe: *Der Dämonenprinz* – Heyne: München, 1969
Copyright © dieser Ausgabe 2022 by Spatterlight

Titelbild: David Russell
Übersetzung: Andreas Irle
Lektorat: Thorsten Grube, Gunther Barnewald
Übersetzung der Gedichte Navarths: Gisbert Haefs

ISBN 978-1-61947-431-4

www.spatterlight.de

KAPITEL I

Aus *Populäres Handbuch der Planeten*, 348. Auflage, 1525.

Sarkovy:
Einziger Planet von Phi Ophiuchi.
Planetarische Konstanten:

Durchmesser:..... 15.360 Kilometer
Masse:..... 1,40
Siderischer Tag:..... 37,2 Stunden
G:..... 0,98
etc.

Sarkovy ist feucht und wolkenverhangen. Da die Achse normal zur Umlaufebene steht, kennt die Welt keine Jahreszeiten.

Der Oberfläche mangelt es an physiografischen Kontrasten. Die charakteristischen Merkmale der Landschaft sind die Steppen: die Hopmansteppe, die Gorobundursteppe, die Große Schwarze Steppe und andere ... Aus der reichhaltigen Flora filtern und destillieren die berüchtigten Sarkoy-Venefizen die Gifte, für welche sie berühmt sind.

Die Bevölkerung ist zum größten Teil nomadisch, obwohl gewisse Stämme, zusammengefasst als Nachthobs bekannt, zwischen den Wäldern leben. (Für detailliertere Informationen in Bezug auf die recht erschreckenden Sitten der Sarkoy konsultieren Sie die Enzyklopädie der Soziologie und Die Sexualgewohnheiten der Sarkoy von B. A. Edgar).

Der Sarkoy-Pantheon wird beherrscht von Godogma, welcher eine Blume und einen Dreschflegel hält und auf Rädern geht. Überall in den Sarkoy-Steppen stößt man auf hohe Pfähle mit darauf angebrachten Rädern, die Godogma preisen, den schreitenden, rollenden Gott des Schicksals.

⁓

Nachrichtenbericht im *Rigellanischer Kurier*, Avente, Alphanor: *Paing, Godoland, Sarkovy; 12. Juli:*

Als müsse Claris Adam getötet werden, weil sie William Wales betrogen hat:

Als müsse Abbatram von Pamfile verflüssigt werden, weil er zu streng riecht:

Als müsse Diakon Fitzbah von Shakerstadt wegen eines Übermaßes an Eifer geopfert werden:

Heute kam von Sarkovy die Nachricht, dass Meister-Venefize Kakarsis Asm mit »der Gilde zusammenarbeiten« muss, weil er Gift verkauft hat.

Die Umstände sind natürlich nicht derart einfach. Asms Kunde, kein gewöhnlicher Mörder, war Viole Falushe, einer der »Dämonenfürsten«. Die Essenz des Verbrechens war weder »Umgang mit einem berüchtigten Kriminellen« noch »Verrat von Gildegeheimnissen«, sondern eher »Verkauf von Festpreisgiften zum Rabatt«.

Kakarsis Asm muss sterben.

Und wie? Wie wohl?

⁓

Je länger Alusz Iphigenia in der Gesellschaft von Kirth Gersen reiste, desto unsicherer war sie sich, dass sie seine Persönlichkeit verstand. Seine Stimmungen verblüfften sie, sein Benehmen war ein Quell der Befürchtungen. Die Bescheidenheit und Zurückhaltung – waren sie Inversion, brütender Zynismus? Die bedachtsame Höflichkeit – konnte sie nicht mehr sein als unheimliche Tarnung? Solche Fragen kamen ihr in ansteigender Häufigkeit in den Sinn, einerlei wie standhaft sie sie zurückwies.

Bei einer Gelegenheit – es war am 22. Juli 1526; sie saßen auf der Esplanade von Avente vor der Großen Rotunde – versuchte Gersen, die scheinbaren Widersprüche seines Charakters zu erklären.

»Da gibt es wirklich kein Geheimnis. Ich bin auf eine bestimmte Funktion hin ausgebildet worden. Das ist alles, was ich kenne. Um meine Ausbildung zu rechtfertigen, mein Leben zu erfüllen, führe ich diese Funktion aus. So einfach ist das.«

Alusz Iphigenia kannte Gersens Vergangenheit in groben Umrissen. Die fünf »Dämonenfürsten«, welche sich zum historischen Überfall auf Mount Pleasant zusammengeschlossen hatten, hatten fünftausend Männer und Frauen getötet oder versklavt. Unter der Handvoll Überlebender befanden sich Rolf Gersen und sein junger Enkel. Alusz Iphigenia machte sich klar, dass eine solche Erfahrung das Leben eines jeden verändern musste. Dennoch, sie selbst hatte ebenfalls Tragödien und Schrecken erlebt. »Ich habe mich nicht geändert«, sagte sie ernst zu Gersen. »Ich verspüre weder Zorn noch Hass.«

»Mein Großvater verspürte den Zorn und den Hass«, entgegnete Gersen in einem ziemlich schnippischen Ton. »Soweit es mich betrifft, ist der Hass abstrakt.«

Alusz Iphigenia wurde noch unruhiger. »Sind Sie denn nur noch ein Mechanismus? Es ist unvernünftig, das Instrument des Hasses für jemand anderen zu sein!«

Gersen grinste. »Das ist nicht ganz richtig. Mein Großvater hat mich ausgebildet oder vielmehr hat mich trainieren lassen und ich bin ihm dankbar. Ohne das Training wäre ich tot.«

»Er muss ein schrecklicher Mann gewesen sein, einem Kind so den Verstand zu verdrehen!«

»Er war ein hingebungsvoller Mann«, erwiderte Gersen. »Er hat mich geliebt und angenommen, dass ich seine Hingabe teile. Das habe ich und ich tue es noch.«

»Aber was ist mit der Zukunft? Ist Rache alles, was Sie vom Leben erwarten?«

»›Rache‹? … Ich denke nicht. Ich habe nur ein Leben zu leben und ich weiß, was ich zu erreichen hoffe.«

»Aber weshalb versuchen Sie nicht, das gleiche Ziel durch eine gesetzliche Einrichtung zu erreichen? Ist das nicht ein besserer Weg?«

»Es gibt keine gesetzliche Einrichtung. Nur die IPCC*, welche insgesamt nicht sehr effektiv ist.«

»Weshalb bringen Sie dann nicht die Angelegenheit vor die Menschen des Concourses und die anderen wichtigen Welten? Sie haben die Energie, Sie haben mehr als genug Geld. Ist das nicht besser, als Menschen mit Ihren eigenen Händen zu töten?«

Gersen hatte keine rationalen Gegenargumente. »Das sind nicht meine Talente«, sagte er zu ihr. »Ich arbeite allein mit dem, was ich am besten kann.«

»Aber Sie könnten lernen!«

Gersen schüttelte den Kopf. »Wenn ich mich auf Worte und Reden einlasse, locke ich mich selbst in die Falle – ich würde nutzlos werden.«

Alusz Iphigenia erhob sich. Sie ging zur Balustrade und blickte über den Thaumaturgischen Ozean. Gersen musterte ihr klares Profil, die stolze Haltung, als hätte er sie vorher noch nie gesehen. Es nahte die Zeit, da er sie verlieren musste und alles, was leicht und frisch und unkompliziert war, würde aus seinem Leben verschwinden. Die Brise spielte mit ihrem hellen Haar. Sie blickte hinunter in das blaue Wasser, beobachtete das spielende Glitzern und Aufblitzen des Rigellichtes. Gersen seufzte, hob eine Zeitung auf und überflog missmutig die erste Seite.

KOSMOLOGE GETÖTET
Hyrcan Major greift Campinggesellschaft an

Gersen ließ seinen Blick über den Text gleiten:

Trovenei, Phrygien; 21. Juli:

Johan Strub, Verfechter der Sternen-Einfang-Theorie,

---

* IPCC: Interwelten Polizei Coordinierungs Compagnie – in der Theorie eine Privatorganisation, die den Polizeisystemen der Ökumene spezielle Beratung, eine zentrale Informationsdatei und kriminologische Laboratorien bereitstellt. In der Praxis eine der Regierung übergeordnete Agentur, die gelegentlich als das Gesetz selbst fungiert. Die Aktien der Gesellschaft sind weit verbreitet und, obgleich sie keinen großen finanziellen Rückfluss abwerfen, sehr gefragt.

welche die ursprüngliche Herkunft der Concourse-Welten dem Blauen Begleiter zuschreibt, wurde gestern von einem ausgewachsenen Hyrcan Major angefallen und nahezu auf der Stelle getötet. Dr. Strub und einige Mitglieder seiner Familie erforschten die Midasberge des oberen Phrygiens und überquerten unwissentlich die Elfingplattform eines Königtiers. Bevor andere seiner Gesellschaft in der Lage waren, den zwei Meter fünfzig großen Menschenfresser zu töten, hatte Dr. Strub bereits einige tödliche Schläge erlitten.

Dr. Strub ist hauptsächlich bekannt wegen seiner Bemühungen zu beweisen, dass Blauer Begleiter und die sechsundzwanzig Welten des Concourses ursprünglich ein unabhängiges System waren, welches in das Schwerefeld von Rigel hineinwanderte. Ein solcher Umstand würde die Ungleichheit im Alter der Concourse-Welten und Rigel, einem vergleichsweise jungen Stern, erklären ...

Gersen blickte auf. Alusz Iphigenia hatte sich nicht gerührt. Er las weiter:

DAS MAGAZIN COSMOPOLIS VOR VERKAUF?
Berühmtes altes Journal kurz vor Einstellung
Direktoren unternehmen letzte Rettungsversuche

London, England, Erde; 25. Juni:
Die uralte Radian Verlagsgesellschaft versuchte heute, ein Notdarlehen aufzunehmen, um die chronischen jährlichen Defizite auszugleichen, welche durch die Veröffentlichung von Cosmopolis, dem 792 Jahre alten Magazin, das dem Leben und den Angelegenheiten des zivilisierten Universums gewidmet ist, aufgelaufen sind. Sherman Zugweil, Vorsitzender des Direktorenkomitees von Radian, räumte ein, dass eine Krise bestehe, erklärte sich jedoch zuversichtlich, damit fertig zu werden und

das tapfere alte Journal noch weitere achthundert Jahre in
Umlauf zu halten ...

Alusz Iphigenia hatte ihre Position geändert. Mit den Ellbogen
auf der Balustrade und in den Händen ruhendem Kinn studierte
sie den Horizont. Als Gersen die sanften Konturen betrachtete
fühlte er sich milder gestimmt. Er war mittlerweile ein Mann von
beinahe unbegrenztem Wohlstand. Sie konnten ein Leben wundervoller Bequemlichkeit und Freude führen ... Gersen überlegte
eine ausgedehnte Minute, zuckte dann mit den Schultern und
blickte zurück auf die Zeitung.

SARKOVY GIFTMEISTER SOLL STERBEN
GILDENREGELN VERLETZT

Paing, Godoland, Sarkovy; 12. Juli:
    Als müsse Claris Adam getötet werden ...

Alusz Iphigenia blickte über die Schulter. Gersen las völlig vertieft
die Zeitung. Sie schwang beleidigt herum. Das war eine Gelassenheit,
wirklich! Während sie sich in ihren Zweifeln und Konflikten wand,
las Gersen eine Zeitung: ein Akt demonstrativer Gefühllosigkeit!

Gersen blickte auf, lächelte. Seine Stimmung hatte sich geändert.
Er war lebendig geworden. Alusz Iphigenias Wut verebbte. Gersen
war ein Mann jenseits ihres Verständnisses; ob er bei Weitem subtiler
war als sie oder bei Weitem elementarer, würde sie niemals wissen.

Gersen war aufgestanden. »Wir gehen auf eine Reise. Durch
den Raum, in Richtung Ophiuchus. Sind Sie bereit?«

»Bereit? Sie meinen jetzt sofort?«

»Ja. Jetzt. Weshalb nicht?«

»Aus keinem besonderen Grund ... Ja, ich bin bereit. In zwei
Stunden.«

»Ich rufe den Raumhafen an.«

KAPITEL II

Die Distis Raumschiffgesellschaft stellte neunzehn Modelle her, von der Version 9B bis zur prächtigen Distis Imperatrix, mit einem schwarz-goldenen Rumpf. Mit finanziellen Mitteln, die aus der epischen Beute von der Intertausch* stammten, hatte Gersen eine Pharao gekauft, ein geräumiges Schiff, ausgerüstet mit solchen Feinheiten wie einer automatischen Atmosphären-kontrolle, die während des Verlaufes der Reise den Luftdruck und die Luftzusammensetzung jener des Ziels anpasste.

Rigel und der Concourse blieben hinter ihnen zurück. Voraus lag die sternenbesprenkelte Dunkelheit. Alusz Iphigenia studierte mit verwirrtem Stirnrunzeln das *Sternenverzeichnis*. »Ophiuchus ist kein Stern. Es ist ein Sektor. Wohin genau fliegen wir?«

»Die Sonne ist Phi Ophiuchi«, sagte Gersen und nach einer kaum wahrnehmbaren Pause, »der Planet heißt Sarkovy.«

»Sarkovy?« sie blickte rasch auf. »Ist das nicht, woher die Gifte kommen?«

Gersen nickte knapp. »Die Sarkoy sind Giftmischer, daran besteht kein Zweifel.«

Alusz Iphigenia blickte zweifelnd aus dem Vorderluk. Gersens Eile, Alphanor zu verlassen, hatte sie verwirrt. Sie hatte es einem unvermittelten Beschluss zugeschrieben, seinen Lebens-weg zu ändern; nun war sie sich nicht mehr so sicher. Sie schlug das *Handbuch der Planeten* auf und las den Artikel über Sarkovy.

---

* Intertausch: eine Einrichtung auf dem Planeten Sasani im nahen Jenseits, die als Aufenthaltsort und Makler zwischen Entführern und jenen funktioniert, die Lösegeld zahlen wollen. Gersen hat die Intertausch um zehn Milliarden SVE (Standard Valuta Einheiten) betrogen.

Gersen stand am Arzneischrank und mischte ein konditionie-
rendes Mittel zusammen, das gegen mögliche gefährliche Seren,
Proteine, Viren und Bazillen von Sarkovy wirken sollte.

Alusz Iphigenia fragte: »Weshalb wollen Sie zu diesem Planeten? Es scheint ein übler Ort zu sein.«

»Ich möchte mit jemandem reden«, entgegnete Gersen gemessenen Tons. Er händigte ihr eine Tasse aus. »Trinken Sie das und
Sie werden dem Jucken und der Räude entgehen.«

Wortlos trank Alusz Iphigenia die Mixtur.

Es gab keine Formalitäten auf Sarkovy. Gersen landete auf dem
Raumhafen Paing, so nahe an der Station wie möglich, einem
mit gefirnisstem Ried bedecktem Holzgebäude. Ein Angestellter
trug sie als Besucher ein, und unverzüglich fielen einen Dutzend
Männer über sie her, die dunkelbraune Gewänder mit gesträubten
Fellkragen und Manschetten trugen. Jeder reklamierte für sich
der beste Führer und Pate der Region zu sein. »Was wünschen
Sie, mein Herr, meine Dame? Einen Besuch im Dorf? Ich bin ein
Hetman ... «

»Wenn es der Sport der *Harköde* ist, den Sie suchen, ich kenne
drei vorzügliche Tiere in wütendem Zustand.«

»Gifte in Drachme oder Pfund. Ich garantiere Frische und
Präzision. Vertrauen Sie mir, wenn es um Ihre Gifte geht!«

Gersen blickte von Gesicht zu Gesicht. Einige der Männer
waren auf der Wange mit einem dunkelblauen Malteserkreuz tätowiert; einer trug zwei solcher Tätowierungen. »Ihr Name?«

»Ich bin Edelrod. Ich kenne die Überlieferungen von Sarkovy,
wunderbare Geschichten. Ich kann Ihren Besuch zu einer einzigen Freude machen, zu einem Zeitraum der Erbauung ... «

Gersen stellte fest: »Wie ich sehe, sind Sie ein Venefize der
Untermeister-Kategorie.«

»Ganz recht.« Edelrod wirkte ein wenig niedergeschlagen.
»Sie haben unsere Welt zuvor schon besucht?«

»Für einen kurzen Zeitraum.«

»Sie kommen, um Ihren Kasten wiederaufzufüllen? Seien Sie

versichert, mein Herr, ich kann Sie zu faszinierenden Geschäften führen, zu absoluten Neuheiten.«

Gersen nahm Edelrod beiseite. »Sind Sie bekannt mit Meister Kakarsis Asm?«

»Ich kenne ihn. Er ist zur Zusammenarbeit verurteilt.«

»Dann ist er noch nicht tot?«

»Er stirbt morgen Abend.«

»Gut«, meinte Gersen. »Dann werde ich Sie mieten, vorausgesetzt, Ihre Sätze sind nicht exorbitant.«

»Ich gewähre mein Wissen, meine Freundschaft, meinen Schutz: alles für fünfzig SVE pro Tag.«

»Einverstanden. Nun denn, unser erstes Bedürfnis ist eine Beförderung zu einem Gasthaus.«

»Sofort.« Edelrod rief eine baufällige Karrete herbei. Sie rumpelten und holperten durch Paing zur *Gift-Herberge*, einem dreigeschossigen Gebäude mit Pfahlwänden, das mit grünen Glasfliesen verkleidet war, und ein Zwölfkegeldach besaß. Der großen Eingangshalle haftete eine barbarische Grandeur an. Läufer, gewoben in kühnen Mustern aus Schwarz, Weiß und Scharlachrot bedeckten den Boden; entlang der Wände befanden sich Pilaster, so geschnitzt, dass sie verhärmte Harikaps mit finsteren, hängenden Gesichtern darstellten; Ranken mit grünen Blättern und purpurnen Blüten hingen von den Dachbalken herunter. Dreißig Meter hohe Fenster überblickten die Gorobundursteppe mit einem schwarzgrünen Sumpf im Westen und einem dunklen Wald im Osten. Die Mahlzeiten wurden in einem gewaltigen Speisesaal eingenommen, der mit Tischen, Stühlen und Schanktischen aus hartem schwarzem Holz eingerichtet war. Zu Alusz Iphigenias Erleichterung schien die Küche von Außenweltlern geführt zu werden und ihnen wurde die Wahl zwischen sechs verschiedenen Küchen geboten. Sie misstraute dem Essen nichtsdestotrotz. »Nach allem, was wir wissen, ist es mit irgendeiner schrecklichen Droge gewürzt.«

Gersen spielte ihre Bedenken herunter. »Sie würden kein gutes Gift an uns verschwenden. Ich kann nicht viel anderes garantieren.«

Dies ist Brot im Nomadenstil, die kleinen schwarzen Dinger sind Riedbeeren und dies ist eine Art Eintopf oder Gulasch.« Er kostete davon. »Ich habe schon schlechter gegessen.«

Verdrießlich aß Alusz Iphigenia die Riedbeeren, welche einen dunstigen, rauchigen Geschmack besaßen. »Wie lange haben Sie vor zu bleiben?« fragte sie freundlich.

»Etwa zwei Tage, vorausgesetzt alles geht gut.«

»Ihre Geschäfte sind natürlich Ihre Angelegenheit, aber ich verspüre eine gewisse Neugierde …«

»Da gibt es kein Geheimnis. Ich möchte Informationen von einem Mann beschaffen, der nicht mehr lange leben dürfte.«

»Ich verstehe.« Doch es war klar, dass Alusz Iphigenia kein großes Interesse an Gersens Plänen hatte, und sie blieb in der Eingangshalle, während Gersen Edelrod aufsuchte.

»Ich würde gern mit Kakarsis Asm sprechen. Kann das arrangiert werden?«

Edelrod zog gedankenvoll an seiner langen Nase. »Eine heikle Angelegenheit. Er muss ›mit der Gilde zusammenarbeiten‹. Solche Menschen werden sorgfältig bewacht, aus offensichtlichen Gründen. Selbstverständlich kann ich versuchen, Vereinbarungen zu treffen. Sind Ausgaben ein kritischer Faktor?«

»Natürlich. Ich erwarte, nicht mehr als fünfzig SVE in die Schatzkammer der Gilde zu zahlen, noch einmal fünfzig an den Gildemeister und möglicherweise zwanzig oder dreißig an Sie.«

Edelrod schürzte die Lippen. Er war ein draller Mann ungewissen Alters, mit einem Pelz von weichem, dickem schwarzem Haar. »Ihre Freigebigkeit ist nicht von der ›königlichen‹ Art. Die Leute von Sarkovy respektieren unbekümmerte Freigebigkeit vor allen anderen Tugenden.«

»Sofern ich die Zeichen richtig deute«, erwiderte Gersen, »habe ich Sie durch das Geld, welches ich augenscheinlich bereit bin auszugeben überrascht. Die Beträge, die ich erwähnt habe, sind die oberste Grenze. Wenn Sie die Angelegenheiten nicht zu diesen Sätzen arrangieren können, werde ich mich bei jemand anderem erkundigen.«

»Ich kann nur mein Bestes geben«, versetzte Edelrod niedergeschlagen. »Bitte warten Sie in der Eingangshalle. Ich werde Erkundigungen einziehen.«

Gersen ging davon und setzte sich neben Alusz Iphigenia, die ostentativ keine Fragen stellte ... Edelrod kehrte nicht lange danach mit einem frohlockenden Ausdruck zurück. »Ich habe die Dinge in Bewegung gesetzt. Die Kosten werden nur geringfügig höher sein, als die Summen, welche Sie genannt haben.« Er schnippte triumphierend mit den Fingern.

»Ich habe es mir anders überlegt«, meinte Gersen. »Ich möchte nicht mit Meister Asm sprechen.«

Edelrod begann, die Fassung zu verlieren. »Aber es ist machbar. Ich bin an den Gildemeister herangetreten!«

»Vielleicht bei einer anderen Gelegenheit.«

Edelrod schnitt eine mürrische Grimasse. »Wenn ich sämtlichen persönlichen Gewinn außer Acht lasse, könnte ich die Angelegenheiten für eine geringfügige Summe arrangieren – für zweihundert SVE etwa.«

»Die Information ist von keinem großen Wert. Ich reise morgen nach Kadaing ab, wo mein alter Freund Meister-Venefize Coudirou alles für mich regeln kann.«

Edelrod hob die Augenbrauen und erlaubte seinen Augen hervorzuquellen. »Nun denn! Das ändert alles! Sie hätten Ihre Verbindung mit Coudirou erwähnen sollen. Ich glaube, der Gildemeister wird wesentlich weniger nehmen, als er zuvor verlangt hat.«

»Sie kennen meine Höchstsumme«, erwiderte Gersen.

»Nun gut«, seufzte Edelrod. »Das Gespräch kann später an diesem Nachmittag geführt werden ... Was wünschen Sie in der Zwischenzeit zu tun? Möchten Sie die Landschaft erkunden? Das Wetter ist gut. Die Wälder erstrahlen vor Blumen, Heißbluten, Knallborken. Es gibt einen gut entwässerten Pfad.«

Alusz Iphigenia, die unruhig gewesen war, erhob sich. Edelrod führte sie entlang eines Pfades, der einen brackigen Fluss überquerte und in den Wald tauchte.

Die Vegetation war eine typische Sarkovy-Melange: Bäume,

Sträucher, Palmfarne, Blasenschalen, Gräser Hunderter verschiedener Spielarten. Das hohe Laubwerk war zum größten Teil Schwarz und Braun mit gelegentlichen Klecksen von Rot. Weiter unten befanden sich die purpurnen, grünen und hellblauen Schattierungen. Edelrod belebte den Spaziergang, indem er über verschiedene Pflanzen am Wegesrand sprach. Er deutete auf einen kleinen grauen Pilz. »Hier haben wir die Quelle des Twitus, eines exzellenten anspruchsvollen Giftes, nur tödlich, wenn es zwei Mal innerhalb einer Woche eingenommen wird. In dieser Hinsicht kommt es Mervan gleich, was schadlos in die Haut einzieht und erst tödlich wirkt, wenn es dem direkten Sonnenlicht ausgesetzt wird. Ich habe Personen gekannt, die aus Furcht vor Mervan tagelang in ihren Zelten geblieben sind.«

Sie kamen auf eine kleine Lichtung. Edelrod blickte scharf in alle Richtungen. »Ich habe keine offenkundigen Feinde, aber verschiedene Leute sind vor Kurzem hier gestorben ... Heute scheint alles gut zu sein. Sehen Sie diesen Baum, der dort an der Seite wächst.« Er deutete auf einen schlanken, weißborkigen jungen Baum mit runden gelben Blättern. »Einige nennen ihn Münzbaum, andere Taugenichts. Er ist vollkommen harmlos, sowohl als Grund- wie auch als Wirkstoff. Sie könnten ihn als Ganzes zu sich nehmen – Blätter, Borke, Mark, Wurzeln – und würden nichts anderes bemerken als eine Trägheit der Verdauung. Unlängst ärgerte sich einer unserer Venefizen über eine solche Schalheit. Er stellte eine intensive Untersuchung über den Münzbaum an und erhielt nach einigen Jahren schließlich eine Substanz von ungewöhnlichem Potenzial. Um brauchbar zu sein, muss sie in Methyzin aufgelöst und als ein Nebel oder Dunst in die Luft gesprüht werden, von wo es durch das Auge in den Körper eintritt und zunächst Blindheit, danach Taubheit und anschließend vollständige Lähmung hervorruft. Denken Sie nur! Ein nützliches und effektives Gift – aus Abfall! Ist das nicht eine Huldigung an die menschliche Beharrlichkeit und Genialität?«

»Eine beeindruckende Errungenschaft«, bekundete Gersen. Alusz Iphigenia blieb still.

Edelrod fuhr fort: »Wir werden häufig gefragt, warum wir darauf beharren, unsere Gifte aus natürlichen Quellen zu beziehen. Wieso kerkern wir uns nicht in Laboratorien ein und stellen sie künstlich her? Die Antwort ist selbstverständlich, dass natürliche Gifte, da sie von Beginn an mit lebendigen Stoffen verbunden sind, effektiver sind.«

»Ich würde eher die Präsenz von katalysierenden Verunreinigungen in den natürlichen Giften vermuten«, deutete Gersen an, »als eine metaphysische Verbindung.«

Edelrod hob drohend einen Finger. »Spotten Sie niemals über die Rolle des Verstandes! Beispielsweise – lassen Sie mich sehen ... Es sollte einer in der Nähe sein ... Ja. Sehen Sie dort – das kleine Reptil.«

Unter einem weiß-blau gesprenkelten Blatt ruhte ein kleines echsenartiges Wesen.

»Dies ist der Meng. Aus einem seiner Organe stammt die Substanz, die entweder als Ulgar oder als Furux vertrieben wird. Dieselbe Substanz, bedenken Sie! Aber wenn es als Ulgar verkauft und als solches verwendet wird, sind die Symptome Krämpfe, Zungenbiss und ein schäumender Irrsinn. Wenn es als Furux verkauft und verwendet wird, löst es die Knorpel innerhalb der Knochen auf, sodass das gesamte Skelett erschlafft. Was sagen Sie dazu? Ist das nicht Metaphysik der erhabensten Art?«

»Interessant, gewiss ... Hmm ... Gesetzt den Fall, die Substanz würde als Wasser verkauft und gebraucht werden –was geschähe dann?«

Edelrod zupfte sich an der Nase. »Ein interessantes Experiment. Ich frage mich ... Aber der Vorschlag umfasst einen Trugschluss. Wer würde eine teure Phiole Wasser kaufen und verabreichen?«

»Der Vorschlag war schlecht durchdacht«, gab Gersen zu.

Edelrod vollführte eine nachsichtige Gebärde. »Ganz und gar nicht, ganz und gar nicht. Gerade durch solche Narrheiten kommen bemerkenswerte Variationen zustande. Der Grauflaum, zum Beispiel. Wer hätte je den Wert vermutet, den man von aus seinem Parfüm beziehen kann, bis Großmeister Strubal ihn kopfüber umdrehte und ihn für einen Monat im Dunklen ließ, woraufhin das Mittel als Tox Meratis bekannt wurde? Ein Hauch davon ist tödlich; der Venefize muss lediglich an seinem Objekt vorübergehen.«

Alusz Iphigenia bückte sich, um einen kleinen rundlichen Quarzkiesel aufzuheben. »Welche schreckliche Substanz stellen Sie aus diesem Stein her?«

Edelrod blickte halb verlegen weg. »Überhaupt keine. Wenigstens nicht, dass ich wüsste. Obwohl wir solche Kiesel in Kugelmühlen verwenden, um Photissamen zu einem Mehl zu zermalmen. Keine Angst, Ihr Kiesel ist nicht so nutzlos wie er scheint.«

Alusz Iphigenia warf ihn vor Abscheu fort. »Unglaublich«, murmelte sie, »dass Leute sich einer solchen Tätigkeit hingeben.«

Edelrod zuckte mit den Achseln. »Wir dienen einem nützlichen Zweck; jeder benötigt gelegentlich Gift. Wir sind dieser hervorragenden Leistung fähig und fühlen uns verpflichtet ihr nachzugehen.« Er musterte Alusz Iphigenia neugierig. »Haben Sie keinerlei eigene Fähigkeiten?«

»Nein.«

»Im Hotel können Sie ein Büchlein mit dem Titel *Fibel über die Kunst der Präparation und Anwendung von Giften* erwerben. Ich glaube, es enthält einen kleinen Baukasten mit elementaren Alkaloiden. Falls Sie daran interessiert sind, eine Fähigkeit zu entwickeln ...«

»Vielen Dank! Ich hege keine solche Neigung.«

Edelrod vollführte eine höfliche Gebärde, wie um zu bestätigen, dass jeder seinen eigenen Kurs durch das Leben steuern musste.

Sie gingen weiter. Mit der Zeit wurde der Wald dünner, der Pfad führte auf die Steppe hinaus. Am Stadtrand stand ein langes, achtkegeliges Gebäude aus mit Eisen beschlagenem Holz. Zehn Eisentüren führten zur Steppe hin. Über einem Bereich von festgestampftem Lehm waren Hunderte kleiner Buden und Läden verstreut. »Die Karawanserei«, erklärte Edelrod. »Dies ist der Sitz des Konvenats, das die Urteile fällt.« Er deutete auf eine Plattform über der Karawanserei, wo vier eingesperrte Männer untröstlich auf den Platz hinunterstarrten. »Ganz rechts steht Kakarsis Asm.«

»Kann ich jetzt mit ihm sprechen?« fragte Gersen.

»Ich werde gehen und mich erkundigen. Warten Sie, wenn es Ihnen recht ist, an dieser Bude, wo meine Großmutter Ihnen einen guten Tee zubereiten wird.«

Alusz Iphigenia blickte zweifelnd auf die Ausstattung der Bude. Auf einer Planke blubberte es wild in einem Messingkessel, der von Trinktöpfen flankiert war. Regale stellten Hunderte von Glaskrügen zur Schau, die Kräuter, Wurzeln und unmöglich zu identifizierende Substanzen enthielten.

»Alles sauber und bekömmlich«, erläuterte Edelrod heiter. »Ruhen Sie sich aus und stärken Sie sich. Ich werde mit guten Nachrichten zurückkehren.«

Alusz Iphigenia setzte sich wortlos auf eine Bank. Nach Rücksprache mit Edelrods Großmutter besorgte Gersen Töpfe mit mild anregendem Eisenkrauttee. Sie beobachteten eine aus der Steppe heranrollende Karawane: zunächst einen achträdrigen Wagen, der den Schrein, die Kabine des Hetmans und Messingtanks voll Wasser beförderte. Dahinter waren einige Dutzend andere Wagen – einige groß, andere klein –, die Motoren rasselten, klapperten, wimmerten. Alle trugen erstaunliche Oberbauten an den höchsten Stellen, dies waren zeltartige Wohnquartiere; Güter und Ballen waren darunter gelagert. Verschiedene der Männer fuhren Motorräder, andere lungerten auf den Wagen herum, die von alten Frauen oder Sklaven des Stammes gefahren wurden. Kinder rannten hinterdrein, fuhren Fahrräder oder hingen gefährlich vom Unterbau herunter.

Die Karawane hielt an. Frauen und Kinder bauten Dreifüße auf, hängten Kessel daran und begannen, ein Mahl zuzubereiten, während Sklaven Güter von den Wagen luden: Felle, Rohholz, Kräuterbündel, Brocken von Achat und Opal, eingesperrte Vögel, Fässer mit Rohgummi und Giften und zwei gefangene Harikaps, das beinahe intelligente Wesen, das für den Sarkoy-Sport *Harköde* verwendet wurde. Inzwischen versammelten sich die Männer des Stammes in einem ruhigen, argwöhnischen Haufen, um Tee zu trinken und finster zum Basar zu blicken, wo sie erwarteten, betrogen zu werden.

Edelrod trat munter aus der Karawanserei heraus. Gersen brummte Alusz Iphigenia zu: »Da kommt er mit sechs Gründen, weshalb das Geschäft mehr Geld kosten wird.«

Edelrod holte einen Aufguss sengend heißen Ajols von seiner Großmutter. Er setzte sich und begann schweigend in kleinen Schlucken zu trinken.

»Nun?« wollte Gersen wissen.

Edelrod seufzte und schüttelte den Kopf. »Meine Arrangements haben zu nichts geführt. Der Obermonitor erklärt das Gespräch für unmöglich.«

»Mir soll es recht sein«, entgegnete Gersen. »Ich wollte ihm nur das Beileid von Viole Falushe überbringen. So oder so macht es keinen großen Unterschied. Wo wird er zusammenarbeiten?«

»In der *Gift-Herberge*, als Abwechslung für den Konvenat, der gegenwärtig in Paing residiert.«

»Vielleicht habe ich die Möglichkeit, dort einige Worte zu äußern oder wenigstens ein beruhigendes Zeichen zu geben«, sagte Gersen. »Nun denn, gehen wir über den Basar.«

Niedergeschlagen und verdrossen führte Edelrod sie über den Basar. Erst im Giftviertel wurde er wieder munter und deutete hier und da auf Geschäfte und besonders bemerkenswerte Präparate hin. Er ergriff einen Ball aus grauem Wachs. »Sehen Sie dieses tödliche Material. Ich behandele es ohne Furcht: Ich bin immunisiert! Aber wenn Sie es an einem Artikel reiben, der Ihrem Feind gehört – seinem Kamm, seinem Ohrenkratzer –, ist er so gut wie tot. Eine weitere Anwendungsmöglichkeit ist, einen dünnen Film über Ihre Ausweispapiere zu legen. Sollte ein übereifriger Verwalter Sie anmaßend behandeln, ist er kontaminiert und zahlt für seine Beleidigung.«

Alusz Iphigenia holte tief Luft. »Wie überlebt ein Sarkoy, um erwachsen zu werden?«

»Zwei Worte«, entgegnete Edelrod, zwei Finger belehrend in die Höhe haltend. »Vorsicht, Immunität. Ich bin immun gegen dreißig Gifte. Ich habe Indikatoren und Alarme bei mir, die mich vor Kluthe, Meratis, Schwarztox und Vole warnen. Ich bin peinlichst vorsichtig beim Essen, Riechen, Anziehen von Kleidung und beim zu Bett gehen mit einer fremden Frau – ha, ha! Das ist mein liebster Trick; ein überimpulsiver Lustmolch findet sich oft in Schwierigkeiten. Aber um fortzufahren: Ich bin vorsichtig in diesen Situationen und auch, wenn ich abwindig an einem Dickicht vorübergehe, selbst wenn ich mich nicht vor Meratis fürchten muss. Vorsicht ist mir zur zweiten Natur geworden. Wenn ich vermute, dass ich einen Feind habe oder dabei bin, mir einen zu machen, kultiviere ich seine Freundschaft und vergifte ihn, um das Risiko zu mindern.«

»Sie werden leben und ein alter Mann werden«, beschied Gersen.

Edelrod vollführte ehrfurchtsvoll eine kreisende Bewegung mit beiden Händen, schwang sie dabei in gegensätzlichen Richtungen, um das Anhalten von Godogmas Rad zu symbolisieren. »Hoffen wir es. Und hier ... «, er deutete auf einen Kolben, der weißes Pulver enthielt, » ... Kluthe. Nützlich, vielseitig, effektiv. Wenn Sie Gift benötigen, kaufen Sie es hier.«

»Ich habe Kluthe«, erwiderte Gersen, »obwohl es etwas schal geworden sein könnte.«

»Werfen Sie es fort oder Sie werden enttäuscht werden«, meinte Edelrod ernst. »Es wird lediglich eiternde Geschwüre und Wundbrand hervorrufen.« Er wandte sich an den Händler. »Dein Lager ist frisch?«

»Frisch, in der Tat. Frisch wie der Morgentau.«

Nach einer Runde hitzigen Feilschens kaufte Gersen ein Kästchen Kluthe. Alusz Iphigenia blieb abgewandt stehen, den Kopf in einem Winkel verärgerter Missbilligung.

»Nun denn«, sagte Gersen, »zurück zum Hotel.«

Edelrod sagte zögernd: »Mir kommt ein Gedanke. Wenn ich den Monitoren ein Fass Tee von hoher Qualität überließe, für vielleicht zwanzig oder dreißig SVE Kosten, würden sie wohl Ihren Besuch erlauben.«

»Bei allem was recht ist, geben Sie ihnen ein solches Geschenk.«

»Sie werden mich natürlich entschädigen?«

»Wie bitte? Wenn Ihnen bereits verschwenderische einhundertzwanzig SVE zugestanden wurden?«

Edelrod vollführte eine ungeduldige Gebärde. »Sie sind sich der Schwierigkeiten nicht bewusst!« Er schnippte verdrießlich mit den Fingern. »Nun gut. So sei es. Meine Freundschaft zu Ihnen treibt mich zu Opfern. Wo ist das Geld?«

»Hier sind fünfzig. Den Rest nach dem Gespräch.«

»Was ist mit der Dame? Wo wird sie warten?«

»Nicht hier auf dem Basar. Die Nomaden könnten sie für einen Teil der Waren halten.«

Edelrod kicherte. »So etwas ist schon vorgekommen. Doch keine Sorge! Sie steht unter der Obhut von Untermeister Iddel Edelrod. Sie ist so sicher wie die Zweihundert-Tonnen-Statue eines toten Hundes.«

Aber Gersen bestand darauf, ein Gefährt zu mieten und sie zurück zur *Gift-Herberge* zu schicken. Anschließend führte Edelrod Gersen in die Karawanserei, durch eine Reihe von Fluren und zum Dach. Sechs Monitoren kauerten auf Stühlen neben einem blubbernden Kessel. Mit hochgezogenen Fellkragen um die Hälse blickten sie gleichgültig auf Edelrod, dann wandten sie sich wieder ihrem Tee zu und murmelten untereinander: offenbar satirische Bemerkungen, denn alle gaben heisere Krächzer des Amüsements von sich.

Gersen näherte sich dem Käfig von Kakarsis Asm, einstmals Meister-Venefize, nun zur »Zusammenarbeit« verurteilt. Asm war etwas größer als der durchschnittliche Sarkoy, obwohl immer noch dick an Brust und Bauch. Sein Kopf war lang, schmal an der Stirn, breit an den Wangenknochen, wuchtig in der Mundpartie. Ein dicker schwarzer Pelz wuchs ihm tief in die Stirn, ein strähniger schwarzer Schnurrbart hing schlaff und mutlos herab. In Übereinstimmung mit seinem Status als Krimineller trug er keine Schuhe und seine Füße, in traditioneller Weise mit Rädern tätowiert, waren vor Kälte rosa und blau gesprenkelt.

Edelrod sprach Asm in gebieterischem Ton an: »Niederträchtiger Hund, hier ist ein Edelmann von Außerwelt, der geruht, dich zu besuchen. Zeige dein bestes Benehmen.«

Asm hob die Hand, als werfe er Gift. Edelrod sprang mit einem erschreckten Fluch zurück und Asm lachte. Gersen wandte sich an Edelrod: »Bleiben Sie beiseite. Ich möchte privat mit Meister Asm sprechen.«

Edelrod zog sich widerwillig zurück. Asm, der sich auf einen Stuhl setzte, musterte Gersen mit Augen wie Feuersteinen. »Ich habe bezahlt, um mit Ihnen zu sprechen«, sagte Gersen. »Tatsächlich komme ich zu diesem Zweck von Alphanor.«

Asm entgegnete nichts.

»Ist Viole Falushe in Ihrer Angelegenheit vorstellig geworden?« fragte Gersen.

Ein Glimmen leuchtete hinter den nahezu unergründlichen Augen auf. »Sie kommen von Viole Falushe?«

»Nein.«

Das Glimmen erlosch.

»Es scheint mir«, bemerkte Gersen, »dass er, da er Sie in diese Missetat hineingezogen hat, ebenfalls hier sein sollte, verurteilt zur ›Zusammenarbeit‹.«

»Das ist ein netter Gedanke«, erwiderte Asm.

»Ich verstehe das Verbrechen nicht ganz. Sie sind eingesperrt und verurteilt, weil Sie an einen berüchtigten Verbrecher verkauft haben?«

Asm schnaubte und spie in eine Ecke des Käfigs. »Wie hätte ich ihn als Viole Falushe erkennen sollen? Ich kannte ihn schon seit Langem unter einem anderen Namen. Er hat sich verändert; er ist nicht wiederzuerkennen.«

»Weshalb sonst sollten Sie zur ›Zusammenarbeit‹ verurteilt worden sein?«

»Das Dekretale war klar genug. Der Gildemeister hatte ein besonderes Preisschema für Viole Falushe vorbereitet. Dessen nicht bewusst, verkaufte ich ihm zwei Quäntchen Patziglop und ein Quäntchen Vole. Sehr wenig, aber es darf keinen Erlass geben. Der Gildemeister ist seit Langem mein Feind, obgleich er nie gewagt hat, meine Gifte zu erproben.« Er spie erneut aus und blickte Gersen nachdenklich von der Seite an. »Weshalb rede ich eigentlich mit Ihnen?«

»Weil ich mich dafür verbürge, dass Sie durch Alpha oder Beta sterben, statt durch ›Zusammenarbeit‹.«

Asm gab ein bekümmertes, sardonisches Schnauben des Bedauerns von sich. »In Anwesenheit von Gildemeister Petrus? Keine Chance. Er möchte sein neues Pyrong erproben.«

»Gildemeister Petrus kann man überreden. Mit Geld, wenn durch nichts anderes.«

Asm zuckte mit den Schultern. »Ich erwarte wenig, aber was macht es schon? Ich verliere nichts, indem ich mit Ihnen rede. Was möchten Sie wissen?«

»Ich nehme an, Viole Falushe hat den Planeten verlassen?«

»Längst.«

»Wo und wann haben Sie ihn zuvor kennengelernt?«

»Vor langer Zeit. Wie viele Jahre? Zwanzig? Dreißig? Eine lange Zeit. Damals war er ein Sklavenhändler, aber sehr jung. Nicht älter als ein Junge. Eigentlich war er der jüngste Sklavenhändler, der mir bisher untergekommen ist. Er kam in einem wackligen alten Schiff an, zum Bersten voll mit jungen Mädchen, alle voller Furcht vor seinem Zorn. Würden Sie es glauben? Sie waren froh, an mich verkauft zu werden!« Asm schüttelte den Kopf vor Verwunderung. »Ein fürchterlicher junger Mann! Er bebte und zitterte ob der Kraft seiner Leidenschaft. Heute ist er anders. Die Leidenschaft ist immer noch schrecklich, doch Viole Falushe hat gelernt, sie im Zaum zu halten. Er ist ein anderer Mann geworden.«

»Wie war sein Name, als Sie ihm zuerst begegnet sind?«

Asm schüttelte den Kopf. »Es ist mir entfallen. Ich weiß es nicht. Möglicherweise habe ich es nie gewusst. Er tauschte zwei feine Mädchen gegen Gift und Geld. Sie schrien vor Erleichterung, das Schiff verlassen zu können. Die anderen schrien wegen ihres

Unglücks. Ah, was für ein Schluchzen!« Asm schüttelte ironisch den Kopf. »Inga und Dundine hießen sie. Wie sie geschwätzt haben! Sie hatten den Burschen gut kennengelernt und wurden nie müde, ihn zu beschimpfen.«

»Was ist aus ihnen geworden? Leben sie noch?«

»Das entzieht sich meiner Kenntnis.« Asm sprang auf die Beine, schritt auf und ab und kehrte genauso abrupt wieder zum Stuhl zurück. »Ich wurde nach Süden gerufen, nach Sogmere. Ich habe die Mädchen verkauft. Es war nur ein geringfügiger Werteverlust; ich hatte sie nur zwei Jahre in Gebrauch.«

»Wer hat sie gekauft?«

»Das war Gascoyne der Großhändler, von Murchisons Stern. Mehr kann ich nicht sagen, denn das ist alles, was ich weiß.«

»Und woher stammten die Mädchen ursprünglich?«

»Von der Erde.«

Gersen sann einen Augenblick nach. »Und Viole Falushe, wie er jetzt ist – können Sie ihn beschreiben?«

»Er ist ein großer Mann und gut gelitten. Sein Haar ist dunkel. Er hat keine bemerkenswerten oder kennzeichnenden Züge. Ich habe ihn gekannt, als sein Wahnsinn zügellos war, als er das Aussehen seines Gesichts veränderte. Nun – er ist umsichtig und höflich. Er spricht sanft. Er lächelt. Seinen Zustand kann man nicht erahnen, es sei denn man hat ihn, wie ich, als jungen Burschen erlebt.«

Gersen stellte weitere Fragen. Asm war nicht in der Lage, seine Bemerkungen weiter auszuführen. Gersen stand im Begriff zu gehen. Asm, der Gleichgültigkeit vorgab, sagte: »Sie haben vor, mit Gildemeister Petrus in meiner Angelegenheit zu sprechen?«

»Ja.«

Asm dachte einen Moment nach. Er öffnete den Mund und sprach, als wäre es ihm eine Mühe: »Seien Sie vorsichtig. Er ist ein eigensinniger Mann und böse. Wenn Sie übermäßigen Druck auf ihn ausüben, wird er Sie vergiften.«

»Vielen Dank!«, sagte Gersen. »Ich hoffe, es wird mir möglich sein, Ihnen zu helfen.« Er signalisierte Edelrod, der mit kaum

verhohlener Neugierde zugeschaut hatte. »Bringen Sie mich zu
Gildemeister Petrus.«

Edelrod führte Gersen hinunter in die Karawanserei, durch
einen gekrümmten Flur nach dem anderen und schließlich in
einen mit gelber Seide behangenen Raum. Auf einem Kissen saß
ein schmächtiger Mann mit verschlungen tätowierten Wangen,
der eine Reihe von kleinen Fläschchen prüfte. »Ein Herr von
Außerwelt möchte den Gildemeister sprechen«, kündigte
Edelrod an.

Der schmächtige Mann hüpfte in eine aufrechte Haltung,
näherte sich Gersen, roch sorgfältig an dessen Händen, klopfte
seine Kleidung ab und inspizierte Zunge und Zähne. »Einen
Augenblick.« Er verschwand hinter der Seide. Kurz danach
kehrte er zurück, um Gersen zu signalisieren. »Hierher, wenn es
Ihnen recht ist.«

Gersen betrat ein hohes, fensterloses Zimmer – tatsächlich so
hoch, dass man die Decke nicht sehen konnte. Vier kugelförmige
Lampen, die an langen Ketten tief hinunterhingen, spendeten
ein ölig gelbes Licht. Auf dem Tisch blubberte der allgegenwär-
tige Messingkessel. Die Luft war geschwängert von Wärme und
Geruch: Moder, Stoff, Leder, Schweiß, die scharfen, trockenen
Ausdünstungen von Kräutern. Gildemeister Petrus hatte geschla-
fen. Nun war er wach und lehnte sich auf der Couch vor, warf
Kräuter in eine Kanne und bereitete einen Aufguss vor. Er war ein
alter Mann mit intelligenten schwarzen Augen und einer bleichen
Haut. Er begrüßte Gersen mit einem raschen Nicken.

Gersen sagte: »Sie sind ein alter Mann.«

»Ich zähle einhundertvierundneunzig Erdenjahre.«

»Wie viel länger erwarten Sie noch zu leben?«

»Sechs Jahre wenigstens, zumindest hoffe ich das. Viele Menschen möchten mich vergiften.«

»Auf dem Dach harren vier Kriminelle ihrer Exekution. Müssen alle ›zusammenarbeiten‹?«

»Alle. Ich habe ein Dutzend neue Gifte zu erproben, genau wie
andere Meister der Gilde auch.«

»Ich habe Asm versichert, dass er durch Alpha oder Beta sterben wird.«

»Sie müssen die Gabe besitzen, Wunder zu erkennen. Ich selbst bin skeptisch. Die Arroganz Asms war schon lange eine Schande für die Region. Nun muss er mit dem Gildenstandardkomitee zusammenarbeiten.«

Schließlich zahlte Gersen 425 SVE dafür, dass Asm durch Alpha starb.

Edelrod, etwas mürrisch, traf Gersen im Flur. Sie machten sich über mit hohen Holzhütten auf Stelzen gesäumte Straßen auf den Weg durch Paing. Die Fassade einer jeden Hütte war derart gestaltet, dass sie ein trübseliges, melancholisches oder erstauntes Antlitz darstellte. So kehrten sie zurück zur *Gift-Herberge*.

Alusz Iphigenia war in ihrem Zimmer. Gersen beschloss, sie nicht zu stören. Er badete in einem hölzernen Bottich und ging hinunter in die Eingangshalle, um über die Steppe zu blicken. Die Abenddämmerung verschleierte die Landschaft, die Räderpfähle waren schwarze verschlungene Silhouetten.

Gersen bestellte eine Kanne Tee und dachte, da er nichts Besseres zu tun hatte, über die Umstände seines Lebens nach ... Gewöhnlichen Maßstäben zufolge war er ein vermögender Mann, von einem Wohlstand, der jenseits des Fassungsvermögens des Verstandes lag. Was war mit der Zukunft? Angenommen, er wäre, durch eine Laune des Schicksals, in der Lage, sein Ziel zu erreichen: Die fünf Dämonenfürsten wären tot, was dann? Konnte er sich in den normalen Fluss des Lebens einfügen? Oder war er mittlerweile so verdreht, dass er immer, bis ans Ende seiner Tage, Menschen finden musste, die er töten konnte? Gersen lachte grimmig in sich hinein. Unwahrscheinlich, dass er leben würde, bis er dem Problem gegenüberstand. In der Zwischenzeit: Was hatte er von Asm erfahren? Nur, dass vor zwanzig oder dreißig Jahren ein junger Wahnsinniger zwei Mädchen, Dundine und Inga, an Asm verkauft hatte, der sie später an Gascoyne, den Großhändler von Murchisons Stern, weiterveräußert hatte. Nahezu nichts ... Außer, dass Dundine und Inga ihren

Entführer gut gekannt hatten und ›nicht aufgehört hatten, ihn zu beschimpfen‹.

Alusz Iphigenia erschien. Sie ignorierte Gersen und ging weiter, um über die dunkle Steppe zu blicken, auf der nun ein oder zwei Lichter flackerten. Im Himmel erschien ein purpurner Glanz, eine Bank weißen Lichts, und ein Postschiff der Robarth-Hercules-Linie ließ sich auf dem Landefeld nieder. Alusz Iphigenia beobachtete es für einige Augenblicke, dann wandte sie sich um und nahm, sich steif aufrecht haltend, neben Gersen Platz. Sie schüttelte den Kopf, als er ihr Tee anbot. »Wie lange müssen Sie hierbleiben?«

»Nur bis morgen Abend.«

»Weshalb können wir nicht jetzt schon abreisen? Sie haben Ihren Freund gesprochen, Sie haben Ihr Gift gekauft.«

Wie als Antwort auf ihre Frage erschien Edelrod, der sich in absurder Korrektheit verbeugte. An diesem Abend trug er ein langes Gewand aus grünem Stoff und eine hohe Fellkappe. »Gesundheit und Immunität!« grüßte er sie. »Werden Sie den Vergiftungen beiwohnen? Sie sind für die Hotelrotunde vorgesehen, zur Bildung der versammelten Notabeln.«

»Heute Abend? Ich dachte sie seien morgen Abend.«

»Das Datum wurde vorverlegt, aufgrund einer Drehung von Godogmas Rad. Die Schurken müssen heute Abend ›zusammenarbeiten‹.«

»Wir werden dort sein«, erwiderte Gersen.

Alusz Iphigenia erhob sich schnell und verließ die Eingangshalle.

Gersen fand sie in ihrem Zimmer. »Sind Sie böse auf mich?«

»Nicht böse. Ich bin äußerst bestürzt. Ich kann Ihre morbide Faszination für diese schrecklichen Leute nicht verstehen ... Tod ...«

»Das ist keine gerechte Darlegung. Die Leute leben in einem anderen System als wir. Ich bin interessiert. Ich lebe durch meine Fähigkeit, dem Tod zu entgehen. Ich könnte etwas erfahren, was mir beim Überleben hilft.«

»Aber Sie brauchen dieses Wissen nicht! Sie besitzen ein ungeheures Vermögen, zehn Milliarden SVE in bar ...«

»Nicht mehr.«

»›Nicht mehr‹? Haben Sie es verloren?«

»Das ›ungeheure Vermögen‹ besteht nicht mehr aus Bargeld. Nun existiert eine anonyme Gesellschaft, deren Aktien ich besitze. Das Geld wirft ein tägliches Einkommen ab, eine Million SVE mehr oder weniger. Das ist natürlich immer noch ein ungeheures Vermögen.«

»Mit all dem Geld brauchen Sie sich doch nicht darauf einzulassen. Dingen Sie Mörder, die Ihre Arbeit tun. Dingen Sie diesen widerwärtigen Edelrod. Für Geld würde er seine Mutter vergiften!«

»Jeder Mörder, den ich dingen würde, könnte gedungen werden, mich zu ermorden. Aber es gibt noch eine andere Überlegung. Ich möchte keine Allbekanntheit oder Reklame. Um effektiv zu sein, muss ich unbekannt bleiben, eine unbedeutende Figur. Ich fürchte, ich bin bereits vom Institut bemerkt worden, was ein großes Unglück wäre.«

Alusz Iphigenia sprach mit großem Ernst. »Sie sind besessen. Sind Sie ein Monomane! Diese Konzentration auf Töten und Effektivität beherrscht Sie vollkommen!«

Gersen enthielt sich aufzuzeigen, dass genau diese Effektivität und Tödlichkeit ihr bei einigen Gelegenheiten das Leben gerettet hatten.

»Sie haben andere Fähigkeiten«, fuhr Alusz Iphigenia fort. »Sie besitzen Zartgefühl, sogar Sinn für Humor. Sie geben dem niemals nach. Sie sind geistig verkümmert, verkrüppelt. Sie denken nur an Macht, Tod, Gift, unredliche Komplotte, Rache!«

Gersen war von ihrer Vehemenz erschreckt. Die Beschuldigungen waren verdreht genug, sodass sie keinen Stachel trugen. Dennoch, wenn sie das alles glaubte, was für ein Monstrum musste er in ihren Augen sein! Besänftigend erwiderte er: »Was Sie sagen, ist einfach nicht wahr. Vielleicht wissen Sie das eines Tages, vielleicht, eines Tages …« Gersens Stimme schwand angesichts des verärgerten Kopfschüttelns, mit dem Alusz Iphigenia ihr goldbraunes Haar in der Luft fliegen ließ. Dazu kam, dass das, was er hatte sagen wollen, nun, da er darüber nachdachte, etwas unwahrscheinlich erschien, sogar absurd: Gerede über Erholung, ein Heim, eine Familie.

Alusz Iphigenia sprach kühlen Tons: »Was ist denn mit mir?«

»Ich habe kein Recht, Ihr Leben zu beherrschen oder zu stören«, meinte Gersen. »Sie haben nur ein Leben, Sie müssen das Beste daraus machen.«

Alusz Iphigenia erhob sich, ruhig und beherrscht. Bekümmert ging Gersen in sein Zimmer. Dennoch, in einem gewissen Sinn war der Streit willkommen. Vielleicht hatte er sie, unterbewusst motiviert, nach Sarkovy gebracht, um die Richtung anzudeuten, die sein Leben nehmen musste, um ihr die Möglichkeit zu geben, sich zu lösen.

Zu seiner Überraschung erschien sie zum Abendessen, obwohl finster und blass.

Der Speisesaal war überfüllt. Allgegenwärtig waren die Fellkragen und schwarzpelzigen Schädel von Sarkovy-Notabeln. Heute Abend war eine unübliche Anzahl von Frauen in ihren seltsamen purpurnen, braunen und schwarzen Gewändern zugegen, beladen mit Halsketten, Armringen und Haarteilen aus Türkis und Jade. In einer Ecke saß eine große Gruppe Touristen von einem Exkursionsschiff, das früher am Abend in Paing eingelaufen war – der Anlass, befand Gersen, zur Vorverlegung der Vergiftungen. Ihrer Kleidung nach stammten die Touristen von einem der Concourse-Planeten – von Alphanor, ihrer beigen und grauen Hauttönung nach zu urteilen. Neben Gersen tauchte Edelrod auf. »Aha, Herr Gersen! Eine Freude, Sie hier zu sehen. Darf ich mich zu Ihnen und Ihrer reizenden Dame gesellen? Ich bin vielleicht in der Lage, Ihnen bei den Vergiftungen beizustehen.«

Gersens Zustimmung als gegeben nehmend, setzte er sich an den Tisch. »Heute Abend gibt es ein Bankett aus sechs Gängen, Sarkoy-Stil. Ich empfehle, dass Sie sie kosten. Sie sind hier auf unserem wundervollen Planeten, Sie müssen ihn vollkommen genießen. Ich bin entzückt, anwesend zu sein. Ich hoffe, heute Abend geht es Ihnen gut?«

»Recht gut, vielen Dank.«

Edelrod hatte recht – heute Abend war nur Sarkoy-Küche im Angebot. Der erste Gang wurde serviert: eine hellgrüne Kraftbrühe aus Sumpferzeugnissen, recht bitter, dazu wurden Stängel fritierten Rieds, ein Salat aus Selleriewurzeln, Preiselbeeren und Stücke scharfer schwarzer Borke gereicht. Während sie aßen, trugen vier Träger Pfosten hinaus auf die Terrasse und setzten sie aufrecht in Halterungen ein.

Der zweite Gang wurde aufgetragen: ein Ragout hellen Fleisches in Korallensoße, stark gewürzt, mit geliertem Wegerich und kristallisiertem Jaoic, einer örtlichen Frucht, als Beilage.

Alusz Iphigenia aß ohne großen Appetit. Gersen verspürte überhaupt keinen Hunger.

Der dritte Gang wurde gebracht: Stücke parfümierter Pasteten auf gekühlten Melonenscheiben, mit etwas wie kleinen Mollusken in gewürztem Öl als Beilage. Als die Servierbretter entfernt wurden, um den vierten Gang vorzubereiten, wurden die Verbrecher auf die Terrasse geführt, wo sie, im Licht blinzelnd, stehen blieben. Bis auf stark gepolsterte Kragen, dicke matratzenähnliche Handschuhe und einen engen Gürtel um die Hüfte, waren sie nackt. Jeder wurde mittels einer zwei Meter langen Kette an einem Pfosten befestigt.

Alusz Iphigenia blickte sie mit augenscheinlicher Gleichgültigkeit an. »Das sind Kriminelle? Welches sind ihre Vergehen?«

Edelrod blickte von einer Reihe Schalen auf, die ihm gerade vorgesetzt worden waren, und Haschee aus gestampften Insekten und Getreide, sauer Eingelegtes, pflaumenfarbig Eingemachtes und Kügelchen fritierten Fleisches enthielten. Als er die Frage erfasste, blickte er zu den Kriminellen. »Dort steht Asm, der die Gilde verraten hat. Daneben ist ein Nomade, der ein Sexualvergehen begangen hat.«

Alusz Iphigenia lachte ungläubig. »Das ist auf Sarkovy möglich?«

Edelrod warf ihr einen Blick schmerzlichen Vorwurfs zu. »Der dritte hat saure Milch nach seiner Großmutter geworfen. Der vierte hat einen Fetisch entehrt.«

Alusz Iphigenia zeigte einen verwirrten Gesichtsausdruck. Sie blickte Gersen an, um zu erfahren, ob Edelrod es ernst meinte oder nicht.

Gersen sagte: »Die Vergehen scheinen willkürlich zu sein, aber einige unserer Beschränkungen erscheinen dem Volk von Sarkovy seltsam.«

»Genau das ist der Fall«, stellte Edelrod fest. »Jeder Planet hat seine eigenen Regeln. Ich bin entsetzt über die Unempfindlichkeit gewisser Leute, die von anderen Welten hierherkommen. Geiz ist ein typisches Vergehen. Auf Sarkovy ist das Eigentum eines Mannes das Eigentum aller. Geld? Es wird ohne einen Nachgedanken ausgegeben! Unbeschränkte Großzügigkeit erweckt Beifall!« Und er blickte erwartungsvoll zu Gersen, der nur lächelte.

Alusz Iphigenia hatte den vierten Gang unberührt abräumen lassen. Der fünfte Gang wurde serviert: eine Waffel aus gebackenem Teig, auf der drei große gedämpfte Tausendfüßler angerichtet waren, garniert mit gehacktem Blaugemüse, sowie ein Schälchen glänzend schwarzer Paste, die einen beißend aromatischen Geruch verströmte. Alusz Iphigenia erhob sich und verließ den Speisesaal. Edelrod blickte ihr besorgt nach. »Geht es ihr nicht gut?«

»Ich fürchte nicht.«

»Schade.« Edelrod nahm sein Essen mit Gusto in Angriff. »Das Essen ist keinesfalls zu Ende.«

Auf die Terrasse traten vier Untermeister der Gilde und ein Meister-Venefize, um das Verfahren zu leiten und analytische Kommentare abzugeben.

Alle schienen auf die Vergiftungen eingestellt zu sein. Die Untermeister setzten einen Schemel vor jeden der Verbrecher und darauf weißen Untertassen, auf denen die Gifte vorbereitet waren.

»Der erste Proband«, rief der Meister-Venefize, »ist Kakarsis Asm. In Vergeltung für schädliche Manipulationen an der Gilde hat er sich einverstanden erklärt, eine Variation des Aktivats zu erproben, das als ›Alpha‹ bekannt ist. Oral eingenommen, lähmt Alpha nahezu unverzüglich die Hauptganglien des Rückgrates. Heute Abend erproben wir Alpha in einem neuen Lösungsmittel, das sehr wohl in der schnellsten Tötung resultieren mag, die bisher von Menschen entdeckt wurde. Krimineller Asm, zur Zusammenarbeit, wenn ich bitten darf.«

Kakarsis Asm rollte mit den Augen nach links und rechts. Der Untermeister trat vor; Kakarsis Asm öffnete den Mund, schluckte die Dosis und war ein oder zwei Sekunden später tot.

»Erstaunlich!«, erklärte Edelrod. »Jede Woche etwas Neues.«

Die Exekutionen gingen weiter, der Meister-Venefize lieferte informative Einzelheiten. Der Sexualverbrecher versuchte, das Gift in das Gesicht des Untermeisters zu treten und erhielt einen Tadel. Ansonsten verliefen die Vergiftungen ruhig. Auf den sechsten Gang, einen kunstvollen Salat, folgten Tee, Aufgüsse und Tabletts mit kandierten Früchten und das Bankett war zu Ende.

Langsam begab sich Gersen zu seinen Räumlichkeiten. Alusz Iphigenia packte ihre Habseligkeiten. Gersen blieb an der Tür stehen, verwirrt durch einen unvermittelten Anflug von Panik in Alusz Iphigenias Augen, sich nicht bewusst, dass er gegen die weißen Holzarbeiten wie eine dunkle, unheimliche Gestalt erschien.

Alusz Iphigenia sprach in einem atemlosen Sturzbach: »Das Exkursionsschiff kehrt nach Alphanor zurück. Ich habe eine Passage gebucht. Wir müssen unserer eigenen Wege gehen.«

Gersen schwieg für einen Augenblick. Dann sagte er: »Sie haben Geld auf Ihrem Bankkonto. Ich werde sehen, dass noch mehr darauf eingezahlt wird, so viel, wie Sie brauchen werden … Wenn sich ein Notfall ergibt, wenn die Mittel nicht ausreichen, benachrichtigen Sie den Bankdirektor. Er wird die notwendigen Arrangements treffen.«

Alusz Iphigenia erwiderte nichts. Gersen ging zur Tür. »Sollten Sie jemals Hilfe brauchen … «

Alusz Iphigenia nickte kurz. »Ich werde daran denken.«

»Dann leben Sie wohl.«

»Leben Sie wohl.«

Gersen ging in sein eigenes Zimmer, wo er sich auf das Bett legte, die Hände hinter dem Kopf verschränkt. So endete ein angenehmer Abschnitt seines Lebens. Niemals wieder, sagte er sich, würde er eine Frau in die düsteren Notwendigkeiten seines Lebens hineinziehen: besonders eine so redliche und großzügige und nette ...

Früh am Morgen reiste das Robarth-Hercules-Postschiff mit Alusz Iphigenia an Bord ab. Gersen ging zum Raumhafen, unterzeichnete das Ausgangsregister, zahlte eine Abreisesteuer, drängte Edelrod ein Trinkgeld auf und verließ Sarkovy.

KAPITEL III

Aus *Populäres Handbuch der Planeten*, 348. Auflage, 1525.

Aloysius:
Sechster Planet von Wega.
Planetarische Konstanten:

Durchmesser:..... 11.744 Kilometer
Masse:..... 0,86
Siderischer Tag:..... 19,8 Stunden
etc.

Aloysius und seine Schwesterplaneten Boniface und Cuthbert waren die ersten Welten, die nachhaltig von der Erde kolonisiert wurden. Daher bietet Aloysius Anblicke beträchtlicher Altertümlichkeit, umso mehr, als sich die ersten Siedler, eine dynamische Gruppe von Konservationisten, weigerten, Gebäude zu bauen, die nicht im Einklang mit der Landschaft waren.

Die Konservationisten sind verschwunden, aber ihr Einfluss dauert noch an. Die bombastischen Glastürme von Alphanor und der Erde, der Beton von Olliphane, die ungezügelte Unordnung, die das Markab-System überkommen hat: so etwas ist auf Aloysius nirgends zu entdecken.

Die Achse von Aloysius ist um einen Winkel von 31,7 Grad zur Umlaufbahn geneigt, daher gibt es jahreszeitliche Schwankungen von bemerkenswerter Heftigkeit, etwas gemildert durch eine dichte Atmosphäre. Es gibt neun Kontinente. Dorgan ist der größte, mit Neu Wexford als Hauptstadt. Dank einer kalkulierten Politik niedriger Steuern und günstiger Bestimmungen, fungiert Neu Wexford seit Langem als wichtiges Finanzzentrum und hat einen Einfluss, der weit über die eigene Bevölkerung hinausgeht.

Die autochthone Flora und Fauna ist nicht besonders bemerkenswert. Aufgrund intensiver Bemühungen der ursprünglichen Siedler sind irdische Bäume und Sträucher weit verbreitet, besonders Koniferen finden eine gastfreundliche Umgebung.

≈

Die Landeformalitäten waren auf Aloysius so rigoros, wie sie auf Sarkovy lax waren. In einer Entfernung von eineinhalb Millionen Kilometern, der »Ersten Schale«, erklärte Gersen seine Absicht zu landen, identifizierte sich und sein Schiff, gab Auskünfte, erklärte den Grund seines Besuches und erhielt die Erlaubnis, sich bis zur »Zweiten Schale«, in einer Entfernung von einer Million Kilometern, anzunähern. Hier wartete er, während sein Gesuch studiert und seine Auskünfte geprüft wurden. Dann wurde er hinunter zur »Dritten Schale« über dem Planeten beordert, wo ihm, nach einer kurzen Verzögerung, die Landefreigabe erteilt wurde. Die Formalitäten waren lästig, aber unumgänglich. Hätte Gersen versäumt, an der Ersten Schale zu halten, wären Waffen auf sein Schiff gerichtet worden. Hätte er die Zweite Schale ignoriert, hätte ein Thribolt-Geschütz eine Salve von Klebepapier-Scheiben auf das Schiff geschossen. Hätte er dann immer noch nicht gestoppt, wären er und sein Schiff zerstört worden.*

---

* Das Thribolt-Geschütz verschießt ein jarnellgetriebenes Projektil auf das Ziel. Eine Probennadel schiebt sich fünfzig Meter vor dem Projektil her, in der sogenannten »vorturbulenten Sektion« des Interspleißes, und befindet sich in schwachem Kontakt zum ungestörten Raum. Nach dem Auftreffen auf Materie schaltet die Probennadel den Interspleiß aus und löst dessen Ladung aus: entweder Klebepapier-Scheiben oder Hochexplosivstoffe. Im Effekt ist das Thribolt-Geschütz eine über ungeheure Distanzen augenblicklich wirkende Waffe. Ihre Wirkung wird nur durch die Genauigkeit

Gersen fügte sich allen notwendigen Bestimmungen, erhielt die Freigabe und landete auf dem Zentralraumhafen von Dorgan.

Neu Wexford lag dreißig Kilometer nördlich, eine Stadt mit krummen Straßen, steilen Hügeln und alten Bauwerken von nahezu mittelalterlichem Aussehen. Banken, Maklergeschäfte und Wechselstuben nahmen das Zentrum der Stadt ein, mit den Hotels, Geschäften und Agenturen auf den umliegenden Hügeln und einigen der schönsten Privathäusern der Ökumene verstreut im Umland.

Gersen buchte sich in das gewaltige Hotel *Congreve* ein, kaufte eine Zeitung und nahm ein ruhiges Mittagessen zu sich. Das Leben der Stadt floss an ihm vorüber: Geschäftsleute in ihren bewusst archaischen Gewändern; Aristokraten von Boniface, nur danach bestrebt wieder dorthin zurückzukehren; gelegentlich ein Bürger von Cuthbert, der durch das exzentrische Flair seiner Kleidung und seinen glänzenden, kahlen Kopf auffiel. Erdenleute waren im *Congreve* durch ihre dunkle Kleidung und eine undefinierbare Selbstsicherheit zu erkennen – eine Eigenschaft, welche die Bürger der äußeren Welten nicht weniger aufreizend fanden, als den geozentrischen Begriff »äußere Welten« an sich.

---

der Ausrichtung und der Abschusstechnik begrenzt, da das Geschoss, einmal im Flug, die Richtung nicht ändern kann.

Auf jeder technisch kompetenten Welt werden intensiv Methoden studiert, um die Thribolt-Projektile automatisch durch Sensoren zu leiten, und zwar seitdem die ursprüngliche Waffe entwickelt wurde. Das vielversprechendste System ist, die Distanz des Ziels mittels konventionellen Radars zu erfassen, das Projektil für eine sehr kurze Periode mit Interspleiß anzutreiben, um in den Raum in der Nähe des Zieles zu gelangen, woraufhin es dann eine erneute Erfassung vornimmt. Zeitnehmer von großer Empfindlichkeit und Verlässlichkeit sind notwendig, zusammen mit äußerster Umsicht auf Seiten der Starter, denn wenn es erst den Interspleiß verlassen hat, gibt es nichts, was das Projektil daran hindern könnte, ein neues Ziel zu erfassen, das ungelegenerweise zufällig in der Nähe kreuzt. Keines der sekundären und tertiären Systeme wird für zuverlässig erachtet, weshalb sie nur unter besonderen Umständen verwendet werden.

Gersen entspannte sich. Die Atmosphäre von Neu Wexford war beruhigend. Überall gab es beruhigende Zeugnisse der Solidität, des guten Lebens, von Recht und Ordnung. Er mochte die steilen Straßen, die Stein- und Eisengebäude, die nun, nach mehr als tausend Jahren, nicht länger als »selbstbefangene Idylle«, wie der cuthbertianische Beiname lautete, bezeichnet wurden.

Gersen hatte Neu Wexford zuvor bereits einmal einen Besuch abgestattet. Zwei Wochen diskreter Nachforschung hatten auf einen Jehan Addels von der Transraum Investmentgesellschaft als Volkswirt von außergewöhnlicher Fähigkeit und Scharfsinn gedeutet. Gersen hatte Addels von einem öffentlichen Telefon angerufen und sein eigenes Bild ausgeblendet. Addels war ein recht junger Mann, schmächtig von Körperbau, mit einem langen spöttischen Gesicht und einer kahl werdenden Kopfhaut, die erneut zu behaaren er sich die Mühe nicht gemacht hatte. »Addels hier.«

»Ich bin jemand, den Sie nicht kennen. Mein Name tut nichts zur Sache. Ich glaube, sie sind bei Transraum beschäftigt?«

»Richtig.«

»Wie viel bezahlen sie Ihnen?«

»Sechzigtausend, plus einiger Zusatzzuwendungen«, erwiderte Addels ohne Verlegenheit, obwohl er über einen leeren Bildschirm zu einem Fremden sprach. »Weshalb?«

»Ich möchte Sie in einer ähnlichen Eigenschaft anheuern, für Hunderttausend, mit einer monatlichen Erhöhung von Tausend und einem Bonus von, sagen wir, einer Million SVE alle fünf Jahre.«

»Die Bedingungen sind ansprechend«, erwiderte Addels trocken. »Wer sind Sie?«

»Ich ziehe es vor, anonym zu bleiben«, sagte Gersen. »Wenn Sie darauf beharren, treffe ich mich mit Ihnen und erkläre Ihnen, so viel Sie wollen. Was Sie im Wesentlichen wissen müssen, ist, dass ich kein Krimineller bin und dass das Geld, welches ich Ihnen aushändigen will, nicht im Widerspruch zu den Gesetzen von Neu Wexford erlangt wurde.«

»Hmm! Wie groß ist die infrage kommende Summe? Welche Sicherheiten gibt es?«

»Zehn Milliarden SVE, in bar.«

»Sch!« atmete Jehan Addels aus. »Wo ...« Ein Flackern der Verärgerung querte sein Gesicht und er brach den angefangenen Satz ab. Jehan Addels mochte es, sich für unerschütterlich zu halten. Er fuhr fort. »Das ist eine außergewöhnliche Summe Geldes. Ich kann nicht glauben, dass es mit konventionellen Mitteln angehäuft wurde.«

»Das habe ich auch nicht behauptet. Das Geld kommt aus dem Jenseits, wo Konventionen nicht existieren.«

Addels lächelte dünn. »Und keine Gesetze. Daher keine Legalität. Und keine Kriminellen. Dennoch, die Quelle Ihrer Mittel ist nicht meine Angelegenheit. Was genau möchten Sie getan wissen?«

»Ich möchte das Geld investiert sehen, wo es Einkommen abwirft, aber keine Aufmerksamkeit erregt. Ich will keine Gerüchte, keine Öffentlichkeit. Ich möchte das Geld investiert haben, ohne auch nur eine kleine Welle des Aufsehens zu erregen.«

»Schwierig.« Addels dachte einen Augenblick nach. »Allerdings nicht unmöglich – sofern das Programm angemessen geplant wird.«

»Das liegt in Ihrem Ermessen. Sie werden die gesamte Operation kontrollieren, mit gelegentlichen Vorschlägen von mir. Natürlich können Sie Mitarbeiter einstellen, obwohl den Mitarbeitern nichts gesagt werden darf.«

»Kein Problem. Ich weiß nichts.«

»Sie stimmen mit meinen Bedingungen überein?«

»Gewiss, sofern das ganze Geschäft kein Betrug ist. Ich kann nicht vermeiden, ein äußerst wohlhabender Mann zu werden, sowohl aufgrund meines Gehalts als auch durch die Investitionen, die ich parallel zu Ihren tätigen kann. Allerdings werde ich es erst glauben, wenn ich das Geld sehe. Vorausgesetzt es ist nicht gefälscht.«

»Ihr eigenes Falschmeter wird Sie dessen versichern.«

»Zehn Milliarden SVE«, sann Addels. »Eine enorme Summe, von der man erwarten könnte, dass sie den aufrichtigsten Mann in Versuchung führt. Woher wissen Sie, dass ich es nicht veruntreuen würde?«

»Ich habe gehört, Sie sind nicht nur ein vorsichtiger Mann, sondern ein Mann von Disziplin. Außerdem sollten Sie keinen Anlass zur Veruntreuung haben. Ansonsten habe ich keine Sicherheiten.«

Jehan Addels nickte kurz. »Wo befindet sich das Geld?«

»Es wird ausgeliefert, wann immer Sie wollen. Oder Sie können zum Hotel *Congreve* kommen und es selbst abholen.«

»Die Situation ist nicht ganz so einfach. Angenommen, ich sollte über Nacht sterben? Wie würden Sie Ihr Geld zurückerhalten? Falls Sie sterben würden, wie würde ich diese Tatsache erfahren? Welcher Verwendung führe ich die gewaltige Summe zu, vorausgesetzt sie existiert?«

»Kommen Sie zur Suite 650 im Hotel *Congreve*. Ich gebe Ihnen das Geld und wir treffen Arrangements für alle unmittelbaren Eventualitäten.«

Jehan Addels erschien eine halbe Stunde später in Gersens Suite. Er inspizierte das Geld, das in zwei großen Koffern enthalten war, prüfte einige der Noten mit seinem Falschmeter und schüttelte ehrfürchtig den Kopf. »Das ist eine ungeheure Verantwortung. Ich könnte Ihnen eine Quittung geben, aber das wäre eine bedeutungslose Formalität.«

»Nehmen Sie das Geld«, entgegnete Gersen. »Nehmen Sie morgen in Ihr Testament auf, dass im Falle Ihres Todes das Geld auf mich übergeht. Verwenden Sie das Einkommen, falls ich sterbe oder innerhalb eines Jahres nicht Kontakt mit Ihnen aufnehme, für wohltätige Zwecke. Aber ich gehe davon aus, innerhalb von zwei oder drei Monaten wieder in Neu Wexford zu sein. Hiernach werde ich nur mittels Telefon unter dem Namen Henry Lucas mit Ihnen sprechen.«

»Nun gut«, sagte Addels recht ernst. »Ich glaube, das deckt alle Eventualitäten ab.«

»Denken Sie daran, absolute Diskretion! Nicht einmal Ihre Familie darf die Einzelheiten Ihrer neuen Beschäftigung kennen.«

»Wie Sie wünschen.«

Am nächsten Morgen war Gersen von Aloysius nach Alphanor aufgebrochen; nun, drei Monate später, war er zurück in Neu Wexford, wieder im Hotel *Congreve*.

Er begab sich zu einem öffentlichen Telefon, dunkelte den Bildschirm wie bereits zuvor ab und tippte Jehan Addels' Nummer. Der Bildschirm zerbarst zu einem Muster aus grünen Blättern und rosaroten Bruyèrerosen. Eine weibliche Stimme sprach: »Braemar Investmentgesellschaft.«

»Herr Henry Lucas für Jehan Addels.«

»Vielen Dank!«

Addels Gesicht erschien auf dem Bildschirm. »Addels.«

»Henry Lucas hier.«

Addels lehnte sich im Sessel zurück. »Ich bin froh – und ich darf sagen erleichtert –, von Ihnen zu hören.«

»Ist die Leitung sicher?«

Addels prüfte das Antiabhörmeter und das Blinzlerlicht. »Alles sicher.«

»Wie entwickeln sich die Dinge?«

»Gut.« Addels fuhr fort, seine Arrangements zu schildern. Er hatte das Bargeld in zehn Nummernkonten ebenso vieler Banken eingezahlt, fünf in Neu Wexford, fünf auf der Erde und wandelte das Bargeld allmählich zu Einkommen produzierenden Investitionen um, wobei er enorme Feinfühligkeit aufwandte, um Erschütterungen entlang den geschmirgelten Nerven der Finanzwelt zu vermeiden.

»Ich hatte die Größe der Aufgabe nicht begriffen, als ich sie in Angriff nahm«, bekundete Addels. »Es ist einfach atemberaubend! Ich beklage mich nicht, keinesfalls. Ich hätte keine interessantere oder herausforderndere Aufgabe bekommen können. Aber zehn Milliarden SVE diskret zu investieren, ist wie ins Wasser springen, ohne nass zu werden. Ich suche Personal, lediglich um die Einzelheiten der Nachforschung und Organisation zu gewährleisten. Letzten Endes, denke ich, werden wir gezwungen sein, zu einer Bank zu werden oder möglicherweise zu mehreren Banken, um maximale Effizienz zu erreichen.«

»Was immer am besten geeignet ist«, entgegnete Gersen. »In der Zwischenzeit habe ich einen besonderen Auftrag für Sie.«

Addels wurde unverzüglich aufmerksam. »Und worin bestünde die Aufgabe?«

»Neulich habe ich gelesen, dass die Radian Verlagsgesellschaft, welche *Cosmopolis* veröffentlicht, in finanziellen Schwierigkeiten ist. Ich würde gern die Kontrolle darüber erwerben.«

Addels schürzte die Lippen. »Das kann ich natürlich ohne Schwierigkeiten tun. Tatsächlich könnte ich sie vom Fleck weg kaufen; Radian steht am Rande des Bankrotts. Sie sollten jedoch wissen, dass es als Investition kein attraktiver Kauf ist. Sie haben über Jahre hinweg stetig Geld verloren, was natürlich der Grund ist, dass sie so einfach zu haben sind.«

»In diesem Fall werden wir es als Spekulationsobjekt erwerben und versuchen, die Dinge in Ordnung zu bringen. Ich habe einen besonderen Grund, weshalb ich *Cosmopolis* besitzen möchte.«

Addels leugnete hastig jede Absicht, gegen Gersens Wünsche zu handeln. »Ich möchte lediglich nicht, dass es Missverständnisse gibt. Ich werde morgen mit dem Erwerb von Radian-Aktien beginnen.«

Murchisons Stern, Sagitta 203 im *Sternenverzeichnis*, lag auf der galaktischen Ebene hinter Wega, dreißig Lichtjahre jenseits der Grenze. Es war eine Sonne aus einem Haufen fünf verschiedenfarbiger Sonnen: zwei Rote Zwerge, ein Blauweißer Zwerg, ein merkwürdiger blaugrüner Stern mittlerer Größe und ein gelb-orangefarbener G6-Stern – Murchisons Stern. Murchison, der einzige Planet, war etwas kleiner als die Erde und besaß einen einzelnen riesigen Kontinent, der die Welt umfasste. Ein sengender Wind blies Dünen rund um die äquatoriale Zone. Bergige Hochlande fielen allmählich zu den Polarmeeren hin ab. In den Bergen lebten Ureinwohner, schwarze Wesen von unvorhersehbarem

Charakter: abwechselnd mörderisch wild, träge, hysterisch oder kooperativ. In kooperativer Stimmung dienten sie einem nützlichen Zweck; sie lieferten Farben und Fasern für Wandteppiche, die eines von Murchisons Hauptexportgütern waren. Die Fabriken, welche die Wandteppiche herstellten, konzentrierten sich um die Stadt Sabra und beschäftigten Tausende von Arbeiterinnen. Diese wurden von Dutzenden von Sklavenunternehmen bereitgestellt, deren Hauptunternehmer Gascoyne der Großhändler war. Aufgrund effizienter Inventurkontrolle war Gascoyne in der Lage, seinen Kunden effiziente Dienste zu vernünftigen Preisen bereitzustellen. Er machte sich nicht die Mühe, mit Spezialhäusern zu konkurrieren und handelte vorwiegend im Bereich Industrie und Agrikultur. Seine Hauptgeschäfte in Sabra waren jene mit einer Industrie-F-2-Auswahl: reizlose Frauen oder Frauen, die über ihre erste Blüte hinaus waren, aber versprachen von guter Gesundheit und Agilität, kooperativ, fleißig und liebenswürdig zu sein: solches waren die Bedingungen von Gascoynes Zehn-Punkte-Garantie.

Sabra, am Ufer der nördlichen Polarsee gelegen, war eine eintönige, planlose Stadt mit einer heterogenen Bevölkerung, deren vorwiegendes Ziel es war, genug Geld zu verdienen, um anderswohin zu gehen. Die Küstenebene im Süden war übersät mit Hunderten von merkwürdigen Vulkanstümpfen, jeder überzogen mit einem Gestoppel leberfarbiger Vegetation. Sabras einzige Auszeichnung war der Orban Circus, ein offener Bereich im Herzen der Stadt, mitten auf einem dieser vulkanischen Stümpfe. Das *Grand Murchison* Hotel nahm den Kamm des Stumpfes ein. Rund um den Circus befanden sich die wichtigsten Establishments: *Wilhelms Handelshotel*; der Wandteppichmarkt; das Lager von Gascoyne dem Großhändler; Odenours Technische Akademie; *Cadys Taverne*; das Hotel *Blauer Affe*; die Hercules Importgesellschaft; Lagerhäuser und Schauräume der Wandteppich-Herstellergenossenschaft; der Sportler-Bedarf und das Trophäenhaus; Gambels Raumschiffverkauf; die Bezirkslebensmittelgesellschaft.

Sabra war groß und wohlhabend genug, um Schutz vor Plünderern und Freibeutern zu benötigen, selbst wenn es, wie Brinktown in einem anderen Viertel des Jenseits', dem Volk auf der anderen Seite der Grenze einen Dienst erwies. Thribolt-Batterien waren fortwährend mit Mitgliedern der Stadtmiliz bemannt, und Schiffe, die aus dem Raum kamen, wurden mit starkem Argwohn betrachtet.

Gersen, der sich umsichtig näherte, funkte zum Raumhafen hinunter und wurde zu einem Landeorbit geleitet. Im Raumhafen wurde er von Mitgliedern der örtlichen Entwieselungsbrigade* einem Verhör unterzogen, die aufgrund Gersens Pharao beruhigt waren. Wiesel bereisten den Raum einheitlich in Lokator 9Bs; dies waren die einzigen Schiffe, welche die IPCC im Jenseits riskieren wollte. Gersen konnte es sich einmal leisten, ehrlich zu sein. Er legte dar, dass er nach Sabra gekommen sei, um eine Frau ausfindig zu machen, die vor zwanzig oder mehr Jahren von Gascoyne dem Großhändler hierhergebracht worden war. Die Entwieseler, welche die Leuchten und Lämpchen an ihrer Wahrheitsmaschine beobachteten, tauschten sardonische Blicke aus, amüsierten sich über dieses Ausmaß an Donquichotterie und winkten Gersen weiter in die Freiheit der Stadt.

Es war Mittmorgen, Gersen schrieb sich in das *Grand Murchison* Hotel auf dem Gipfel des Orbanstumpfs ein, das nahezu vollständig belegt war mit Wandteppichkäufern, gewerblichen Händlern aus der Ökumene und Sportlern, welche vorhatten, auf die Pirsch nach den Ureinwohnern der Bowerberge zu gehen.

Gersen badete und zog örtliche Kleidung an: eine scharlachrote Pluderhose und eine schwarze Jacke. Er ging in den Speiseraum hinunter, um ein Mittagessen aus einheimischen Meeresfrüchten, Seetangsalat und einem Gericht der örtlichen Mollusken zu

---

* Die einzige Interweltenorganisation des Jenseits. Sie existiert, um Agenten der IPCC zu identifizieren und zu töten. Die IPCC, welche Kontrakte annimmt, einen Übeltäter ausfindig zu machen und zu töten, der aus der Ökumene geflohen ist, kann ihrer Verpflichtung nur nachkommen, indem sie einen oder mehrere Agenten ins Jenseits schickt, wo sie als Wiesel bekannt sind und als Freiwild betrachtet werden.

sich zu nehmen. Unmittelbar darunter befanden sich das Lager und die Büros von Gascoyne dem Großhändler: ein weitläufiges Gebäude mit drei Geschossen um einen Zentralhof. Ein enormes rosa-blaues Schild hing über der Fassade:

❧ GASCOYNES MARKT ☙
AUSGESUCHTE SKLAVEN *für jeden* GEBRAUCH

Zwei ansehnliche Frauen und ein kräftiger Mann waren darunter dargestellt. Am unteren Ende des Schildes stand eine Botschaft:

Gascoynes 10-Punkte-Garantie
ist zu Recht berühmt!

Gersen beendete sein Mittagessen, stieg zum Circus hinunter und ging zu Gascoynes Markt. Er hatte das Glück, Gascoyne selbst zu finden und wurde in ein Privatbüro geführt. Gascoyne war ein ansehnlicher, wohlausgebildeter Mann unbestimmten Alters, mit dunklem lockigem Haar, einem adretten schwarzen Schnurrbart und ausdrucksstarken Augenbrauen. Sein Büro war schlicht und zwanglos, mit kahlem Boden, einem alten Holzschreibtisch und einem Informationsbildschirm, der sichtbare Spuren häufigen Gebrauchs aufwies. An einer Wand hing eine Plakette mit Gascoynes berühmter Zehn-Punkte-Garantie, abgesetzt in Blattgold und gesäumt von scharlachroten Girlanden. Gersen erklärte den Zweck seines Besuches. »Vor etwa fünfundzwanzig Jahren, fünf Jahre mehr oder weniger, haben Sie Sarkovy besucht, wo sie zwei Frauen von einem gewissen Kakarsis Asm kauften. Ihre Namen sind Inga und Dundine. Mir liegt daran, diese Frauen ausfindig zu machen, vielleicht wären Sie so gut und könnten in Ihren Aufzeichnungen nachsehen.«

»Gern«, erwiderte Gascoyne. »Ich kann nicht sagen, dass ich mich an die Umstände erinnere, aber ... « Er ging zur Informationsbank, arbeitete einen Augenblick an den Knöpfen und Wählern, rief Blitze aus blauem Licht und eine unvermittelt grinsende Visage hervor, die flackerte und wieder verschwand. Gascoyne schüttelte niedergeschlagen den Kopf. »Könnte

genauso gut ein Stein sein, so viel Nutzen habe ich davon. Ich
muss es reparieren lassen ... Nun, wir werden sehen. Hierher,
wenn es Ihnen recht ist.« Er führte Gersen in ein Hinterzimmer,
das mit Aktenablagen gesäumt war. »Sarkovy. Ich gehe selten
dorthin. Es ist eine gefährliche Welt, Heimat einer bösen Rasse!«
Er durchsuchte die Akten, ein Jahr nach dem anderen. »Das muss
die Reise gewesen sein. Es ist so lange her! Dreißig Jahre. Nun,
lassen Sie uns schauen. Meiner Treu, wie diese alten Akten die
Erinnerungen wecken. Die guten alten Tage, und das ist nicht nur
so dahingesagt ... Wie waren die Namen noch einmal?«

»Inga, Dundine. Die Nachnamen kenne ich nicht.«

»Einerlei. Hier sind sie.« Er schrieb Nummern auf ein Stück
Papier, ging zu einer anderen Ablage und wandte sich den infrage
kommenden Nummern zu. »Sie wurden beide hier auf Murchison verkauft. Inga ging an Qualags Fabrik. Sie wissen, wo das ist?
Die dritte entlang des rechten Flussufers. Dundine ging an die
Fabrik Wacholder, am Fluss gegenüber Qualags. Ich hoffe, diese
Frauen waren keine Freunde oder Verwandten? Wie jedes andere
auch hat mein Geschäft seine unangenehmen Aspekte. Bei Qualags und Wacholder führen die Frauen ein gesundes, produktives
Leben, werden jedoch bestimmt nicht verwöhnt. Dennoch, wer
wird das in diesem Leben schon?« Er hob die Augenbrauen und
vollführte, auf das schlichte Büro deutend, eine missbilligende
Gebärde.

Gersen schüttelte wehmütig-mitfühlend den Kopf. Er bedankte
sich bei Gascoyne und verabschiedete sich.

Qualags Fabrik bestand aus einem halben Dutzend viergeschos-
siger Gebäude rund um einen Hof. Gersen betrat die Vorhalle des
Hauptbüros, das mit Musterteppichen behangen war. Ein blasser
Angestellter mit lackiertem blondem Haar kam, um sich nach seinem Anliegen zu erkundigen.

»Gascoyne sagte mir«, erläuterte Gersen, »dass Qualags vor
dreißig Jahren eine Frau namens Inga gekauft hat, unter Rechnung
10V623. Können Sie mir sagen, ob diese Frau immer noch bei
Ihnen arbeitet?«

Der Angestellte blätterte suchend in seinen Aufzeichnungen, ging dann zu einer Sprechanlage und sprach einige Worte. Gersen wartete. Eine große Frau mit gelassenem Gesichtsausdruck und massiven Armen und Beinen betrat das Büro.

Der Angestellte sagte verdrießlich: »Der Herr hier möchte etwas über Inga, B2-AG95, wissen. Hier steckt eine gelbe Karte mit zwei weißen Klips, aber ich kann den Verweis nicht finden.«

»Sie schauen unter Schlafsaal F. Die B2er sind alle in A.« Die Frau machte den richtigen Verweis ausfindig. »Inga. B2-AG95. Gestorben. Ich erinnere mich sehr gut an sie. Eine Erdenfrau, die alle möglichen Zicken angenommen hat. Beschwerte sich fortwährend über dies und das. Sie ist zu den Farbarbeiten gekommen, als ich Erholungsberaterin war. Ich erinnere mich gut an sie. Sie arbeitete in Blau und Grün und das gefiel ihr nicht. Schließlich hat sie sich in einen Bottich Stauborange geworfen. Das war vor langer Zeit ... Meiner Treu, wie die Zeit verfliegt.«

Nachdem Gersen Qualags verlassen hatte, überquerte er den Fluss über eine Brücke und ging zur Wacholder-Fabrik, die etwas größer war als Qualags. Das Büro war ähnlich, obwohl eine lebhaftere Atmosphäre herrschte.

Gersen stellte erneut seine Frage, diesmal in Zusammenhang mit Dundine. Doch der Angestellte war nicht hilfsbereit und weigerte sich, die Aufzeichnungen zu prüfen. »Uns ist nicht erlaubt, solche Informationen herauszugeben«, meinte er, wobei er Gersen verächtlich aus der Höhe anblickte, die ihm seine Position hinter dem Schalter gewährte.

»Lassen Sie mich die Angelegenheit mit dem Direktor besprechen«, sagte Gersen.

»Herrn Plusse gehört die Fabrik. Wenn Sie sich setzen wollen, werde Sie ich ankündigen.« Gersen trat vor, um einen Wandteppich von drei Metern Breite und einem Meter achtzig Höhe zu untersuchen, der ein Blumenfeld darstellte, auf dem Hunderte fantastischer Vögel standen.

»Herr Plusse will Sie empfangen, mein Herr.«

Herr Plusse war ein kleiner, unfreundlicher Mann mit einem

weißen Haarknoten und Augen wie klebriger Achat. Es lag auf der Hand, dass er nicht die Absicht hatte, Gersen oder jemand anderem gefällig zu sein. »Es tut mir leid, mein Herr. Wir müssen uns um unsere Produktion kümmern. Wir haben auch so genug Schwierigkeiten mit den Frauen. Wir tun unser Bestes für sie, stellen ihnen gutes Essen und Erholungseinrichtungen zur Verfügung und baden sie einmal in der Woche. Dennoch ist es unmöglich, sie zufriedenzustellen.«

»Darf ich fragen, ob diese Frau immer noch für Sie arbeitet?«

»Es macht keinen Unterschied, ob sie es tut oder nicht; Ihnen würde nicht erlaubt werden, sie zu stören.«

»Falls sie hier ist, falls sie die Frau ist, nach der ich suche, wäre ich froh, Sie für Ihre Unannehmlichkeiten zu entschädigen.«

»Hmpf! Nur einen Augenblick.« Herr Plusse sprach in die Sprechanlage. »Gibt es nicht eine Dundine in der Maschenflechterei? Wie ist ihr gegenwärtiges Verzeichnis? ... Hmpf ... Ich verstehe.« Er wandte sich wieder Gersen zu, welchen er nun nachdenklich in einem neuen Licht betrachtete. »Eine wertvolle Arbeiterin. Ich kann sie unmöglich belästigen. Wenn Sie darauf beharren, mit ihr zu sprechen, müssten Sie sie kaufen. Der Preis beträgt dreitausend SVE.«

Wortlos legte Gersen das Geld hin. Herr Plusse fuhr sich mit der Zunge über die schmalen rosafarbenen Lippen. »Hmpf!« Er sprach in die Anlage: »Bringen Sie Dundine in dieses Büro – mit einem Minimum an Aufsehen.«

Zehn Minuten vergingen, während Herr Plusse ostentativ Notizen auf einer Karte machte. Die Tür öffnete sich; der Angestellte kam mit einer Frau von korpulentem Körperbau in einem weißen Kittel herein. Ihre Züge waren grob und feucht, ihr Haar kurz, mausbraun, gekräuselt und mit einem Band zusammengehalten. Ängstlich die Hände wringend, starrte sie von Herrn Plusse zu Gersen und wieder zurück.

»Sie scheiden aus unserem Dienst aus«, sagte Herr Plusse in trockenem Ton. »Dieser Herr hat Sie gekauft.«

Dundine blickte Gersen mit blankem Entsetzen an. »Oh, was

haben Sie mit mir vor, mein Herr? Hier bin ich nützlich und gut, ich tue meine Arbeit. Ich möchte nicht zu den Farmen im Hinterland gehen, das möchte ich einfach nicht, und ich bin zu alt für die Arbeit auf einem Lastkahn.«

»Nichts dergleichen, Dundine. Ich habe Herrn Plusse ausgezahlt. Sie sind jetzt eine freie Frau. Sie können zurück nach Hause gehen, wenn Sie das wollen.«

Tränen sprangen in ihre Augen. »Ich glaube es nicht.«

»Es ist wahr.«

»Aber – weshalb tun Sie das?« Dundines Ausdruck schwankte zwischen Verwirrung, Furcht und Zweifel.

»Ich möchte Ihnen einige Fragen stellen.«

Dundine wandte sich ab, steckte den Kopf in ihre Hände.

Nach einem Augenblick fragte Gersen: »Gibt es etwas, was Sie mitnehmen wollen?«

»Nein. Nichts. Wenn ich wohlhabend wäre, würde ich den kleinen Teppich mit den tanzenden Mädchen an der Wand nehmen. Ich habe das Flechtwerk dieses Wandteppichs gemacht und habe das Stück sehr lieb gewonnen.«

»Was ist der Preis?« erkundigte sich Gersen bei Herrn Plusse.

»Das ist unser Entwurf Neunzehn, dessen Preis bei siebenhundertfünfzig SVE liegt.«

Gersen bezahlte 750 SVE und nahm den Wandteppich. »Kommen Sie, Dundine«, sagte er knapp. »Am besten, wir machen uns auf den Weg.«

»Aber mein Abschied! Meine lieben Freundinnen …«

»Unmöglich«, versetzte Herr Plusse. »Wollen Sie die anderen Frauen stören?«

Dundine schniefte und rieb sich die Nase. »Meine Vergünstigungen, die ich nicht in Anspruch genommen habe. Drei Erholungs-Halbperioden. Ich möchte, dass Almerina sie bekommt.«

»Wie Sie wissen, ist das nicht möglich. Wir haben Übertragung und Tausch von Vergünstigungseinheiten noch nie erlaubt. Wenn Sie wünschen, können Sie sie jetzt nutzen, vor Ihrer Abreise.«

Dundine blickte unsicher zu Gersen. »Haben wir Zeit? Es wäre eine Schande, sie zu vergeuden ... aber ich nehme an, es macht jetzt keinen Unterschied mehr ...«

Sie gingen entlang der Flussstraße ins Stadtzentrum. Dundine warf Gersen ständig unsichere Blicke zu.

»Ich kann mir nicht vorstellen, was Sie von mir wollen«, sagte sie ängstlich. »Ich bin sicher, dass ich Sie nicht kenne und noch nie gesehen habe.«

»Ich bin daran interessiert, was Sie mir über Viole Falushe erzählen können.«

»Viole Falushe? Aber ich kenne keine solche Person. Ich kann Ihnen nichts sagen.« Dundine blieb auf der Stelle stehen, ihre Knie zitterten. »Werden Sie mich zur Fabrik zurückbringen?«

»Nein«, entgegnete Gersen hohl. »Ich werde Sie nicht zurückbringen.« Er blickte sie in tiefer Mutlosigkeit an. »Sind Sie nicht die Dundine, die zusammen mit Inga entführt wurde?«

»Oh ja! Ich bin Dundine. Arme Inga. Ich habe nicht mehr von ihr gehört, seit sie zu Qualags gegangen ist. Man sagt, es sei so düster bei Qualags.«

Gersens Verstand raste vor und zurück. »Sie wurden entführt und nach Sarkovy gebracht?«

»Ja, in der Tat und, oh, was für eine Zeit wir hatten! Als wir die Steppen in diesen hüpfenden alten Wagen durchfahren haben!«

»Aber der Mann, der Sie entführt hat und nach Sarkovy brachte – das war Viole Falushe, so wurde mir wenigstens gesagt.«

»*Er!*« Dundines Mund verzog sich, als hätte sie in etwas Saures gebissen. »Sein Name war nicht Viole Falushe!«

Und Gersen erinnerte sich verspätet, dass Kakarsis Asm ihm das Gleiche gesagt hatte. Der Mann, der Inga und Dundine verkauft hatte, hatte zu der Zeit nicht den Namen »Viole Falushe« verwendet.

»Nein, nein«, sagte Dundine sanften Tones, weit in ihr Leben zurückblickend. »Da war kein Viole Falushe. Es war der widerliche kleine Vogel Filschner.«

✝

Den gesamten Weg zurück in die Ökumene erzählte Dundine in Fragmenten und Stoßseufzern ihre Geschichte – ein Bisschen von hier, ein Stückchen von dort – und Gersen gab es auf, ihr eine zusammenhängende Erzählung entlocken zu wollen.

Mitteilsam, erfüllt von Freiheit, redete Dundine mit Enthusiasmus. Sie kannte Vogel Filschner, ja, in der Tat! Sie kannte ihn gut! Also hatte er seinen Namen in Viole Falushe geändert? Kein Wunder, nach der Schande, die seine Mutter empfinden musste! Obwohl sich Madame Filschner nie des besten Rufes erfreut und niemand Vogel Filschners Vater gekannt hatte. Er hatte die Schule mit Dundine besucht, zwei Klassen über ihr.

»Wo war das?« fragte Gersen.

»Nun, in Ambeules!« erklärte Dundine, überrascht, dass Gersen die Geschichte nicht genauso kannte, wie sie selbst. Obwohl Gersen Rotterdam, Hamburg und Paris kannte, hatte er nie Ambeules besucht, einen Vorort von Rolingshaven an der Westküste Europas.

Vogel Filschner war, Dundine zufolge, schon immer ein seltsam brütender Junge gewesen. »Extrem empfindlich«, vertraute sie Gersen an. »Stets zu großer Wut oder Augen voller Tränen bereit. Man wusste nie, was Vogel als Nächstes tun würde!« Und für eine Weile wurde sie ruhig, schüttelte den Kopf vor Verwunderung über die Taten Vogel Filschners. »Dann, als er sechzehn war und ich erst vierzehn, kam ein neues Mädchen an die Schule. Oh, sie war ein hübsches Ding – Jheral Tinzy hieß sie – und wer anderes als Vogel Filschner verliebte sich in sie!«

Aber Vogel war schmuddelig und widerwärtig. Jheral Tinzy, ein sensibles Mädchen, fand ihn abstoßend. »Wer konnte es ihr übel nehmen?« sann Dundine. »Vogel war ein unheimlicher Junge. Ich sehe ihn vor mir – groß für sein Alter und etwas dünn, mit einem runden Bauch und einem runden Hintern wie ein Billiken. Er ging mit zur Seite geneigtem Kopf, alles mit seinen dunklen, brennenden Augen betrachtend! Sie beobachteten, sie sahen alles, sie vergaßen nie etwas, so waren Vogel Filschners Augen! Ich muss sagen, dass Jheral Tinzy ihn herzlos benutzt hat, wobei sie lachte und fröhlich war! Sie trieb den armen Vogel zur Verzweiflung, das ist es, was ich glaube. Und dieser Mann, mit dem Vogel sich abgab – ich kann mich nicht an seinen Namen erinnern! Er schrieb Poesie, sehr seltsame und kühne! Man hielt ihn für gottlos, obwohl er Gönner in den oberen Schichten besaß. Diese Tage, so tragisch und so süß, sie liegen so lange zurück. Ah, wenn ich sie noch einmal durchleben könnte, wie anders würde ich es machen!«

An diesem Punkt erging Dundine sich in nostalgischen Erinnerungen: »... sogar jetzt kann ich die Seeluft riechen. Ambeules, unser alter Bezirk, liegt am Gaas und es ist der lieblichste Teil der Stadt, obwohl keinesfalls der reichste. Die Blumen sind unvorstellbar! Daran zu denken, dass ich dreißig Jahre lang keine Blumen gesehen habe, außer denen, die ich selbst gearbeitet habe.« Und nun musste Dundine ihren Teppich anschauen, den sie über das Schott des Salons drapiert hatte.

Nicht lange danach wandte sie sich wieder dem Thema Vogel Filschner zu. »Der krankhaft empfindlichste von allen Jugendlichen! Der Dichter stachelte ihn auf. Und, um die Wahrheit zu sagen, Jheral Tinzy demütigte Vogel furchtbar. Was immer auch der Grund war, Vogel beging seine schreckliche Tat. Es waren neunundzwanzig Mädchen in der Chorgesellschaft. Jeden Freitagabend sangen wir. Vogel hatte gelernt, ein Raumschiff zu bedienen – es war ein Kurs, den alle Jungen belegten. Also stahl Vogel eines jener kleinen Lokatoren-Schiffe und als wir von unserer Gesangsprobe zum Bus kamen, war es Vogel, der uns fuhr. Er brachte uns zum Raumschiff und hieß uns, an Bord zu gehen. Aber es war der Abend, an dem Jheral Tinzy nicht zur Probe gekommen war. Vogel wusste es nicht, bis das letzte Mädchen den Bus verließ und er dastand wie aus Stein gemeißelt. Doch zu spät, er hatte keine andere Möglichkeit, als zu fliehen.« Dundine seufzte. »Achtundzwanzig Mädchen, rein und frisch wie kleine Blumen. Wie er uns behandelt hat! Wir wussten, er war seltsam, aber bösartig wie ein wildes Tier? Nein, niemals, wie konnten wir Mädchen uns solche Dinge vorstellen? Aus Gründen, die nur ihm selbst bekannt sind, hat er uns nie ins Bett geholt – Inga dachte, er würde schmollen, weil er es nicht geschafft hatte, Jheral zu bekommen. Godelia Parwitz und Rosamond – mir fällt ihr Nachname nicht ein – versuchten, ihn mit einem Metallwerkzeug zu erschlagen, obwohl es für alle der Tod gewesen wäre, hätten sie Erfolg gehabt, denn niemand von uns wusste, wie man das Schiff bediente. Er bestrafte sie auf schreckliche Art und Weise, bis sie weinten und schluchzten. Inga und ich sagten ihm, er sei ein böses Monstrum, so zu handeln. Er lachte nur; das war Vogel Filschner. ›Ein böses Monstrum bin ich? Ich zeige euch ein böses Monstrum!‹ Und er brachte uns nach Sarkovy und verkaufte uns an Herrn Asm.

Aber zuerst hielt er auf einer anderen Welt und verkaufte die zehn Mädchen, die am schlechtesten aussahen. Dann wurden Inga und ich und sechs andere, die ihn am meisten hassten, auf Sarkovy verkauft. Von den anderen, den schönsten, weiß ich nichts. Kalzibah sei Dank sind Sie mir zur Hilfe gekommen.«

Dundine wollte zur Erde zurückkehren. In Neu Wexford stattete Gersen sie mit einer Garderobe, einer Fahrkarte zur Erde und ausreichenden Mitteln aus, sodass sie für den Rest ihres Lebens ausgesorgt hatte. Auf dem Raumhafen brachte sie ihn in Verlegenheit, indem sie auf die Knie fiel und ihm die Hände küsste. »Ich habe gedacht, ich müsste sterben und meine Asche würde auf einem fernen Planeten verstreut werden! Weshalb habe ich so viel Glück? Und es gibt so viele andere arme Kreaturen – weshalb hat Kalzibah mich als seinen Günstling auserkoren?«

Die gleiche Frage, in anderen Begriffen, hatte sich Gersen selbst beunruhigt gestellt. Mit seinem Reichtum hätte er ganz Qualags und Wacholder und alle anderen Fabriken in Sabra kaufen und jede der unglücklichen Frauen zu ihrem Zuhause zurückbringen können … Was dann? fragte er sich. Sabra-Wandteppiche waren begehrt. Neue Fabriken würden errichtet, neue Sklaven importiert werden. Ein Jahr später wäre alles wie zuvor.

Dennoch … Gersen stieß ein Seufzen aus. Das Universum war reich an Bösem. Ein einzelner Mensch konnte nicht alles Böse besiegen. Währenddessen rieb Dundine sich die Augen und war offenbar im Begriff, noch einmal auf die Knie zu fallen. Gersen sagte hastig: »Eine Bitte habe ich an Sie.«

»Alles, alles!«

»Haben Sie vor, nach Rolingshaven zurückzukehren?«

»Es ist meine Heimat.«

»Sie dürfen nicht offenbaren, wie Sie von Sabra hierhergekommen sind. Sagen Sie es niemandem! Erfinden Sie irgendeine wilde Geschichte. Aber erwähnen Sie mich nicht. Erwähnen Sie nicht, dass ich Sie nach Vogel Filschner gefragt habe.«

»Vertrauen Sie mir! Die Teufel der Hölle können mir die Zunge herausreißen, selbst dann werde ich nichts sagen!«

»Dann leben Sie wohl.« Gersen ging rasch davon, bevor Dundine erneut ihre Dankbarkeit bezeugen konnte.

Von einem öffentlichen Telefon aus rief er die Braemar Investmentgesellschaft an. »Henry Lucas, ich möchte mit Herrn Addels sprechen.«

»Einen Augenblick, Herr Lucas.«

Addels erschien auf dem Schirm. »Herr Lucas?«

Gersen erlaubte eine Bildübertragung. »Verläuft weiterhin alles gut?«

»So gut, wie man es erwarten kann. Meine Probleme entstehen nur aus der puren Masse unseres Geldes. *Ihres* Geldes, sollte ich sagen.« Addels gestattete sich ein Lächeln. »Aber allmählich bilde ich eine Organisation heraus. Nebenbei bemerkt, die Radian Verlagsgesellschaft gehört uns. Wir haben sie billig bekommen, wegen der Umstände, die ich damals erwähnt hatte.«

»Niemand ist neugierig gewesen? Es hat keine Fragen gegeben, keine Gerüchte?«

»Nein, meines besten Wissens nicht. Die Zane Verlagsgesellschaft hat Radian gekauft; Irwin und Jeddad besitzen Zane, ein Nummernkonto einer Pontefract-Bank besitzt Irwin und Jeddah. Die Braemar Investment ist das Nummernkonto. Wer ist Braemar Investment? Angeblich bin ich es.«

»Wohl getan!« sagte Gersen. »Sie hätten es nicht besser machen können.«

Addels nahm das Lob mit einem steifen Nicken zur Kenntnis. »Ich muss noch einmal sagen, dass Radian eine armselige Investition zu sein scheint, wenigstens aufgrund des Abschneidens in der Vergangenheit zu urteilen.«

»Weshalb hat sie Geld verloren? Jeder scheint *Cosmopolis* zu lesen. Ich sehe das Magazin überall.«

»Möglicherweise ist dem so. Nichtsdestotrotz ist die Auflage langsam rückläufig. Bedeutender ist, dass der typische Leser kein Entscheidungsträger mehr ist. Die Führung hat versucht, jedem zu gefallen, einschließlich der Anzeigenkunden, mit dem Resultat, dass das Magazin sein Flair verloren hat.«

»Es muss doch eine Lösung für diese Situation geben«, bemerkte Gersen. »Heuern Sie einen neuen Herausgeber an, einen Mann von Vorstellungskraft und Intelligenz. Weisen Sie ihn an, das Magazin wiederzubeleben, ohne Rücksicht auf Anzeigenkunden und Auflage; sparen Sie nicht an vernünftigen Ausgaben. Wenn das Magazin sein Prestige zurückbekommt, werden sowohl Auflage als auch Anzeigenkunden schnell genug wiederkehren.«

»Ich bin erleichtert, dass Sie dem Wort ›Ausgaben‹ ›vernünftige‹ voranstellen«, erwiderte Addels in seinem trockensten Ton. »Ich bin es immer noch nicht gewohnt, mit Millionen umzugehen wie mit Hunderten.«

»Nicht mehr, als ich es bin«, meinte Gersen. »Das Geld bedeutet mir nichts – außer, dass ich es ungewöhnlich nützlich finde. Noch eine andere Angelegenheit. Kündigen Sie im *Cosmopolis*-Hauptbüro an – ich glaube es befindet sich in London –, dass ein Mann namens Henry Lucas zum Redaktionsbüro gesandt wird. Präsentieren Sie ihn als Angestellten der Zane Verlagsgesellschaft, wenn Sie wollen. Er soll als Sonderautor auf die Gehaltsliste gesetzt werden, der ohne Einmischung arbeitet, wann und wo er es möchte.«

»Nun gut, mein Herr. Ich werde tun, was Sie verlangen.«

KAPITEL IV

Aus *Vorstellung der Alten Erde* von Ferencz Szantho:

Erdenfreude. Ein mysteriöses und vertrautes Gefühl, welches Blutgefäße weitet, Schauer durch die subkutanen Nerven sendet und Anflüge des Erkennens und der Aufregung weckt, wie jene, die Mädchen auf ihrem ersten Ball überkommen. Erdenfreude ergreift typischerweise den Außenweltmenschen, welcher sich der Erde zum ersten Mal nähert. Nur die Stumpfen, die Unsensiblen sind dagegen immun. Man weiß, dass die Erregbaren ein nahezu fatales Herzklopfen bekommen.

Die Ursache ist Thema eines gelehrten Disputs. Neurologen beschreiben den Zustand als antizipatorische Anpassung des Organismus' an die absolute Normalität aller sensorischen Modi: Farberkennung, Schallwahrnehmung, Corioliskraft und Gravitationsgleichgewicht. Die Psychologen sind anderer Meinung: Erdenfreude, legen sie dar, ist der Fluss von Hunderttausend rassischer Erinnerungen, die zu einer Ebene der Beinahe-Bewusstheit hochkochen. Genetiker sprechen von RNS. Metaphysiker verweisen auf die Seele. Parapsychologen machen die möglicherweise irrelevante Beobachtung, dass es nur auf der Erde Häuser gibt, in denen es spukt.

~

Geschichte ist Quatsch.
... Henry Ford.

≈

Gersen, der neun Jahre auf der Erde gelebt hatte, verspürte nichtsdestotrotz etwas von dem Außenweltler-Hochgefühl, als er über dem großen Erdenrund hing und auf die Landeerlaubnis von der Raumsicherheit wartete. Schließlich kam sie, einschließlich präziser Landeinstruktionen, und Gersen ließ sich auf dem Raumhafen Westeuropa in Tarn nieder. Er durchlief einige Sanitätsprozeduren und Gesundheitsinspektionen, die Schärfsten in der gesamten Ökumene, drückte die entsprechenden Knöpfe bei der Immigrantenkontrolle und erhielt schließlich die Erlaubnis, seinen Geschäften nachzugehen.

Per Untergrundbahn fuhr er nach London und schrieb sich in die Gästeliste des *Royal Oak* Hotels ein, einen Block entfernt vom Strand. Es war Frühherbst, die Sonne schien durch eine dünne hohe Bewölkung. Das alte London, durchdrungen vom Dunst des hohen Alters, schimmerte wie eine vornehme graue Perle.

Gersens Kleidung war im Alphanor-Stil gehalten, gerader im Schnitt und reichhaltiger in der Farbe, als die Kleidung in London. Auf dem Strand ging er zu einem Herrenausstatter, wo er einen Stoff aussuchte, sich dann bis auf die Unterwäsche auszog und von fotonischen Abtastern ausgemessen wurde. Fünf Minuten später wurde ihm die Garderobe ausgeliefert: schwarze Hose, eine Jacke in Dunkelbraun und Beige, ein weißes Hemd und eine schwarze Krawatte. Nun weniger auffällig, ging Gersen weiter den Strand entlang.

Dämmerung legte sich über den Himmel. Jeder Planet hatte seine kennzeichnende Dämmerung, dachte Gersen. Die Dämmerung von Alphanor, zum Beispiel, war ein elektrisches Blau, das allmählich zum reichhaltigsten Ultramarin wurde. Die Sarkovydämmerung war ein mattes, düsteres Grau mit einem lohfarbenen Unterton. Die Dämmerung in Sabra war braungold gewesen, mit Farbhöfen um die anderen Sterne des Haufens. Die Dämmerung der Erde war, wie sie sein sollte: mild, heidegrau, beruhigend, ein Ende und ein Anfang ... Gersen aß in einem Restaurant zu Abend, das seit siebzehnhundert Jahren ununterbrochen im gleichen Pachtbesitz war. Die alten Eichenbalken, geräuchert und

gewachst, waren so stark wie eh und je; der Putz war vor Kurzem
von zwanzig Schichten Tünche befreit und erneuert worden: ein
Vorgang, der sich etwa alle hundert Jahre wiederholte ... Gersens
Gedanken kehrten zu seiner Jugend zurück. Er hatte London zwei
Mal mit seinem Großvater besucht, obwohl sie zum größten Teil
in Amsterdam gelebt hatten. Es hatte nie Abendessen wie dieses gegeben, nie Müßiggang oder Untätigkeit. Gersen schüttelte
bekümmert den Kopf, als er sich der Übungen entsann, die ihm
sein Großvater gnadenlos auferlegt hatte. Ein Wunder, dass er der
Disziplin gewachsen gewesen war.

Gersen holte sich eine Ausgabe von *Cosmopolis* und kehrte
zum Hotel zurück. Er ging in die Bar, setzte sich an einen Tisch
und bestellte einen Humpen Worthington's Ale, gebraut in
Burton-on-Trent, wie es schon vor etwas weniger als zweitausend
Jahren der Fall gewesen war. Er schlug die *Cosmopolis* auf. Es war
leicht zu verstehen, dass das Magazin dem Tode geweiht war. Es gab
drei lange Artikel: *Werden Erdenmänner immer weniger männlich?*
– Patricia Poitrine: Neue Trinksprüche für die muntere Gesellschaft
– Ein Geistlicher gibt Anleitungen zur geistlichen Erneuerung. Gersen
blätterte durch die Seiten, dann legte er das Magazin beiseite. Er
trank den Krug aus und ging hinauf in sein Zimmer.

Am Morgen besuchte er die Redaktionsbüros von *Cosmopolis*
und fragte, ob der Personaldirektor zu sprechen sei. Dies war Frau
Neutra, eine spröde schwarzhaarige Frau, die eine große Menge
grotesken Schmucks trug. Sie zeigte keinerlei Neigung, mit Gersen zu sprechen. »Es tut mir leid, es tut mir leid, es tut mir leid.
Ich kann im Augenblick an nichts und niemanden denken. Ich bin
in heller Aufregung. Jeder ist in heller Aufregung. Es findet eine
Reorganisation statt, keine Stelle ist mehr sicher.«

»Vielleicht sollte ich besser mit dem Chefredakteur sprechen«,
meinte Gersen. »Es hätte einen Brief von der Zane Verlagsgesellschaft geben müssen und er hätte bereits hier sein sollen.«

Die Personaldirektorin vollführte eine verwirrte Gebärde.
»Wer oder was ist die Zane Verlagsgesellschaft?«

»Der neue Besitzer«, entgegnete Gersen höflich.

»Oh!« Die Frau verschob die Papiere auf ihrem Schreibtisch. »Vielleicht ist er das.« Sie las. »Oh, Sie sind Henry Lucas!«

»Ja.«

»Hmm ... pih, puh ... Sie sollen Sonderautor sein. Etwas, was wir gerade im Augenblick nicht brauchen. Aber ich bin nur Personaldirektorin. Oh Hölle, füllen Sie diese Bewerbung aus, machen Sie einen Termin für einen psychiatrischen Test. Falls Sie diesen bestehen – und das werden sie wahrscheinlich nicht –, stellen Sie sich morgen in einer Woche wieder vor, zu Ihrem Orientierungskurs.«

Gersen schüttelte den Kopf. »Ich habe keine Zeit für diese Formalitäten. Ich bezweifle, dass die neuen Eigner viel Verständnis dafür aufbringen werden.«

»Es tut mir leid, Herr Lucas. Das ist unser unveränderliches Programm.«

»Was besagt der Brief?«

»Er besagt, Herrn Henry Lucas als Sonderautor auf die Gehaltsliste zu setzen.«

»Dann tun Sie das bitte.«

»Oh, Doppel-Bing-Bang, Hölle. Wenn es so ist, wie die Dinge laufen sollen, wozu dann eine Personaldirektorin? Warum psychiatrische Tests und Orientierungskurse? Wieso nicht den Hausmeister das Käseblatt herausgeben lassen?«

Die Frau griff sich ein Formular und schrieb mit flinken Strichen eines farbenprächtigen Federkiels. »Hier. Bringen Sie das dem Geschäftsführenden Herausgeber, er wird Ihre Zuweisung arrangieren.«

Der Geschäftsführende Herausgeber war ein untersetzter Herr mit zu einem besorgten Schmollen geschürzten Lippen.

»Ja, Herr Lucas. Frau Neutra hat mich gerade angerufen. Ich habe gehört, Sie wurden von den neuen Eigentümern geschickt.«

»Ich stehe seit langer Zeit mit ihnen in Verbindung«, stellte Gersen klar. »Aber alles, was ich im Augenblick haben möchte, ist, was auch immer Sie als Ausweisung für Ihre Sonderkorrespondenten zur Verfügung stellen, sodass ich, falls notwendig, demonstrieren kann, dass ich Angestellter von *Cosmopolis* bin.«

Der Geschäftsführende Herausgeber sprach in eine Anlage.
»Gehen Sie auf Ihrem Weg hinaus an Abteilung 2A vorbei und
Ihre Karte wird bereitliegen.« Er lehnte sich missmutig im Sessel
zurück. »Es scheint, dass Sie ein rasender Reporter sein sollen,
niemandem verantwortlich. Ein sehr netter Posten, wenn ich das
sagen darf. Über was haben Sie vor zu schreiben?«

»Über dies und das«, erwiderte Gersen. »Was immer sich
anbietet.«

Das Gesicht des Geschäftsführenden Herausgebers sackte vor
Bestürzung herab. »Sie können nicht einfach so in die Welt hin-
ausziehen und einen Artikel für *Cosmopolis* schreiben. Unsere
Ausgaben werden Monate im Voraus geplant! Wir verwenden
öffentliche Meinungsumfragen, um herauszufinden, an welchen
Themen die Leute interessiert sind.«

»Wie können sie wissen, woran sie interessiert sind, wenn sie
es nicht lesen?«, wollte Gersen wissen. »Die neuen Besitzer werfen die öffentlichen Meinungsumfragen weg.«

Der Geschäftsführende Herausgeber schüttelte bekümmert
den Kopf. »Woher sollen wir wissen, was wir schreiben sollen?«

»Ich habe die ein oder andere Idee. Das Institut, zum Beispiel,
könnte einen Bericht wert sein. Welches sind ihre gegenwärtigen Ziele? Wer sind die Männer mit den Graden 101, 102, 103?
Welche Informationen halten sie zurück? Was ist mit Tryon Russ
und seiner Antigravitationsmaschine? Das Institut verdient eine
umfassende Studie. Man könnte dem Institut leicht eine gesamte
Ausgabe widmen.«

Der Herausgeber nickte knapp. »Denken Sie nicht, das ist ein
wenig – nun, ernst? Sind die Leute wirklich an diesen Angelegenheiten interessiert?«

»Falls nicht, sollten sie es sein.«

»Leicht gesagt, aber so gibt man kein Magazin heraus. Die
Leute wollen nicht etwas richtig verstehen, sie wollen denken, sie
hätten etwas gelernt, ohne dafür etwas zu tun. In unseren ›schweren‹ Artikeln versuchen wir, Schlüssel und Leitbilder zu geben,
damit sie wenigstens etwas haben, worüber sie auf Festivitäten

miteinander reden können. Aber fahren Sie fort – was haben Sie sonst noch im Sinn?«

»Ich habe über Viole Falushe und den Palast der Liebe nachgedacht. Was genau geht in dieser Einrichtung vor? Welches Gesicht zeigt Viole Falushe? Welchen Namen hat er, wenn er aus dem Jenseits kommt? Wer sind seine Gäste im Palast der Liebe? Wie ist es ihnen ergangen? Würden sie wieder dorthin zurückkehren?«

»Ein interessantes Thema«, gab der Herausgeber zu. »Ein wenig hart an der Grenze, vielleicht. Wir ziehen es vor, etwas vom Sensationsjournalismus fortzugehen – oder sollten wir sagen, fort von den grimmigen Tatsachen der Realität. Dennoch, ich habe mich oft nach dem Palast der Liebe gefragt. Was in aller Welt *geht* dort vor? Das Übliche, nehme ich an. Aber niemand weiß es sicher. Was sonst?«

»Das wäre es für den Augenblick.« Gersen erhob sich. »Tatsächlich arbeite ich selbst an dieser letzten Geschichte.«

Der Geschäftsführende Herausgeber zuckte mit den Achseln. »Es scheint, als sei Ihnen freie Hand gegeben.«

Gersen fuhr unverzüglich mit der Untergrundbahn durch den Kanaltunnel nach Rolingshaven und kam einige Minuten vor Mittag in der gewaltigen Zonenstation an. Er durchquerte die weißgefliste Eingangshalle und ging an Gleitwegen und Aufzügen vorüber, die beschildert waren mit Wien, Paris, Tsargrad, Berlin, Budapest, Kiew, Neapel und einem Dutzend anderer uralter Städtenamen. Er blieb an einem Kiosk stehen, um eine Karte zu kaufen, anschließend ging er in ein Café und setzte sich mit einem Maß Bier und einem Teller Würstchen an einen Tisch.

Gersen hatte lange in Amsterdam gelebt und die Zonenstation bei einigen Gelegenheiten passiert, aber von der Stadt Rolingshaven wusste er nur wenig. Während er aß, studierte er die Karte.

Rolingshaven war eine Stadt von beträchtlicher Ausdehnung, die von zwei Flüssen, dem Gaas und der Sluicht, und dem Evres-Kanal in vier Stadtbezirke aufgeteilt wurde. Im Norden lag Zummer, ein recht grimmiger Bezirk mit Wohntürmen und

gewissenhaften Promenaden, angelegt von einem ordnungslie-
benden Stadtrat der fernen Vergangenheit. Auf dem Heybau,
einer in die See hinausragenden Landzunge, befanden sich das
berühmte Handelhal Konservatorium, der wundervolle Galaktische Zoo und der Kindergarten, ansonsten war Zummer bar
jeglichen Interesses.

Südlich, auf der anderen Seite der Sluicht, befand sich die
Altstadt – ein wimmelndes Durcheinander von kleinen Läden,
Gasthäusern, Herbergen, Restaurants, Biertavernen, Bücherver-
kaufsständen, zusammengedrängten Büros und schiefen kleinen
Häusern aus Stein und Holz, datierend aus dem Mittelalter. Ein
Bezirk, so chaotisch und malerisch wie Zummer starr und lang-
weilig. Hier befand sich auch die uralte Universität, welche den
Fischmarkt entlang dem Ufer des Evres-Kanals überblickte.

Ambeules lag auf der anderen Seite des Kanals: ein Bezirk aus
neun Hügeln, übersät mit Häusern und einer Umgebung aus Kais,
Lagerhäusern, Schiffswerften und Watten, aus denen die berühm-
ten Flamande-Austern gefischt wurden. Die große Gaasmündung
teilte Ambeules von Dourrai, einem Bezirk etwas niedrigerer
Hügel, die ebenfalls mit kleinen Häusern bedeckt waren und
außerdem mit großen Industrie- und Fabrikationswerken, welche
sich entlang des Ufers und weiter südlich ausbreiteten.

Dies war die Stadt, in der Viole Falushe, oder genauer gesagt,
Vogel Filschner, gelebt und in der er sein erstes großes Verbrechen
begangen hatte. Der genaue Schauplatz war Ambeules, und
Gersen beschloss, sich in diesem Gebiet niederzulassen.

Nachdem er Bier und Würstchen vertilgt hatte, fuhr er mit dem
Aufzug zur dritten Ebene, wo ein örtlicher Untergrundwagen mit
ihm unter dem Evres-Kanal her zur Station Ambeules flitzte. Er
fuhr zur Oberfläche und näherte sich, nach links und rechts durch
das dunstige Leuchten blickend, der alten Frau, die einen Zei-
tungsstand führte. »Gibt es ein gutes Hotel in der Nähe?«

Die alte Frau deutete mit einem braunen Finger. »Die Hoeblin-
gasse hinauf zum Hotel *Rembrandt*: so gut wie jedes in Ambeules.
Wenn es natürlich Eleganz ist, was Sie verlangen, dann müssen Sie

zum Hotel *Prinz Franz Ludwig* in der Altstadt gehen, dem feinsten in Europa, mit entsprechenden Preisen.«

Gersen wählte das Hotel *Rembrandt*, ein angenehmes Gebäude alten Stils mit aus dunklem Holz getäfelten öffentlichen Räumen, und wurde zu einer Suite mit hoher Decke geführt, die den großen grauen Gaas überblickte.

Der Tag war immer noch jung. Gersen fuhr mit einem Taxi zum Rathaus, wo er eine geringe Gebühr bezahlte und Zugriff auf das Stadtverzeichnis erhielt. Er ging die Aufzeichnungen bis 1495 zurück. Der Bildschirm wirbelte zum Buchstaben F, Fi und schließlich dem Namen Filschner. Zu dieser Zeit waren drei Filschners verzeichnet. Gersen machte sich Notizen von den Adressen. Zudem fand er zwei Tinzys und machte ähnliche Notizen. Dann wechselte er zu den gegenwärtigen Verzeichnissen und fand zwei Filschners und vier Tinzys. Jeweils einer der Filschners und einer der Tinzys hatte über die Jahre hinweg die gleiche Adresse behalten.

Als Nächstes besuchte Gersen die Redaktion des Ambeuler *Helion* und ihm wurde, Kraft seiner *Cosmopolis*-Karte, Zugang zum Pressearchiv gewährt. Er holte das Register auf den Bildschirm und suchte nach dem Namen Vogel Filschner, fand eine Kodenummer, gab sie ein und drückte den »Zeigen«-Knopf.

Die Geschichte war so, wie Dundine erzählt hatte, obwohl in geraffter Form. Vogel Filschner wurde beschrieben als »Junge, der abwechselnd brütet und nachts allein umherwandert«. Seine Mutter, Hedwig Filschner, deren Beruf als Kosmetikerin angegeben war, erklärte sich erstaunt über Vogels unerhörte Tat. Sie beschrieb ihn als einen »guten Jungen, wenn auch sehr idealistisch und launisch.«

Vogel Filschner hatte keine engen Freunde gehabt. Im Biologielaboratorium war er mit einem Burschen namens Roman Haenigsen zusammen gewesen, dem Schachmeister der Schule. Sie hatten während der Mittagsstunden gelegentlich Schach gespielt. Roman hatte keine Verwunderung über Vogels Verbrechen bekundet: »Er ist jemand, der es hasst zu verlieren. Immer, wenn ich ihn schlage, wird er wild und wirft die Figuren durcheinander. Dennoch, es hat mir Spaß gemacht, mit ihm zu spielen. Ich mag Leute nicht, die das Spiel auf die leichte Schulter nehmen.«

Vogel Filschner war kein Junge, der etwas auf die leichte Schulter nahm, dachte Gersen.

Eine Fotografie erschien: die entführten Mädchen, gruppiert auf einem Bild, das mit »Philidor-Bohus-Chorgesellschaft« überschrieben war. In der ersten Reihe stand ein rundliches, lächelndes Mädchen, in dem Gersen Dundine erkannte. Unter den Mädchen würde Jheral Tinzy sein und Gersen verglich die Gesichter mit der Bildunterschrift. Jheral Tinzy war das dritte Mädchen in der vierten Reihe. Nicht nur, dass ein Mädchen in der dritten Reihe ihr Gesicht verdeckte, sie hatte ihren Kopf genau zur Zeit der Aufnahme auch zur Seite gewandt, sodass das, was man von ihrem Gesicht erkennen konnte, undeutlich war.

Von Vogel Filschner gab es keine Fotografie.

Die Akte war zu Ende. Soviel dazu, dachte Gersen. Vogel Filschners Identität als Viole Falushe war in Ambeules nicht allgemein bekannt, falls überhaupt. Zur Bestätigung wählte Gersen die Akte von Viole Falushe, dem Dämonenfürsten, an, aber nur eine einzige Auskunft erregte sein Interesse: »Viole Falushe hat bei unterschiedlichen Anlässen angedeutet, dass seine ursprüngliche Heimat die Erde sei. Bei verschiedenen Gelegenheiten hat uns das Gerücht mit dem Inhalt erreicht, dass Viole Falushe hier bei uns in Ambeules gesehen wurde. Weshalb er in unserem nicht gerade aufregenden Bezirk herumspuken sollte, ist eine Frage, die nicht beantwortet werden kann, und die Gerüchte scheinen nicht mehr zu sein als eine verrückte Falschmeldung.«

Gersen verließ die Zeitungsredaktion und ging hinaus auf die Straße, wo er stehen blieb. Die Gendarmerie? Gersen entschied, nicht an sie heranzutreten. Unwahrscheinlich, dass sie ihm mehr sagen konnten, als er bereits wusste. Unwahrscheinlich, dass sie es tun würden, wenn sie es könnten. Hinzu kam, dass Gersen keine Neugierde von offizieller Seite erregen wollte.

Gersen überprüfte die Adressen, welche er sich notiert hatte, sowie die Örtlichkeit des Philidor-Bohus-Lyceums auf der Karte. Das Lyceum lag am nächsten, auf der gegenüberliegenden Seite der Lotharpfarre. Gersen signalisierte einem dreirädrigen Autotaxi und wurde auf einen der neun Hügel, durch einen Bezirk kleiner einzeln stehender Häuser befördert. Einige waren nach uralter Art errichtet, aus glasierten dunkelroten Ziegeln mit einem hohen Spitzdach aus Milchglasziegeln. Andere waren im neuen »Hohler Stamm«-Stil gehalten: schmale Betonzylinder aus künstlichem Sandstein, komprimiert zu einer Einheit aus geformter Erde; Häuser mit rosa oder weißen Paneelen, überragt von gewellten Metallkuppeln; Häuser aus laminiertem Papier mit transparenten Dächern, die elektrisch geladen waren, um Staub abzuweisen. Die Kugeln aus Unigussglas oder Glasmetall, die unter den Welten des Concourses weitverbreitet waren, hatten nie die Akzeptanz des Volkes von Westeuropa erlangt, welche sie mit Kürbissen und Papierlaternen verglichen und die Leute, die in ihnen lebten, als »nichtmenschliche Futuristen« bezeichneten … Das Taxi entließ Gersen vor dem Philidor-Bohus-Lyceum, einem grimmigen Kubus aus synthetischem schwarzem Stein, flankiert von einem Paar kleinerer Kuben.

Der Direktor des Lyceums war Dr. Willem Ledinger, ein verbindlicher Mann mit korpulentem Körperbau, karamellfarbener Haut und langgezogenen Locken gelben Haars, das sich auf höchst eigentümliche Weise um seine Kopfhaut wand. Gersen wunderte sich über die Kühnheit des Mannes, sich so vor einigen Tausend Heranwachsenden zu präsentieren. Ledinger war leutselig und arglos und akzeptierte bereitwillig Gersens Behauptung, dass *Cosmopolis* eine Umfrage über die zeitgenössische Jugend durchführe.

»Ich denke nicht, dass es darüber viel zu schreiben gibt«, sagte Ledinger. »Unsere jungen Leute sind, muss ich sagen, untadelig. Wir haben viele intelligente Studenten und einen nur mäßigen Anteil an Dummköpfen … «

Gersen lenkte die Unterhaltung auf die Studenten der Vergangenheit und ihre Karrieren; von hier aus gab es eine leichte Verbindung zum Thema Vogel Filschner.

»Ah, ja!«, sann Dr. Ledinger, seinen gelben Haarknoten tät-
schelnd. »Vogel Filschner. Ich habe seinen Namen seit Jahren
nicht gehört. Vor meiner Zeit, natürlich; ich war erst Lehrer auf
der anderen Seite der Stadt an der Technischen Akademie Hulba.
Aber der Skandal hat uns erreicht, keine Bange! Fakultäten haben
große Ohren! Was für eine Tragödie! Ein Bursche, der so weit
vom Weg abkommt!«

»Dann ist er nie nach Ambeules zurückgekehrt?«

»Er wäre ein Narr gewesen, es zu tun. Oder jedenfalls seine
Anwesenheit bekannt zu machen.«

»Haben Sie Bilder Vogel Filschners in Ihren Aufzeichnungen?
Möglicherweise werde ich über dieses eigenartige Verbrechen
etwas Eigenes schreiben.«

Missmutig gab Dr. Ledinger zu, dass Fotografien von Vogel
Filschner in den Akten waren. »Aber weshalb die alte Scheußlich-
keit aufwärmen? Das ist, wie in ein Grab einzudringen.«

»Auf der anderen Seite könnte ein solcher Artikel den Schurken identifizieren und ihn der Gerechtigkeit zuführen.«

»Der ›Gerechtigkeit‹?« Dr. Ledinger kräuselte ungläubig
die Lippen. »Nach dreißig Jahren? Er war ein hysterisches Kind.
Einerlei, was sein Verbrechen war, jetzt hat er seine Wiedergut-
machung geleistet und Frieden gefunden. Was wäre gewonnen,
wenn man ihn der ›Gerechtigkeit‹, wie Sie es nennen, zuführen
würde?«

Gersen war etwas überrascht ob der Vehemenz von Dr. Ledinger. »Um andere davon abzubringen. Vielleicht gibt es in diesem
Moment einen potenziellen Vogel Filschner unter Ihren Studenten.«

Dr. Ledinger lächelte versonnen. »Das bezweifle ich keinen
Augenblick. Gewisse dieser jungen Schufte – nun, ich will keine
Geschichten aus der Schule erzählen. Und ich werde Sie nicht mit
Fotografien versorgen. Ich finde Ihre Vorstellung absolut nicht
einwandfrei.«

»Gibt es ein Jahrbuch für das Jahr des Verbrechens? Oder besser noch von dem Jahr davor?«

Dr. Ledinger blickte Gersen einen Moment lang an, seine Leutseligkeit schwand allmählich. Dann ging er zur Wand und riss einen Band aus dem Regal. Er beobachtete ruhig, wie Gersen die Blätter wendete und schließlich auf die Fotografie der Mädchen-Chorgesellschaft stieß, die er bereits gesehen hatte. Gersen deutete. »Dort ist Jheral Tinzy, das Mädchen, welches Vogel zurückgewiesen und ihn zu seinem Verbrechen getrieben hat.«

Dr. Ledinger musterte das Bild. »Denken Sie nur. Achtundzwanzig Mädchen, geschnappt und ins Jenseits gebracht. Ihr Leben zerstört. Ich frage mich, wie es ihnen ergangen ist. Einige mögen immer noch leben, arme Dinger.«

»Was ist überhaupt aus Jheral Tinzy geworden? Sie war nicht bei der Gruppe, wenn Sie sich erinnern.«

Dr. Ledinger musterte Gersen argwöhnisch. »Sie scheinen eine ganze Menge über den Fall zu wissen. Sind Sie ganz ehrlich zu mir gewesen?«

Gersen grinste. »Nicht ganz. Ich bin grundsätzlich an Vogel Filschner interessiert, aber ich möchte nicht, dass irgendjemand weiß, dass ich interessiert bin. Wenn ich die Information, die ich benötige, diskret erhalte und niemand davon erfährt, umso besser.«

»Sie sind ein Polizeioffizier? Oder von der IPCC?«

Gersen zeigte seinen Ausweis. »Hier ist mein einziger Anspruch auf Ruhm.«

»Hmpf! *Cosmopolis* hat vor, einen Artikel über Vogel Filschner zu veröffentlichen? Das scheint mir eine Verschwendung von Papier und Tinte zu sein. Kein Wunder, dass *Cosmopolis* an Prestige verliert.«

»Was ist mit Jheral Tinzy? Haben Sie ihre Fotografie in den Akten?«

»Zweifelsohne.« Dr. Ledinger legte die Hände auf den Schreibtisch, um zu signalisieren, dass das Gespräch zu einem Ende gekommen war. »Aber wir können unsere vertraulichen Akten nicht wahllos öffnen. Es tut mir leid.«

Gersen erhob sich. »Vielen Dank, jedenfalls!«

»Ich habe nichts getan, um Ihnen zu helfen«, sagte Dr. Ledinger steinern.

Vogel Filschner hatte mit seiner Mutter in einem schmalen kleinen Haus im östlichen Teil von Ambeules gewohnt, der an einen schmuddeligen Bezirk aus Lagerhäusern und Transportdepots grenzte. Gersen stieg die geschmückten Eisenstufen hoch, betätigte den Klingelknopf und stellte sich vor das Guckloch. Eine Frauenstimme sagte: »Ja?«

Gersen sprach in seinem überzeugendsten Ton. »Ich versuche Madame Hedwig Filschner ausfindig zu machen, die vor vielen Jahren hier gewohnt hat.«

»Ich kenne niemanden mit diesem Namen. Sie müssen sich an Ewane Clodig wenden, den Eigentümer dieses Hauses. Wir zahlen nur Miete.«

Ewane Clodig, den Gersen in den Büros von Clodig Immobilien fand, sah in seinen Aufzeichnungen nach. »Madame Hedwig Filschner ... Der Name klingt vertraut ... Ich sehe ihn nicht auf meiner Liste ... Hier ist er. Sie ist umgezogen, lassen Sie mich sehen, vor dreißig Jahren.«

»Haben Sie ihre gegenwärtige Adresse?«

»Nein, mein Herr. Das ist zu viel verlangt. Ich habe nicht einmal eine Nachsendeadresse von vor dreißig Jahren ... Aber jetzt fällt es mir ein! Ist sie nicht die Mutter von Vogel Filschner, dem jugendlichen Sklavenhändler?«

»Richtig.«

»Nun denn, ich kann Ihnen Folgendes sagen. Als die Tat bekannt wurde, packte sie ihre Sachen und verschwand, und seitdem hat niemand etwas von ihr gehört.«

Jheral Tinzys altes Zuhause war ein großes achteckiges Gebäude im sogenannten Virtem-Palladian-Stil, halbwegs den Baillel-Hügel hinauf gelegen. Die Adresse stimmte mit jener überein, die Gersen aus dem gegenwärtigen Verzeichnis notiert hatte; die Familie hatte ihren Wohnort nicht gewechselt.

Eine ansehnliche Frau mittleren Alters öffnete die Tür. Sie trug einen bunten Bauernkittel und ein geblümtes Kopftuch. Sie erwiderte Gersens Blick so direkt, dass es schon keck war. »Sie sind Jheral Tinzy?« fragte er zögernd.

»›Jheral‹?« Die Augenbrauen der Frau bogen sich nach oben. »Nein. Nein, wirklich nicht.« Sie stieß ein bellendes sardonisches Lachen aus. »Wie seltsam, das zu fragen. Wer sind Sie?«

Gersen zeigte seinen Ausweis. Die Frau las und gab die Karte zurück. »Was veranlasst Sie zu glauben, ich sei Jheral Tinzy?«

»Sie hat einmal hier gewohnt. Sie wäre in Ihrem Alter.«

»Ich bin ihre Cousine.« Die Frau betrachtete Gersen sorgfältiger denn je. »Was wollen Sie von Jheral?«

»Darf ich hereinkommen? Ich werde es erklären.«

Die Frau zögerte. Als Gersen vortrat, vollführte sie eine schnelle Bewegung, um ihn zurückzuhalten. Dann, nach einem dubiosen Blick über die Schulter, rückte sie beiseite. Gersen betrat einen Flur mit einem Boden aus tadellosen weißen Glasfliesen. Auf einer Seite befand sich die Bildschirmwand, charakteristisch für europäische Häuser der Mittelklasse; hier hing ein Paneel, das kunstvoll mit Holz, Bein und Muschel eingelegt war: Lenka-Handarbeit von Nowhere, einem der Concourse-Planeten; eine Reihe Duftdosen von Pamfile; ein Rechteck aus poliertem und perforiertem Obsidian und eine der sogenannten Demutstafeln* von Lupus 2311.

Gersen hielt inne, um einen kleinen Wandteppich vorzüglichen

---

* Die nichtmenschlichen Einheimischen der Halbinsel 4A, Lupus 2311, widmen den größten Teil ihres Lebens der Arbeit an diesen Tafeln, die offenbar eine religiöse Bedeutung haben. Zwei Mal im Jahr, zu den Sonnenwenden, werden zweihundertvierundzwanzig mikroskopisch detaillierte Tafeln an Bord einer Zeremonienbarke gelegt, der es anschließend gestattet wird, hinaus auf den Ozean zu treiben. Die Lupus-Bergungsgesellschaft unterhält ein Schiff gerade hinter dem Horizont von Halbinsel 4A. Sobald das Floß außerhalb der Sichtweite des Landes ist, wird es geborgen, die Tafeln werden entnommen, exportiert und als *objets d'art* verkauft.

Designs und exquisiter Handwerkskunst zu mustern. »Das ist ein schönes Stück. Wissen Sie, woher es stammt?«

»Er ist prächtig«, stimmte die Frau zu. »Ich glaube, er kommt von Außenwelt.«

»Für mich sieht er aus wie ein Exemplar von Sabra«, meinte Gersen.

Vom oberen Stockwerk kam ein barscher Ruf: »Emma? Wer ist da?«

»Schon wach«, murmelte die Frau. Sie hob die Stimme. »Ein Herr von *Cosmopolis*, Tante.«

»Wir wollen keine Magazine!« schrie die Stimme. »Ist das klar!«

»Schon gut, Tante. Ich werde es ihm sagen.« Emma bedeutete Gersen, ins Wohnzimmer zu gehen und ruckte mit dem Kopf in die Richtung der Quelle der Stimme. »Jherals Mutter. Ihr geht es nicht gut.«

»Das tut mir leid«, entgegnete Gersen. »Wo ist Jheral überhaupt?«

Emma wandte Gersen den kecken Blick zu. »Weshalb wollen Sie das wissen?«

»Um ehrlich zu sein, ich versuche einen gewissen Vogel Filschner ausfindig zu machen.«

Emma lachte lautlos und ohne Heiterkeit. »Um Vogel Filschner zu finden, sind Sie am falschen Ort. Was für ein Witz!«

»Sie kennen ihn?«

»Oh, ja! Er war am Lyceum in der Klasse unter mir.«

»Sie haben ihn seit der Entführung nicht gesehen?«

»Oh, nein! Nie mehr. Dennoch – es ist seltsam, dass Sie fragen.« Emma zögerte, lächelte zittrig, wie vor Verlegenheit. »Es ist, wie wenn eine Wolke an der Sonne vorüberzieht. Mitunter blicke ich mich um, sicher, dass ich Vogel Filschner gesehen habe – aber nie ist er da.«

»Was ist mit Jheral geschehen?«

Emma setzte sich und blickte weit über die Jahre zurück. »Sie müssen daran denken, dass es viel öffentliche Aufmerksamkeit und Entrüstung gab. Es war die größte Untat, die ich erlebt habe. Man zeigte auf Jheral; es kam zu unangenehmen Situationen. Einige der Mütter haben Jheral tatsächlich geschlagen und beschimpft; sie hatte Vogel vor den Kopf gestoßen, ihn zu dem Verbrechen getrieben, daher teile sie seine Schuld ... Ich muss zugeben«, sagte Emma nachdenklich, »dass Jheral eine herzlose Flirterin war. Sie war einfach nur verehrungswürdig. Sie kriegte die Jungs mit einem kleinen Seitenblick – wie diesem ...« Emma demonstrierte ihn. »So eine Schelmin. Sie flirtete sogar mit Vogel: purer Sadismus, weil sie seinen Anblick nicht ertragen konnte. Ah, widerwärtiger Vogel! Jeden Tag kam Jheral von der Schule nach Hause, um uns eine weitere Ungeheuerlichkeit von Vogel zu erzählen. Wie er einen Frosch zerlegte und dann, nachdem er sich die Hände an einem Papierhandtuch abgewischt hatte, sein Mittagessen aß! Wie schlecht er roch, als würde er seine Kleidung nicht wechseln! Wie er mit seinem poetischen Verstand prahlte und versuchte, sie mit seiner Großartigkeit zu beeindrucken! Es ist wahr! Jheral hat Vogel mit ihren Tricks angestiftet – und achtundzwanzig andere Mädchen haben den Preis dafür bezahlt.«

»Und danach?«

»Große Entrüstung. Alle wandten sich gegen Jheral, als hätten sie sich womöglich schon immer danach gesehnt, dies zu tun. Jheral lief schließlich mit einem älteren Mann davon. Sie ist nie nach Ambeules zurückgekehrt. Nicht einmal ihre Mutter weiß, wo sie ist.«

In die Stube rauschte eine blitzäugige alte Frau mit einer Mähne fliegender weißer Haare. Gersen sprang hinter einen Sessel, um ihrem Angriff zu entgehen. »Was wollen Sie, dass Sie Fragen in diesem Hause stellen? Hinaus mit Ihnen; hat es nicht Ärger genug gegeben? Ich traue Ihrem Gesicht nicht; Sie sind wie all die anderen! Hinaus, kommen Sie nie wieder! Schuft! Welche Frechheit, dieses Haus zu betreten und unflätige Fragen zu stellen ...«

Gersen verließ das Haus so schnell es ihm möglich war. Emma schickte sich an, ihn zur Tür zu begleiten, doch ihre Tante humpelte vor und drängte sie zur Seite.

Die Tür schloss sich: der nahezu hysterische Wortschwall war
gedämpft. Gersen stieß einen tiefen Seufzer aus. Eine Xanthippe!
Er war glücklich, ohne Schrammen davongekommen zu sein.

In einem nahe gelegenen Café trank Gersen ein Fläschchen
Wein und beobachtete die Sonne, welche in Richtung Meer sank
... Es war natürlich gut möglich, dass die gesamte Abfolge der
Nachforschungen, welche mit der Notiz in der Aventer Zeitung
begonnen hatte, sinnlos gewesen war. Bis jetzt war die Auffas-
sung von Kakarsis Asm die einzige Verbindung zwischen Vogel
Filschner und Viole Falushe. Emma Tinzy glaubte offensichtlich,
dass sie Vogel Filschner in Ambeules gesehen hatte. Viole Falushe
mochte sehr wohl die gefährliche Freude genießen, zu den Orten
seiner Kindheit zurückzukehren. Wenn dem so war, weshalb hatte
er sich seinen alten Bekannten nicht offenbart? Obwohl es schien,
dass Vogel Filschner sowieso nur recht wenige Freunde oder
Bekannte gehabt hatte. Jheral Tinzy hatte mit dem Verlassen von
Ambeules möglicherweise die klügste aller Entscheidungen getroffen: Viole Falushe hatte ein bekannt langes Erinnerungsvermögen.
Sein einziger Freund war Roman Haenigsen gewesen, der Schachmeister. Irgendwo war auch die Rede von einem Dichter gewesen,
der Vogel Filschner zu Ausschweifungen angestachelt hatte ...
Gersen fragte nach einem Adressverzeichnis und suchte nach dem
Namen Haenigsen. Da war er; das Buch ging beinahe automatisch
an dieser Stelle auf. Gersen schrieb die Adresse ab und fragte einen
Ober nach dem Weg. Es schien, dass Roman Haenigsen kaum fünf
Minuten zu Fuß entfernt lebte. Nachdem Gersen den Wein getrunken hatte, brach er durch das schwindende Sonnenlicht auf.

Das Haus von Roman Haenigsen war das eleganteste, welches
er an diesem Tag aufgesucht hatte: ein dreigeschossiges Gebäude
aus Metall und Schmelzsteinplatten, mit elektrischen Fenstern,
die auf ein gesprochenes Wort hin transparent oder undurchsichtig wurden.

Haenigsen kam gerade nach Hause, als Gersen in den Weg
einbog: ein kleiner munterer Mann mit großem Kopf und förm-
lichen, pedantischen Gesichtszügen. Er spähte Gersen scharf an

und erkundigte sich nach dessen Geschäften. Offenheit schien in diesem Fall angebrachter als Unaufrichtigkeit. Gersen sagte: »Ich ziehe Erkundigungen in Bezug auf Ihren alten Klassenkameraden Vogel Filschner ein. Ich habe gehört, dass Sie beinahe sein einziger Freund gewesen seien.«

»Hm«, erwiderte Roman Haenigsen. Er dachte einen Augenblick nach. »Kommen Sie mit hinein, wenn es Ihnen recht ist, und wir reden darüber.«

Er führte Gersen in einen Studienraum, dekoriert mit allen Arten von Schach-Memorabilien: Portraits, Büsten, Sammlungen von Schachfiguren, Fotografien. »Spielen Sie Schach?« fragte er Gersen.

»Ich habe gelegentlich gespielt, obwohl nicht sehr oft.«

»Wie bei allem anderen, muss man es praktizieren, um in guter Verfassung zu bleiben. Schach ist ein altes Spiel.« Er ging zu einem Brett und verrückte die Figuren mit liebevoller Geringschätzung. »Jede Variation ist analysiert worden; es gibt Spielaufzeichnungen, um die Resultate jedes vernünftigen Zuges zu beleuchten. Wenn man ein ausreichend gutes Gedächtnis hat, braucht man nicht nachzudenken, um ein Spiel zu gewinnen, man muss lediglich das gewonnene Spiel von jemand anderem spielen. Glücklicherweise verfügt niemand, außer Robotern, über ein solches Gedächtnis. Möchten Sie etwas trinken?«

»Vielen Dank!« Gersen nahm einen Kristallkelch entgegen, der zweieinhalb Zentimeter hoch Branntwein enthielt.

»Vogel Filschner! Seltsam, diesen Namen wieder zu hören. Ist sein Aufenthaltsort bekannt?«

»Das ist es, was ich versuche herauszufinden.«

Roman Haenigsen schüttelte ironisch den Kopf. »Von mir werden Sie nichts erfahren. Ich habe ihn seit 1494 weder gesehen noch etwas von ihm gehört.«

»Ich hatte kaum erwartet, dass er in seiner alten Identität zurückkehren würde. Aber es ist möglich, dass ...« Gersen hielt inne, als Roman Haenigsen mit den Fingern schnippte.

»Eigenartig!« sagte Haenigsen. »Jeden Donnerstagabend spiele ich im Schachclub. Vor einem Jahr vielleicht habe ich einen

Mann bemerkt, der unter der Uhr stand. Ich dachte, das kann doch
nicht Vogel Filschner sein? Er drehte sich um, ich sah sein Gesicht.
Es war ein Mann, irgendwie wie Vogel, aber ganz anders. Ein Mann
von feiner Erscheinung und Haltung, ein Mann, der nichts von
Vogels zerknirschter Verdrießlichkeit hatte. Und doch – da Sie es
erwähnen – gab es etwas an dem Mann, vielleicht die Art, in der er
Arme und Hände hielt, die mich an Vogel erinnerte.«

»Sie haben den Mann seitdem nicht mehr gesehen?«

»Nicht einmal mehr.«

»Haben Sie mit ihm gesprochen?«

»Nein. In meiner Überraschung muss ich angehalten haben,
um ihn anzustarren, aber dann bin ich vorübergeeilt.«

»Könnten Sie sich jemanden denken, den Vogel hätte sehen
wollen? Hatte er außer Ihnen noch andere Freunde?«

Roman Haenigsen spitzte ironisch die Lippen. »Ich war wohl
kaum sein Freund. Wir haben einen Labortisch geteilt; ich habe
gelegentlich mit ihm Schach gespielt, wobei er oft gewonnen hat.
Hätte er sich beworben, wäre er vielleicht Meister geworden. Aber
er wollte nur von Mädchen träumen und schlechte Dichtung in
der Art eines gewissen Navarths schreiben.«

»Ah, Navarth! Das ist der Dichter, dem Vogel Filschner nach-
zueifern versuchte.«

»Unglücklicherweise. Meiner Meinung nach war Navarth ein
Scharlatan, ein Bombast, ein Mann der zweifelhaftesten Gesin-
nungen.«

»Und was ist aus Navarth geworden?«

»Ich glaube, er ist immer noch in der Nähe, wenngleich er
kaum mehr der Mann von vor dreißig Jahren ist. Die Leute sind
klüger geworden; studierte Dekadenz schockiert nicht mehr so,
wie es noch der Fall gewesen ist, als ich ein Bursche war. Vogel
war davon natürlich hingerissen und leistete sich die absurdesten
Eskapaden, um sich mit seinem Vorbild zu identifizieren. Ja, in
der Tat. Wenn jemand für die Verbrechen von Vogel Filschner
verantwortlich gemacht werden kann, dann ist es Navarth, der
verrückte Dichter!«

KAPITEL V

Drinking whisky by the peg,
Singing songs of drunken glee,
I thought to swallow half a keg
But Tim R. Mortiss degurgled me.

Not precisely *comme il faut*
To practise frank polygamy;
I might have practiced, even so,
But Tim R. Mortiss disturgled me.

Chorus:

Tim R. Mortiss, Tim R. Mortiss,
He's a loving friend.
He holds my hand while I'm asleep,
He guides me on my four-day creep,
He's with me to the end.

To woo a dainty Eskimo
I vowed to swim the Bering Sea.
No sooner had I wet a toe
When Tim R. Mortiss occurgled me.

A threat arcane, a fearful bane
Within an old phylactery.
I turned the rubbish down a drain,
Now Tim R. Mortiss perturgles me.

Chorus:

(with a snapping of fingers and
clicking of heels in mid-air)

Tim R. Mortiss, Tim R. Mortiss,
He's a loving friend.
He holds my hand while I'm asleep,
He guides me on my four-day creep,
He's with me to the end.*

... Navarth

~

Am folgenden Tag stattete Gersen der Redaktion des *Helion*
einen zweiten Besuch ab. Das Dossier von Navarth war
enthusiastisch und üppig und berichtete von Skandalen, Unschick-
lichkeiten, Missachtungen und empörenden Erklärungen über
einen Zeitraum von vierzig Jahren. Der erste Eintrag betraf eine
Oper mit einem Libretto von Navarth, die von Studenten der
Universität präsentiert worden war. Die Uraufführung wurde als
schändlich bezeichnet und neun Studenten wurden von der Universität verwiesen. Danach stieg Navarths Karriere, stürzte wieder
ab, lebte erneut auf, stürzte danach einmal mehr ab und diesmal
endgültig. Die letzten zehn Jahre hatte er an Bord eines Hausbootes in der Gaasmündung nahe der Fitlingasse gelebt.

Gersen fuhr mit der Untergrundbahn zur Station Hedrick am
Boulevard Castel Vivence und kam im Handels- und Verschif-
fungsbezirk von Ambeules neben der Gaasmündung wieder an
die Oberfläche. Der Bezirk mit seinen Agenturen, Lagerhäusern,
Büros, Anlegeplätzen, Schnellimbissen, Restaurants, Weinläden,
Straßenobsthändlern, Zeitungskiosken und Apotheken brodelte
vor Geschäftigkeit. Barken lagen mit ihren Nasen in Docks, um

---

* siehe Anhang 1.

von Robotern gelöscht zu werden; Bierwagen rumpelten den
Boulevard entlang; von unten drangen die Vibrationen von
Frachttransporten per Untergrundbahn. An einem Süßigkeiten-
tand erkundigte sich Gersen nach der Fitlingasse und wurde über
den Boulevard nach Osten gewiesen.

Automatische Passagierwagen mit offenen Seiten befuhren
den Boulevard. Die Fahrgäste saßen auf Bänken, welche der
Straße zugewandt waren. Gersen fuhr eineinhalb, drei Kilometer
mit dem Gaas zu seiner Rechten. Die Betriebsamkeit nahm ab,
die eindrucksvollen Blocks und die Massen des Handelsbezirks
wichen drei- und viergeschossigen Gebäuden: seltsamen Bauwerken aus Schmelzstein oder Terrakottaplatten mit schmalen
Fenstern, die durch Rauch und salzhaltige Luft in Hundert subtilen Farben gesprenkelt waren. Gelegentlich kam der Wagen an
freien Flächen vorüber, auf denen nur Unkraut wuchs. Durch
diese Lücken konnte man die benachbarten nördlichen Straßen
sehen, etwas höher gelegen als der Boulevard Castel Vivence,
mit hohen Apartmentgebäuden, die dicht aneinandergedrängt
standen.

Die Fitlingasse war eine schmale graue Allee, die hügelaufwärts
abbog. Gersen stieg aus und bemerkte beinahe sofort ein massiges
zweigeschossiges Hausboot, welches an einem verfallenen Kai
vertäut war. Eine Rauchsträhne trieb von einem Schornstein in
die Höhe: Jemand war an Bord.

Gersen prüfte die Umgebung. Dunstiges Sonnenlicht spielte
auf der Mündung; am gegenüberliegenden Ufer standen Tausende von Häusern mit braunen Ziegeldächern in Reihen bis zur
Wasserkante hinunter. Anderswo gab es unbenutzte Anlegeplätze,
verrottende Pfähle, ein oder zwei Lagerhäuser, eine Kneipe mit
purpurnen und grünen Fenstern, die sich im Wasser spiegelten.
Auf dem Kai saß ein Mädchen von siebzehn oder achtzehn Jahren
und warf Kiesel ins Wasser. Sie bedachte Gersen mit einem kurzen,
gelassenen Starren und blickte dann fort. Gersen drehte sich um
und betrachtete das Hausboot. Wenn dies Navarths Wohnsitz war,
genoss er eine sehr angenehme Aussicht – auch wenn das fahle

Sonnenlicht, die braunen Dächer von Dourrai, die verrottenden
Anlegeplätze und das leckende Wasser der Szenerie Melancholie
verliehen. Selbst das Mädchen erschien über ihre Jahre hinaus
düster. Sie trug einen kurzen schwarzen Rock, eine braune Jacke.
Ihr Haar war dunkel und zerzaust, ob durch den Wind oder wegen
Nachlässigkeit, war nicht zu sagen. Gersen trat an sie heran und
erkundigte sich: »Ist Navarth an Bord des Hausbootes?«

Sie nickte, ohne die Miene zu verändern, und beobachtete Ger-
sen mit der Losgelöstheit eines Naturalisten, als er die Leiter zur
Anlegestelle hinabstieg und dann eine wackelige Laufplanke zum
Vorderdeck des Hausbootes überquerte.

Gersen klopfte an die Tür. Es gab keine Reaktion. Er klopfte
erneut. Die Tür wurde heftig aufgerissen; ein verschlafener, unra-
sierter Mann spähte heraus. Sein Alter war unbestimmbar. Er war
dünn, hatte Stelzenbeine, einen verdrehten Zinken von Nase,
wirres Haar von keiner bestimmten Farbe, Augen, die, obwohl
perfekt angeordnet, den Eindruck erweckten, in zwei Richtungen
zugleich zu blicken. Sein Benehmen war wild und roh. »Gibt es
keine Privatsphäre mehr auf dieser Welt? Hinunter vom Boot,
sofort! Wann immer ich mich für einen Augenblick zur Ruhe lege,
beharrt ein schafsgesichtiger Funktionär, irgendein zudringlicher
Traktatenhausierer darauf, mich von meiner Liege zu stoßen. Wollen Sie nicht gehen? Habe ich mich nicht klar ausgedrückt? Ich
warne Sie, ich habe den ein oder anderen Trick im Ärmel ...«

Gersen versuchte zu sprechen – vergebens. Als Navarth nach
drinnen langte, zog er sich hastig auf den Kai zurück. »Einen
Augenblick Ihrer Zeit!« rief er. »Ich bin kein Funktionär, kein
Verkäufer. Mein Name ist Henry Lucas und ich möchte ...«

Navarth schüttelte die magere Faust. »Nicht jetzt, nicht morgen, nicht in der gesamten Spanne der Zukunft noch zu einer
Zeit danach möchte ich Ihre Bekanntschaft machen. Hinfort
mit Ihnen! Sie haben das Gesicht eines Mannes, der schlechte
Nachrichten bringt, ein knirschendes Schlechtzähnegrinsen.
Diese Dinge sind mir klar: Sie sind vom Schicksal gezeichnet! Ich
will nichts mit Ihnen zu tun haben. Gehen Sie fort.« Mit einem

Seitenblick bösen Triumphs schwang er die Laufplanke weg von der Anlegestelle und ging wieder hinein ins Hausboot.

Gersen kehrte zum Kai zurück. Das Mädchen saß wie zuvor da. Gersen blickte zurück, hinunter zum Hausboot. Er fragte in verwundertem Ton: »Ist er immer so?«

»Er ist Navarth«, sagte das Mädchen, als wäre das alles, was gesagt werden musste.

Gersen ging in die Kneipe und trank einen Humpen Bier. Der Schankwirt war ein recht wachsamer Mann von beträchtlicher Größe und imponierendem Bauch und wusste entweder nichts von Navarth oder zog es vor, das, was er wusste, nicht preiszugeben. Gersen erhielt keine Informationen.

Nachdenklich blieb er sitzen. Eine halbe Stunde verging. Dann ging er zum Telefonverzeichnis und blickte im Branchenabschnitt unter »Bergungen« nach. Eine Anzeige fiel ihm ins Auge:

JOBAN BERGUNGS- UND SCHLEPP-
KÄHNE – KRANBOOTE – TAUCHERAUSRÜSTUNG
Kein Auftrag zu groß oder zu klein

Gersen telefonierte und gab seinen Bedarf bekannt. Ihm wurde versichert, dass ihm die erforderliche Ausrüstung am nächsten Tag zur Verfügung stehen würde.

Am folgenden Morgen kam ein schwerer, hochseetüchtiger Kahn die Mündung hinauf, wendete und fuhr behutsam zum Anlegeplatz neben Navarths Hausboot, mit einem Zwischenraum von kaum einem Meter. Der Maat brüllte den Seeleuten Befehle zu; Leinen wurden auf den Kai geworfen und über Poller gelegt. Der Kahn war vertäut.

Navarth kam hinaus auf Deck, tanzend vor Wut. »Müssen Sie so dicht anlegen? Bringen Sie diesen Klotz fort. Versuchen Sie mich in den Kai hineinzudrücken?«

An der Reling des Kahns lehnend, blickte Gersen hinunter in Navarths aufwärts gewandtes Gesicht. »Ich glaube, ich habe gestern einige Worte mit Ihnen gewechselt?«

»Ich erinnere mich sehr gut. Ich habe darum gebeten, dass Sie gehen und nun sind Sie wieder hier, noch ungelegener als zuvor.«

»Ich frage mich, ob Sie mir die Freude einiger Minuten der Konversation gewähren würden? Möglicherweise kommt ein Profit für Sie dabei heraus.«

»Profit? Bah! Ich habe mehr Geld aus meinen Schuhen geschüttet, als Sie je ausgegeben haben. Ich verlange nur, dass Sie Ihren Kahn woandershin bringen.«

»Gewiss. Wir sind nur für einige Minuten hier.«

Navarth nickte bockig. Auf der gegenüberliegenden Seite des Kahns kletterte der Taucher, den Gersen angeheuert hatte, zurück an Bord. Gersen wandte sich an Navarth. »Es ist sehr wichtig, dass ich mit Ihnen spreche, wenn Sie so nett sein würden und …«

»Diese Wichtigkeit existiert nur von einem einzigen Standpunkt aus. Hinfort mit Ihnen und Ihrem Mammutkahn!«

»Sofort«, entgegnete Gersen. Er nickte dem Taucher zu, der einen Knopf drückte.

Unter dem Hausboot ertönte eine Explosion; das Hausboot erschauerte, begann zu krängen. Navarth rannte vor heller Aufregung hin und her. Haken wurden vom Kahn heruntergelassen und an der Scheuerreling des Hausbootes festgehakt. »Offensichtlich hat es eine Explosion in Ihrem Maschinenraum gegeben«, sagte Gersen zu Navarth.

»Wie kann das sein? Vorher hat es noch nie eine Explosion gegeben. Es gibt nicht einmal eine Maschine. Ich bin im Begriff zu sinken!«

»Nicht, solange Sie von den Leinen gehalten werden. Aber wir fahren in einer Minute ab, und ich muss die Haken losmachen.«

»Wie bitte?« Navarth warf die Arme in die Luft. »Ich werde auf Grund gehen, zusammen mit dem Boot! Ist das Ihr Bestreben?«

»Wenn Sie sich erinnern wollen, Sie selbst haben mich angewiesen abzufahren«, entgegnete Gersen in vernünftigem Ton. »Daher …« er wandte sich an die Mannschaft. »Macht die Haken los! Wir legen ab!«

»Nein, nein!« bellte Navarth. »Ich werde sinken!«

»Wenn Sie mich an Bord Ihres Bootes einladen, wenn Sie mit mir reden und mir helfen einen Artikel, den ich schreibe, zu verfassen, dann sieht die Angelegenheit anders aus«, erwiderte Gersen, »Ich könnte geneigt sein, Ihnen bei diesem Unglück zu helfen, möglicherweise sogar dahingehend, Ihren Rumpf zu reparieren.«

»Weshalb auch nicht?« tobte Navarth. »Sie sind verantwortlich für die Explosion!«

»Vorsicht, Navarth! Das ist an der äußersten Grenze der Verleumdung! Denken Sie daran, es gibt Zeugen!«

»Bah! Was Sie getan haben, ist Piraterie und Erpressung. Einen Artikel schreiben, wirklich. Nun gut – weshalb haben Sie das nicht sofort gesagt? Ich bin ebenfalls Autor! Kommen Sie an Bord, wir wollen reden. Ich bin immer dankbar für eine kleine Ablenkung; ein Mann ohne Freunde ist wie ein Baum ohne Blätter.«

Gersen sprang hinunter auf das Hausboot. Navarth, nun die Liebenswürdigkeit in Person, arrangierte die Sessel so, dass sie das gesamte Spiel der fahlen Sonne einfingen. Er holte eine Flasche Weißwein. »Nehmen Sie doch Platz, machen Sie es sich bequem!« Er öffnete die Flasche, schenkte ein, anschließend lehnte er sich im Sessel zurück und trank mit Vergnügen. Sein Gesicht war gelassen und arglos, als sei all die rassische Weisheit an ihm vorübergegangen, ohne sichtbare Spuren zu hinterlassen. Wie die Erde, war Navarth alt, verantwortungslos und melancholisch, erfüllt von einer schädlichen Freude.

»Dann sind Sie ein Autor? Ich muss sagen, dass Sie nicht dem gewöhnlichen Erscheinungsbild entsprechen.«

Gersen holte seinen *Cosmopolis*-Ausweis hervor. »*Herr Henry Lucas*«, las Navarth. »*Sonderautor*. Weshalb sind Sie zu mir gekommen? Ich werde nicht mehr beachtet, meine Popularität ist nur noch eine Erinnerung. Diskreditiert, arm. Was war mein Vergehen? Ich war bestrebt, die Wahrheit in all ihrer Vehemenz auszudrücken. Das ist eine Gefahr. Eine ›Bedeutung‹ muss müßig geäußert werden, ohne Nachdruck. Der Zuhörer steht unter keinem Zwang zu reagieren; seine gewöhnliche Verteidigung ist nicht geordnet, die ›Bedeutung‹ dringt in seinen Verstand. Ich habe viel über die Welt zu sagen, aber mit jedem Jahr schwindet dieser Zwang mehr. Lasst sie leben und sterben, mir ist es gleich. Welches ist das Thema Ihres Artikels?«

»Viole Falushe.«

Navarth blinzelte. »Ein interessantes Thema, aber weshalb kommen Sie damit zu mir?«

»Weil Sie ihn als Vogel Filschner kennen.«

»Hmm. Nun, ja. Das ist eine nicht allgemein bekannte Tatsache.« Mit unvermittelt schlaffen Fingern goss Navarth mehr Wein ein. »Was insbesondere wünschen Sie?«

»Wissen.«

»Ich schlage vor«, sagte Navarth unvermittelt forsch, »dass Sie die Informationen an ihrer Quelle suchen.«

Gersen nickte zustimmend. »Wohl wahr, wenn ich wüsste, wo ich suchen muss. Aber was, wenn er im Jenseits ist? In seinem ›Palast der Liebe‹.«

»Das ist nicht der Fall, er ist hier auf der Erde.« Sobald Navarth gesprochen hatte, schien er seine Offenheit zu bereuen und runzelte vor Ärger die Stirn.

Gersen lehnte sich zurück; seine Zweifel und Befürchtungen waren zerstreut. Vogel Filschner und Viole Falushe waren eine Person; hier war ein Mann, der ihn in beiden Identitäten kannte.

Navarth war unsicher und ärgerlich geworden. »Tausend Themen sind interessanter als Viole Falushe.«

»Woher wissen Sie, dass er auf der Erde ist?«

Navarth stieß einen Laut großartiger Verachtung aus. »Woher weiß ich überhaupt etwas? Ich bin Navarth!« Er deutete auf eine Rauchsträhne am Himmel. »Ich sehe sie, ich weiß es.« Er deutete auf einen toten Fisch, der mit dem Bauch nach oben dahintrieb. »Ich sehe ihn, ich weiß es.« Er hob die Weinflasche und hielt sie gegen das Sonnenlicht. »Ich sehe ihn, ich weiß es.«

Gersen dachte einen Augenblick still nach. »Ich bin nicht in der Position, Ihre Wissenslehre zu kritisieren«, befand er schließlich. »Zunächst einmal verstehe ich sie nicht ... Haben Sie keine klareren Kenntnisse über Viole Falushe?«

Navarth versuchte den Finger klug an die Seite seiner Nase zu legen, verkalkulierte sich und stach sich ins Auge. »Es gibt eine Zeit für Wagemut und eine andere für Vorsicht. Ich kenne noch immer nicht den Zweck Ihres Artikels.«

»Es soll ein vernünftiges Dokument werden, ohne Übertreibungen oder Rechtfertigungen. Die Tatsachen sollen für sich sprechen.«

Navarth schürzte die Lippen. »Ein gefährliches Unternehmen. Viole Falushe ist ein höchst empfindlicher Mann. Erinnern Sie sich an die Prinzessin, die eine Erbse unter vierzig Matratzen entdeckte? Viole Falushe kann bei der morgendlichen Kalzibah-Anrufung eines blinden kleinen Kindes einen Makel erkennen ... Auf der anderen Seite, die Welt dreht sich; der Teppich des Wissens wird entrollt. Viole Falushe hat mir keinen Anlass zur Dankbarkeit gegeben.«

»Ihre Einschätzung seines Charakters fällt negativ aus?« fragte Gersen vorsichtig.

Navarth konnte sich nicht länger zurückhalten. Mit einer grandiosen Gebärde trank er vom Wein. »Negativ, in der Tat. Hätte ich etwas zu sagen, welche Vergeltung würde ich üben!« Er fiel im Sessel zurück, deutete mit einem mageren Finger in Richtung Horizont und sprach mit einer gedämpften, monotonen Stimme: »Ein Scheiterhaufen, groß wie ein Berg und Viole Falushe auf dem Gipfel! Plattformen für zehntausend Musiker darum herum. Mit einem einzigen Blick entfache ich das Feuer. Die Musiker spielen, während ihr Whisky kocht und die Instrumente schmelzen. Viole Falushe singt Sopran ... « Er goss mehr Wein ein. »Eine wehmütige Vision. Es kann niemals sein. Ich wäre zufrieden, Viole Falushe ertränkt oder von Löwen zerfetzt zu sehen ... «

»Sie sind offenbar gut mit ihm bekannt.«

Navarth nickte, sein starrer Blick fixierte sich auf die Vergangenheit. »Vogel Filschner hat meine Poesie gelesen. Ein fantasievoller Junge, aber desorientiert. Wie er sich geändert hat, wie er sich entwickelt hat! Seiner Fantasie hat er Kontrolle hinzugefügt; nun ist er ein großer Künstler.«

»Künstler? Welche Art von Künstler?«

Navarth tat die Frage als irrelevant ab. »Ohne Kunst, ohne Stil und Proportion hätte er seinen gegenwärtigen Status niemals erreichen können. Lassen Sie sich nicht täuschen! Wie ich selbst ist er ein einfacher Mann, hat die klarsten Ziele. Nun zu Ihnen – Sie sind höchst kompliziert und undurchsichtig. Ich entdecke eine Ecke Ihres Verstandes, dann verdeckt ein schwarzer Film sie. Sind Sie ein Erdenmensch? Aber sagen Sie mir nichts.« Navarth wedelte mit den Händen, als wolle er jede Antwort unterbinden, die Gersen sich zu geben genötigt sehen mochte. »Es gibt bereits zu viel Wissen in der Welt; wir verwenden Fakten als Krücken, zur Verkümmerung unserer Sinne. Fakten sind Unwahrheiten; Logik ist Betrug. Ich kenne nur ein einziges System der Kommunikation: die Deklamation der Dichtung.«

»Viole Falushe ist auch ein Dichter?«

»Er hat kein großes Geschick mit Worten«, brummte Navarth, nicht gewillt die Kontrolle der Unterhaltung aufzugeben.

»Wenn Viole Falushe die Erde besucht, wo steigt er ab? Hier bei Ihnen?«

Navarth starrte Gersen ungläubig an. »Das ist ein erbärmlicher Gedanke.«

»Wo kommt er sonst unter?«

»Hier, dort, überall. Wie die Luft ist er nicht zu fassen.«

»Wie suchen Sie ihn auf?«

»Das tue ich nie. Gelegentlich besucht er mich.«

»Und das hat er kürzlich getan?«

»Ja, ja, ja. Habe ich soviel nicht angedeutet? Weshalb sind Sie so an Viole Falushe interessiert?«

»Dies zu beantworten, würde Ihnen ein Faktum aufzwingen«, entgegnete Gersen mit einem Grinsen. »Aber es ist kein Geheimnis. Ich repräsentiere das Magazin *Cosmopolis* und ich möchte einen Artikel über sein Leben und seine Aktivitäten schreiben.«

»Hmpf. Ein eitler Geck ist Viole Falushe. Aber weshalb stellen Sie Ihre Fragen nicht ihm direkt?«

»Das würde ich gern tun. Zunächst jedoch muss ich seine Bekanntschaft machen.«

»Nichts ist einfacher«, verkündete Navarth, »vorausgesetzt, Sie bezahlen den Preis.«

»Weshalb nicht? Ich habe ein freigiebiges Ausgabenkonto.«

Navarth sprang auf die Füße, unvermittelt voller Enthusiasmus. »Wir werden ein schönes Mädchen brauchen, jung, unbefleckt. Sie muss eine besondere Eigenschaft von sprühendem Geist ausstrahlen, eine Empfänglichkeit, eine Inbrunst, ein Drängen.« Er blickte vage nach hier und dort, als sei er auf der Suche nach etwas, das er verloren hatte. Auf dem Kai erspähte er das Mädchen, welches Gersen am Tag zuvor gesehen hatte. Navarth steckte die Finger in den Mund, erzeugte einen schrillen Pfiff und signalisierte dem Mädchen heranzukommen. »Sie ist sehr gut geeignet.«

»Das ist ein unbeflecktes junges Mädchen mit sprühendem Geist?« wollte Gersen wissen. »Sie erscheint mehr wie ein Straßenmädchen.«

»Ha, ha!«, krächzte Navarth. »Sie werden sehen! Ich bin schwach und kachektisch, aber ich bin Navarth. Alt, wie ich bin, Frauen erblühen unter meiner Berührung. Sie werden sehen.«

Das Mädchen kam an Bord des Hausbootes und lauschte Navarths Programm kommentarlos. »Wir gehen zum Abendessen aus. Kosten bedeuten nichts, wir werden uns am Feinsten ergötzen. Richte dich mit Seide her, mit Schmuck, mit den kostbarsten Salben. Dies ist ein wohlhabender Gentleman, der feinste aller Burschen. Wie war noch Ihr Name?«

»Henry Lucas.«

»Henry Lucas. Er ist ungeduldig und will los. Also geh und richte dich her.«

Das Mädchen hob die Schultern. »Ich bin hergerichtet.«

»Das kannst du am besten beurteilen«, verkündete Navarth. »Hinein also, während ich mich um meine Garderobe kümmere.« Er blickte zum Himmel. »Ein gelber Tag, eine gelbe Nacht. Ich werde Gelb tragen.«

Er ging voran in den Salon, der mit einem hölzernen Tisch,

zwei aus Eiche geschnitzten Stühlen, mit Büchern und Krimskrams vollgestopften Regalen und einer Vase mit verschiedenen Stängeln von Pampasgras eingerichtet war. Navarth langte in eine Vitrine, um eine zweite Flasche Wein zu holen, die er öffnete und, zusammen mit Gläsern, auf den Tisch knallte. »Trinken Sie.« Damit verschwand er im angrenzenden Raum.

Gersen und das Mädchen waren allein. Er musterte sie verstohlen. Sie trug den schwarzen Rock von gestern, mit einer kurzärmeligen Bluse, Sandalen, hatte keinen Schmuck und keine Hauttönung, die auf der Erde gegenwärtig nicht in Mode war. Das Mädchen besaß hübsche Gesichtszüge, allerdings war ihr Haar verfilzt. Entweder war sie extrem selbstsicher oder überaus gelassen. Auf einen Impuls hin nahm Gersen einen Kamm von Navarths Waschbecken, ging zu dem Mädchen und kämmte ihr das Haar. Nach einem einzelnen, erschreckten Blick blieb sie ruhig und passiv stehen. Gersen fragte sich, was in ihrem Verstand vorging. War sie genauso verrückt wie Navarth?

»Na bitte«, meinte er schließlich. »Jetzt sehen Sie etwas weniger wie eine Göre aus.«

Navarth kehrte zurück und trug eine um einige Nummern zu große kastanienbraune Jacke und ein Paar gelber Schuhe. »Sie haben den Wein gar nicht gekostet.« Er füllte drei Gläser randvoll. »Auf die Aussicht auf einen fröhlichen Abend! Wir drei hier; drei Inseln in der See, auf jeder Insel eine schiffbrüchige Seele: Wir ziehen zusammen aus, und was werden wir finden?«

Gersen probierte den Wein: ein erlesener, berauschender Muskateller. Navarth schüttete sich den Wein die Kehle hinunter, als leere er einen Eimer in die Mündung. Das Mädchen trank unbewegt, ohne jegliches Anzeichen von Emotion. Ein seltsames Mädchen!, dachte Gersen. Irgendwo hinter dem ernsten Gesicht gab es einen Überschwang: Welcher Stimulus konnte ihn hervorlocken? Was würde sie zum Lachen bringen?

»Sind wir bereit?« Navarth blickte fragend vom Mädchen zu Gersen, dann stieß er die Tür auf und führte sie anmutig hinaus. »Auf zur Suche nach Viole Falushe!«

KAPITEL VI

Aus »Viole Falushe«, Kapitel III von *Die Dämonenfürsten* von Caril Carphen (Elucidarian-Verlag, Neu Wexford, Aloysius, Wega):

Jeder der Dämonenfürsten muss mit dem Problem zurechtkommen, berühmt zu sein. Jeder von ihnen ist eitel und extravagant genug (Attel Malagate ist die Ausnahme), sich zu wünschen, so vielen Leben wie nur möglich seine Persönlichkeit aufzudrängen, seinen Stil aufzuprägen. Praktische Erwägungen allerdings machen Anonymität und Gesichtslosigkeit notwendig, besonders, da jeder Dämonenfürst seine Besuche auf den Welten der Ökumene genießt. Viole Falushe macht dabei keine Ausnahme. Wie Malagate, Kokor Hekkus, Lens Larque und Howard Alan Treesong hütet er seine Identität sorgfältig und nicht einmal die Gäste seines »Palasts der Liebe« haben sein Gesicht gesehen.

In verschiedener Weise ist Viole Falushe der menschlichste der Dämonenfürsten: was heißt, dass seine Laster im Maßstab des menschlichen Verständnisses liegen. Die unvorstellbare Grausamkeit, die reptilienhafte Gefühllosigkeit, der Größenwahn, der unheimliche Schalk, dies alles jeweils von Kokor Hekkus, Malagate, Lens Larque und Howard Alan Treesong veranschaulicht, fehlen bei ihm völlig. Das Böse in Viole Falushe kann als spinnenartige Unversöhnlichkeit, infantile Empfindlichkeit, monströse Maßlosigkeit charakterisiert werden.

Wenn man seine Laster außer Acht lässt, gibt es einen seltsam gewinnenden Aspekt an Viole Falushe, eine Wärme, einen Idealismus: soviel wird von den kompromisslosesten Moralisten zugestanden. Lauschen Sie Viole Falushe selbst, wie er sich an die Studenten der Universität Cervantes richtet (selbstverständlich als Aufzeichnung):

»Ich bin ein unglücklicher Mann. Ich werde verfolgt von meiner Unfähigkeit, das Unbeschreibliche zu beschreiben, mich mit dem Unbekannten abzufinden. Das Trachten nach Schönheit ist natürlich ein bedeutender psychologischer Antrieb. In ihren verschiedenen Gestalten – sprich dem Drang nach Perfektion, der Sehnsucht, mit dem Ewigen zu verschmelzen, der Rastlosigkeit des Forschers, der Erkenntnis des Absoluten, durch uns selbst geschaffen und doch größer als unsere Gesamtheit – ist es möglicherweise die wichtigste einzelne menschliche Triebkraft.

Diese Triebkraft quält mich; ich mühe mich, ich schaffe und doch leide ich, paradoxerweise, unter der Überzeugung, dass, sollte ich jemals meine eigentümlichen Ziele erreichen, ich die Ergebnisse unbefriedigend finden könnte. In diesem Falle ist der Kampf mehr wert als der Sieg. Ich will nicht mein Ringen, meinen Kummer, meine dunklen Mitternächte, mein Herzzerbrechen beschreiben. Sie werden Sie unverständlich finden oder schlimmer noch, lächerlich.

Ich werde häufig als böser Mann bezeichnet, aber ich habe mir, während ich dieses Etikett nicht anfechte, die Striktur auch nicht zu Herzen genommen. Das Böse ist eine Vektoreigenschaft, wirksam nur in der Richtung des Vektors, und häufig richten die Taten, welche den meisten Tadel auf sich ziehen, eigenartig wenig Schaden an und sind für die betroffenen Menschen gar von Nutzen.

Ich werde häufig nach dem Palast der Liebe gefragt, aber ich habe nicht vor, lüsterne Neugierde in dieser Hinsicht zu stillen. Es reicht, wenn ich sage, dass ich für die Erweiterung des Bewusstseins eintrete und keinen Fehl darin sehe, die Sinne zu befriedigen: Ich selbst jedoch übe eine Askese aus, die Sie überraschen würde. Der Palast der Liebe erstreckt sich über eine beachtliche Fläche und ist keinesfalls ein einzelnes Gebäude, sondern eher ein Komplex von Gärten, Pavillons, Hallen, Kuppeln, Türmen, Promenaden und landschaftlichen Panoramen. Die Leute im Palast sind jung und schön und kennen kein anderes Leben; es sind die glücklichsten unter den Sterblichen!«

So spricht Viole Falushe. Die Gerüchte über ihn sind nicht so nett. Ihm wird nachgesagt, er sei fasziniert von erotischen Variationen und Höhepunkten. Eines seiner liebsten Spiele ist (wie man annimmt), eine schöne Maid mit großer Sorgfalt in einem zurückgezogenen Kloster aufzuziehen. Sie wird in dem Wissen erzogen, dass sie eines Tages ein wundersames Wesen treffen wird, welches sie lieben und dann töten wird ... Und eines Tages wird sie auf einer kleinen Insel freigesetzt, auf der Viole Falushe wartet.

≈

Das Hotel *Prinz Franz Ludwig* war der eleganteste Treffpunkt in Rolingshaven. Das Hauptfoyer war riesig, eine Seite maß sechzig Meter, dreißig Meter waren es bis zur Decke. Zwölf Kronleuchter strahlten ein goldenes Licht aus, ein sattgolden und brauner Teppich, angereichert mit subtilen Mustern, war auf dem Boden ausgelegt. Die Wände waren bedeckt mit hellblauer und gelber Seide, die Decke stellte Szenen eines mittelalterlichen Hofes dar. Die Einrichtungen waren in einem komplizierten altertümlichen Stil gehalten, solide, aber anmutig, mit Kissen aus rosenrotem oder gelbem Satin, die Holzarbeiten waren mattgolden lackiert. Auf marmornen Tischen standen zweieinhalb Meter hohe Vasen, die von einer Fülle von Blumen überflossen; neben jedem Tisch stand ein schick uniformierter Pagenjunge. Hier: eine opulente Komplexität, die nirgends sonst als auf der Alten Erde zu finden war. Niemals zuvor hatte Gersen einen derart erhabenen Ort betreten.

Navarth wählte eine Couch neben einem Alkoven, wo ein Musikantenquartett eine Reihe Capriccios spielte. Navarth rief einen Pagen herbei und bestellte Champagner.

»Hier suchen wir nach Viole Falushe?« fragte Gersen.

»Ich habe ihn bei einigen Gelegenheiten hier gesehen«, erwiderte Navarth. »Wir sollten wachsam sein.«

Sie saßen in dem mit Gemurmel widerhallenden goldenen Raum und tranken Champagner. Des Mädchens schwarzer Rock und Bluse, ihre bloßen braunen Beine und Sandalen, durch Paradox oder unwahrscheinliche Überlagerung, schienen weder billig noch unpassend, und Gersen war etwas verwirrt. Wie hatte sie die Verwandlung bewerkstelligt?

Navarth sprach von diesem und jenem. Das Mädchen sagte wenig oder nichts; Gersen war zufrieden, die Ereignisse ihren eigenen Gang gehen zu lassen: Tatsächlich merkte er, dass er den Ausflug genoss. Das Mädchen hatte eine beträchtliche Menge Wein hinuntergestürzt, zeigte allerdings keinerlei Wirkung. Sie schien an den Leuten interessiert zu sein, die sich durch das große Foyer bewegten, dies allerdings in einem Geist der Losgelöstheit. Schließlich erkundigte sich Gersen: »Wie heißen Sie? Ich weiß nicht, wie ich Sie ansprechen soll.«

Das Mädchen antwortete nicht unmittelbar. Navarth sagte: »Nennen Sie sie, wie Sie wollen. So halte ich es. Heute Abend ist sie Zan Zu von Eridu.«

Das Mädchen lächelte, ein kurzes Aufflackern von Amüsement. Gersen stellte fest, dass sie letzten Endes nicht geistlos war.

»Zan Zu, wie? Ist das Ihr Name?«

»Er ist so gut wie jeder andere.«

»Der Champagner ist getrunken, ein vorzüglicher Jahrgang. Wir gehen zum Abendessen!« Navarth erhob sich und reichte dem Mädchen seinen Arm. Sie durchquerten das Foyer und stiegen vier breite Treppen hinunter in den Speisesaal, der nicht weniger prächtig war als das Foyer selbst.

Navarth bestellte das Abendessen mit Enthusiasmus und Finesse; niemals hatte Gersen eine herrlichere Mahlzeit genossen: etwas, das ihn die Grenzen bedauern ließ, die ihm sein Magen auferlegte. Navarth aß mit gierigem Genuss. Zan Zu von Eridu, wie Gersen nun von dem Mädchen dachte, aß zurückhaltend, gleichgültig. Gersen beobachtete sie von der Seite. War sie krank? Hatte sie kürzlich großes Leid oder einen Schock erlitten? Sie schien gefasst zu sein – zu gefasst, wenn man den Wein bedachte, den sie getrunken hatte: Muskateller, Champagner, die verschiedenen Weine, die Navarth zum Abendessen bestellt hatte ... Nun, für ihn machte es keinen Unterschied, überlegte Gersen. Seine Geschäfte betrafen Viole Falushe. Obwohl dieser, hier im Hotel *Prinz Franz Ludwig*, in der Gesellschaft von Navarth und Zan Zu, unwirklich erschien ... Mit Mühe brachte sich Gersen dazu, wieder an die gegenwärtigen Angelegenheiten zu denken. Wie leicht es doch war, von Reichtum, Eleganz, vorzüglichem Essen, dem goldenen Licht der Kronleuchter verführt zu werden! Er fragte: »Falls Viole Falushe nicht hier zu finden ist, wo schlagen Sie vor nachzusehen?«

»Ich habe keinen Plan«, erklärte Navarth. »Wir müssen uns so bewegen, wie es die Stimmung vorschreibt. Vergessen Sie nicht, dass Viole Falushe mich vor langer Zeit als Vorbild angesehen hat. Ist es nicht vernünftig anzunehmen, dass sein Programm mit unserem eigenen verschmilzt?«

»Vernünftig, in der Tat.«

»Wir werden die Theorie auf die Probe stellen.«

Sie ließen sich Zeit bei Kaffee, Stücken von duftendem Gebäck, Viertelhumpen Krystallek. Anschließend bezahlte Gersen die Rechnung, gut über SVE 200, und sie verließen das Hotel *Prinz Franz Ludwig*.

»Wohin jetzt?« wollte Gersen wissen.

Navarth sann nach. »Wir sind etwas früh. Dennoch, in *Mikmaks Kabarett* gibt es stets Amüsement der ein oder anderen Art, wenn auch nur, die Bürger bei ihrer dekorativen Ungezwungenheit zu beobachten.«

Von *Mikmaks Kabarett* zogen sie weiter zu *Paru's*, zum *Der Fliegende Holländer*, von dort aus zur *Blauen Perle*: Jede neue Taverne und jedes neue Kabarett war etwas weniger vornehm als das vorherige, wenigstens erschien es so. Von der *Blauen Perle* aus führte Navarth sie zum Café *Sonnenuntergang* auf dem Boulevard

Castel Vivence in Ambeules, danach zu einer Abfolge von am Ufer gelegenen Gewölbelokalen, Bierkellern und Tanzhallen. In *Zadiels Allerwelt-Treffpunkt* unterbrach Gersen einen von Navarths Vorträgen. »Hier ist es, wo wir Viole Falushe erwarten?«

»Wo sonst als hier?« verlangte der verrückte Dichter, nun etwas trunken, zu wissen. »Wo das Herz der Erde das dickste Blut pumpt! Dick, purpurn, nach Moder riechend, wie Krokodilblut, das Blut toter Löwen. Keine Angst! Sie werden Ihren Mann sehen! ... Worüber hatten wir gesprochen? Meine Jugend, meine verschwendete Jugend! Einst habe ich für Tellur Transit gearbeitet, die Inhalte verlorener Koffer untersucht. Möglicherweise habe ich hier meine tiefsten Einsichten in die Struktur der menschlichen Seele erhalten ...«

Gersen setzte sich auf dem Stuhl zurück. Unter den gegenwärtigen Umständen war passive Aufmerksamkeit der optimale Kurs. Zu seiner Überraschung fühlte er sich ein wenig berauscht, obwohl er versucht hatte sich zurückzuhalten. Die farbigen Lichter, die Musik und Navarths wildes Gerede waren dafür wahrscheinlich nicht weniger verantwortlich als der Alkohol. Zan Zu war so abwesend wie immer. Sie von der Seite ansehend, wie er es den gesamten Abend über getan hatte, fragte Gersen sich: Was ging in dem Verstand dieses schattenhaften Wesens vor? Was erhoffte sie sich vom Leben? Hatte sie Tagträume? Sehnte sie sich nach einem ansehnlichen Liebhaber? Würde sie gern reisen, andere Welten besuchen?

Zwölf widerhallende Schläge der Bassglocke erklangen von der uralten Kathedrale auf der Flammandehöhe. »Es ist Mitternacht«, krächzte Navarth. Er erhob sich wankend und blickte von Gersen zu Zan Zu von Eridu. »Nun geht es weiter.«

»Wohin jetzt?«

Navarth deutete über die Straße auf einen niedrigen langen Pavillon mit einem exzentrischen Dach und Girlanden aus grünen Lichtern. »Ich schlage das Café *Galaktische Harmonie* vor, den Treffpunkt von Reisenden, Raummännern, Außenweltwanderern und eigensinnigen Vagabunden wie uns selbst.«

Sie gingen zum Café *Galaktische Harmonie*. Navarth ereiferte sich über die niedrige Lebensqualität im Rolingshaven dieser Tage. »Wir sind träge, verfallen langsam! Wo ist unsere Vitalität geblieben? Abgeflossen zu den Außenwelten! Wir haben unser Leben ausgeblutet! Auf der Erde bleiben die Kränklichen, die Verderbten, die verborgenen Denker, die Sonnenuntergangswanderer der Watten, die Paranoiden und Verworrenen, die Genießer, die schüchternen Träumer, die Geschichtsforscher.«

»Haben Sie die Ökumene bereist?« erkundigte sich Gersen.

»Niemals hat mein Fuß den Kontakt mit dem Boden der Erde verloren!«

»In welche Kategorie sind Sie dann einzuordnen?«

Navarth warf die Arme in die Höhe. »Habe ich nicht über Kategorien geschimpft? Hier ist das Café *Galaktische Harmonie*! Wir kommen zum Höhepunkt des Abends!«

Sie traten ein, bahnten sich schlängelnd einen Weg zu einem Tisch, und Navarth bestellte sofort eine Magnumflasche Champagner. Das Café war überfüllt; Stimmen, Geplapper und Geschiebe wetteiferten mit lauten Hüpftänzen, die von einem Orchester, bestehend aus Querpfeife, Konzertina, Euphonium, Banjo, gespielt wurden, während die Kundschaft tanzte, umhersprang, austrat und nach der ihr vertrauten Weise umherhüpfte. Eine lange Theke verlief etwas erhöht gegenüber dem Hauptsaal über die gesamte Breite des Gebäudes. Männer, die am Geländer standen, zeichneten sich als Silhouetten gegen die orangefarbenen und grünen Lichter der Bar ab. An den Tischen des Hauptsaales saßen Männer und Frauen jeden Alters, jeder Rasse, jeder gesellschaftlichen Stellung und jeden Grades der Nüchternheit. Ein Großteil trug europäische Kleidung, aber einige stellten Trachten anderer Regionen und anderer Welten zur Schau. Hostessen, formelle und selbsternannte, streiften umher und baten um Getränke, teilten zotige Schlagfertigkeiten aus und arrangierten Stelldicheins. Kurz darauf nahmen die Musiker andere Instrumente auf: Baritonlaute, Viola, Flöte und Tympanet, mit denen sie eine Truppe Bodenakrobaten begleiteten. Navarth trank mit unermüdlichem Eifer Champagner.

Zan Zu von Eridu blickte hier- und dorthin, ob aus Interesse,
Unbehagen oder einem Gefühl der Beklemmung heraus, konnte
Gersen nicht sagen. Ihre Knöchel waren, wo sie das Kelchglas
hielt, weiß. Mit einem Mal drehte sie den Kopf, begegnete seinem
Blick; ihre Lippen bebten im schwächsten nur möglichen Geist
eines Lächelns. Oder einer empörten Grimasse ... Sie hob das
Kelchglas und nippte am Champagner.

Navarths Fröhlichkeit hatte ihren Höhepunkt erreicht. Er sang
zur Musik, tappte mit seinen Fingern auf den Tisch, langte vor,
um die Hostessen zu umarmen, die mit gelangweilten Mienen zur
Seite auswichen.

Wie als durchzucke ihn ein neuer Gedanke, drehte er sich um
und betrachtete Zan Zu, danach musterte er Gersen, als sei er
verwirrt darüber, weshalb dieser nicht unternehmungslustiger
war. Gersen konnte sich eines weiteren Blicks auf Zan Zu nicht
enthalten und – ob es am Wein lag, den farbigen Lichtern, dem
Ambiente des Abends – das Straßenmädchen, welches Kiesel vom
Kai warf, war verschwunden. Die Verwandlung war erstaunlich.
Sie war zauberhaft, ein Wesen von hinreißender Intensität.

Navarth beobachtete ihn, seine Fröhlichkeit war mit einem Mal
verflogen. Gersen wandte sich um. Navarth blickte rasch fort. Was
habe ich vor?, wunderte sich Gersen. Was hat Navarth vor? ...
Zögernd verwarf Gersen die Gedanken, die in seinem Verstand
aufwallten. Er setzte sich auf dem Stuhl zurück.

Zan Zu, das Mädchen von Eridu, blickte düster in ihr Kelchglas. Erleichtert? Traurig? Gelangweilt? Gersen wusste es nicht zu
entscheiden. Die Wege des Verstandes des Mädchens erschienen
in der Tat bedeutsam. Worauf ließ er sich ein?, fragte er sich mit
einem Stich bitteren Ärgers. Er starrte Navarth an, der seinem
Blick nichtssagend begegnete. Zan Zu nippte am Champagner.

Navarth intonierte: »Die Rebe des Lebens bringt eine einzige Melone hervor. Die Farbe des Inneren ist unbekannt, bis die
Rinde gebrochen wird.«

Gersen blickte über die Tische hinweg. Navarth füllte sein
Kelchglas nach; Gersen trank ... Navarth hatte recht. Für einen

Gewinn, der so wild, so kostbar, so magisch war, musste es ein anfängliches Loslassen geben, ein Abbrechen der Brücken ... Was war mit Viole Falushe? Was mit dessen grundsätzlicher Triebkraft? Und wie als Entgegnung auf diese Gedanken, packte Navarth ihn am Arm. »Er ist hier.«

Gersen riss sich aus seinem Brüten. »Wo?«

»Dort. An der Bar.«

Gersen suchte die Reihe von Männern ab, die am Geländer standen. Ihre Silhouetten waren nahezu identisch, einige blickten hier-, andere dorthin, manche hielten Becher oder Flaschen, weitere lehnten mit den Ellbogen am Geländer. »Welcher ist Viole Falushe?«

»Sehen Sie den Mann, der das Mädchen beobachtet? Er nimmt niemand anderen wahr. Er ist fasziniert.«

Gersen prüfte die Reihe der Männer. Niemand schien übermäßig aufmerksam zu sein. Navarth wisperte mit heiserer Stimme: »Sie weiß es! Sie ist sich dessen mehr bewusst als ich!«

Gersen sah das Mädchen an, das sich anscheinend unbehaglich fühlte; ihre Finger fummelten am Stil des Kelchglases. Als Gersen aufschaute, blickte sie durch den Saal auf eine der dunklen Gestalten. Wie sie die Aufmerksamkeit erahnt hatte, lag jenseits von Gersens Verständnis.

Ein Kellner trat an das Mädchen heran und sprach in ihr Ohr. Gersen konnte nicht hören, was er sagte. Zan Zu blickte in ihr Champagner-Kelchglas hinab, drehte den Stil zwischen den Fingern ... Sie kam zu einer Entscheidung und stand auf, wobei sie die Hände auf den Tisch legte. Gersen verspürte eine Aufwallung von Leidenschaft. Es war unehrenhaft, ruhig sitzen zu bleiben, dies geschehen zu lassen! Er war beleidigt worden. Ihm war etwas genommen worden, was, während es ihm nie gehört hatte, nichtsdestotrotz sein eigen war. Mit einem Anfall von Schrecken fragte er sich, ob es zu spät war. Er taumelte vor, legte den Arm um die Taille des Mädchens, zog sie auf seinen Schoß. Sie warf ihm einen erstaunten Blick zu, wie jemand, der mit einem Mal aus dem Schlaf erwacht.

»Weshalb tun Sie das?«

»Ich will nicht, dass Sie gehen.«

»Wieso nicht?«

Gersen brachte nichts über die Lippen. Zan Zu blieb passiv, wenn auch etwas steif, sitzen. Gersen bemerkte, dass Tränen in ihren Augen standen, dass ihre Wangen feucht waren. Gersen küsste ihre Wange; Navarth lachte lauthals. »Niemals, niemals nimmt es ein Ende!«

Gersen setzte Zan Zu zurück auf ihren Stuhl, hielt aber seine Hände über den ihren. »Was nimmt niemals ein Ende?« fragte er ruhigen Tones.

»Ich habe auch geliebt. Aber was soll's? Die Zeit für die Liebe ist vorbei. Nun wird es natürlich Schwierigkeiten geben. Verstehen Sie die Empfindlichkeit Viole Falushes nicht? Er ist so seltsam und empfindlich wie ein Farnwedel. Er kann Raub nicht ertragen; er lässt ihn mit den Zähnen knirschen und macht ihn krank.«

»Das war mir nicht bewusst.«

»Sie haben vollkommen falsch gehandelt«, schimpfte Navarth. »Seine Gedanken galten ganz und gar dem Mädchen. Sie hätten ihr nur zu folgen brauchen und Viole Falushe wäre da gewesen.«

»Ja«, murmelte Gersen. »Wie wahr ... wie wahr. Jetzt verstehe ich.« Er blickte finster in sein Weinglas, dann zurück auf die Reihe von Silhouetten. Jemand beobachtete sie; er konnte die Aufmerksamkeit spüren. Es lagen Schwierigkeiten in der Luft. Er war nicht in optimaler Verfassung, er hatte wochenlang nicht mehr trainiert. Dazu kam, dass er halb berauscht war.

Ein Mann, der vorüberging, schien auszurutschen. Er taumelte gegen den Tisch und Wein kippte auf Gersens Schoß. Er blickte in Gersens Gesicht, mit Augen in der Farbe von Knochen. »Haben Sie mir ein Bein gestellt, Sie Schleicher? Ich habe gute Lust, Sie zu verprügeln wie ein Kind.«

Gersen musterte den Mann. Er hatte ein wuchtiges, kantiges Gesicht, kurz geschnittenes gelbes Haar und einen kurzen Hals, der so breit war wie sein Kopf. Sein Torso war stämmig und muskulös, der Körper eines Mannes, der einen Großteil seines Lebens auf einem der schweren Planeten verbracht hatte. »Ich denke nicht, dass ich Ihnen ein Bein gestellt habe«, erwiderte Gersen. »Aber setzen Sie sich. Trinken Sie ein Glas Wein mit uns. Sagen Sie auch Ihrem Freund, dass er sich zu uns gesellen soll.«

Der weißäugige Mann hielt inne, um einen Augenblick zu überlegen. Er kam zu einer Entscheidung. »Ich verlange eine Entschuldigung!«

»Gewiss«, entgegnete Gersen. »Sie lag mir gerade auf der Zunge. Wenn ich auf irgendeine Weise verantwortlich bin für die Ihnen verursachte Unannehmlichkeit, dann tut es mir leid.«

»Das ist nicht genug! Ich verachte widerwärtige Paviane wie Sie, die jemanden beleidigen und dann denken, sie könnten sich grinsend vor den Konsequenzen drücken.«

»Das ist Ihr gutes Recht«, bemerkte Gersen. »Verachten Sie, wen Sie wollen. Aber weshalb holen Sie nicht Ihren Freund hierher, damit er uns Gesellschaft leistet? Wir könnten etliches finden, um darüber zu reden. Von welcher Welt stammen Sie?« Er hob sein Glas, um zu trinken.

Der weißäugige Mann schlug das Glas herunter. »Ich beharre darauf, dass Sie das Lokal verlassen. Sie haben mich genug beleidigt.«

Gersen blickte über die Schulter des weißäugigen Mannes. »Ihr Freund kommt, trotz Ihres dummen Geschreis.«

Der weißäugige Mann drehte sich um und schaute; Gersen trat nach seinem Knie und hackte gegen ein Bollwerk von Hals. Er packte einen Arm des Mannes, zog daran und schickte ihn wirbelnd über den Tanzboden. Der weißäugige Mann sprang mühelos auf und kam geduckt laufend zurück. Gersen stieß ihm einen Stuhl ins Gesicht; sein Gegner fegte diesen zur Seite, gleichzeitig schlug Gersen ihn in den Magen. Dieser war vor Muskeln gerippt und hart wie eine Eiche. Der weißäugige Mann zog die Schultern hoch und sprang auf Gersen zu, doch vier Rausschmeißer waren erschienen. Zwei trieben Gersen zum Hintereingang und warfen ihn hinaus, die zwei anderen begleiteten den weißäugigen Mann zum Vordereingang.

Gersen blieb niedergeschlagen auf der Straße stehen. Der gesamte Abend: eine einzige Pfuscherei. Was war nur in ihn gefahren?

Der weißäugige Mann mochte gut und gern das Gebäude umrunden, um ihn zu suchen. Gersen trat zurück in den Schatten. Nach einem Augenblick machte er sich vorsichtig auf den Weg zur Vorderseite. An der Ecke wartete der weißäugige Mann. »Hundefutter. Sie haben mich getreten, Sie haben mich geschlagen. Jetzt bin ich an der Reihe.«

»Am besten Sie gehen Ihrer Wege«, riet Gersen in sanftem Ton. »Ich bin ein gefährlicher Mann.«

»Denken Sie, ich nicht?« Der weißäugige Mann näherte sich; Gersen wich zurück, nicht in der Stimmung für Radau. Er hatte Waffen bei sich, aber auf der Erde wurde das Töten nicht auf die leichte Schulter genommen … Der weißäugige Mann kam seitwärts vor. Gersens Ferse traf auf einen Kübel. Er hob ihn auf, schleuderte ihn in das Gesicht des Mannes und verschwand rasch um die Ecke. Der weißäugige Mann kam ihm hinterher. Gersen streckte seine Hand aus uns zeigte seinen Projeck. »Sehen Sie dies? Ich kann Sie töten.«

Der weißäugige Mann wich zurück, seine Zähne glitzerten vor Verachtung.

Gersen ging zum Vordereingang des Cafés *Galaktische Harmonie*. Sein Gegner folgte ihm in einer Entfernung von neun Metern.

Der Tisch war verlassen. Navarth und Zan Zu waren gegangen. Die herumlungernde Gestalt am Geländer? Verloren zwischen den anderen.

Der weißäugige Mann wartete neben dem Gebäude. Gersen dachte einen Augenblick nach. Dann bewegte er sich langsam, wie in Träumerei versunken, den Boulevard hinunter und bog in eine dunkle Seitenstraße ein.

Er wartete. Eine Minute verging. Gersen glitt sechs Meter weiter nach hinten in eine bessere Position. Die ganze Zeit über beobachtete er die Lücke, wo die Straße auf den Boulevard stieß. Aber niemand ging daran vorbei, keiner kam, um nachzuschauen.

Gersen wartete zehn Minuten, beobachtete beide Wege und reckte kurz danach den Hals, um die Möglichkeit auszuschließen, dass sich sein Gegner über die Dächer näherte. Schließlich kehrte er zum Boulevard zurück. Die Pfuscherei war vollkommen. Der weißäugige Mann, seine unmittelbarste Verbindung zu Viole Falushe, hatte sich nicht die Mühe gemacht, Gersens Bekanntschaft weiterzuverfolgen.

Vor Frustration brodelnd fuhr Gersen über den Boulevard Castel Vivence zur Fitlingasse hinaus. Der Schlepper war verschwunden; das Hausboot, wieder mit intaktem Rumpf, ritt still und dunkel auf dem Wasser. Gersen stieg aus dem Taxi, ging los und blieb auf dem Kai stehen. Stille. Die Lichter von Dourrai glitzerten auf der Mündung.

Gersen schüttelte den Kopf in bekümmertem Amüsement. Was sonst hätte man von einem Abend mit einem verrückten Dichter und einem Mädchen von Eridu erwarten können?

Er kehrte zum Taxi zurück und ließ sich zum Hotel *Rembrandt* fahren.

KAPITEL VII

The girl I met in Eridu
Was kind beyond belief;
The hours that I spent with her
Were hours far too brief.

Where willows shade the river bank,
She urged that I recline.
She fed me fig and poured me full
Of pomegranate wine.

I told of force and time and space,
I told of hence and yonder;
I asked if she would come with me
To know my worlds of wonder.

She clasped her knees; her voice was soft:
»It dazes me to ponder
The blazing stars and tintamars,
The whirling ways you wander!

You are you and I am I,
And best that you return.
And I will stay in Eridu
With all this yet to learn.*

…Navarth

≈

* siehe Anhang 2.

Um zehn Uhr am folgenden Morgen kehrte Gersen zum Hausboot zurück. Alles war anders. Die Sonne war gelb und warm. Der Himmel, leuchtend blau im typischen Blau der Erde, war hier und da mit Schönwetterwolken gesprenkelt. Navarth saß gekrümmt auf dem Vorderdeck und sonnte sich.

Gersen stieg die Leiter hinunter und ging die Anlegestelle entlang. Auf der Laufplanke blieb er stehen. »Ahoi! Darf ich an Bord kommen?«

Navarth drehte langsam den Kopf und musterte Gersen mit den verschleierten gelben Augen eines kranken Huhns. Er wandte seinen Blick ab, um eine Reihe von Lastkähnen zu beobachten, die stumm auf Strahlen ionisierten Wassers vorüberglitten. Er sprach mit ruhiger Stimme. »Ich habe kein Mitleid für Leute mit einer schwachen Leber übrig, die ihre Segel nur hissen, um mit dem Wind zu treiben.«

Gersen nahm die Bemerkung als unausgesprochene Erlaubnis, an Bord des Bootes zu kommen. »Meine Unzulänglichkeiten außer Acht gelassen, wie ist es weitergegangen?«

Navarth tat die Frage mürrisch ab. »Wir sind umhergestrolcht. Die Suche, das Unternehmen ... «

»Welche Suche? Welches Unternehmen?«

» ... führt uns auf einer gewundenen Route. Zunächst herrscht Sonnenlicht. Der Weg ist breit und weiß, doch bald wird er schmaler. Am Ende geschieht eine furchtbare Tragödie. Tausende, den Verstand spaltende Farben, möglicherweise der Sonnenuntergang. Wenn ich noch einmal jung wäre, wie würde ich die Ereignisse ändern! Ich bin von den Winden fortgeblasen worden, wie ein Stück Abfall. Sie werden es auch erleben. Sie haben es versäumt, die Gelegenheit zu ergreifen. Jede Chance kommt nur einmal ... «

Gersen fand die Bemerkungen nicht aufbauend. »All dies außer Acht gelassen, haben Sie letzte Nacht mit Viole Falushe gesprochen?«

Navarth hob eine magere Hand in die Luft, die Handfläche wölbte sich vor. »Tumult, ein Reel von Gestalten! Ärgerliche Gesichter, blitzende Augen, ein Kampf der Leidenschaften! Ich saß da und hatte ein Brausen im Ohr.«

»Was ist mit dem Mädchen?«

»Ich stimme in jeder Hinsicht zu. Großartig.«

»Wo ist sie? Wer ist sie?«

Navarths Aufmerksamkeit wurde von einem Objekt im Wasser gefesselt: eine weißgraue Seemöwe. Offensichtlich hatte er nicht vor, bedeutungsvolle Antworten zu geben.

Gersen fuhr geduldig fort: »Was ist mit Viole Falushe? Woher wussten Sie, dass er im Café *Galaktische Harmonie* sein würde?«

»Nichts könnte einfacher sein. Ich habe ihm gesagt, dass wir dort sein würden.«

»Wann haben Sie ihn informiert?«

Navarth vollführte eine verdrießliche Bewegung. »Ihre Fragen sind ermüdend. Muss ich meine Uhr nach der Ihren stellen? Muss ich mich klugerweise mit Ihnen beraten? Muss ich ...«

»Die Frage erscheint mir einfach genug.«

»Wir leben nach verschiedenen Grundsätzen. Ändern Sie das, wenn ich bitten darf; ich kann es nicht.«

Navarth war offenbar in zänkischer Stimmung. Gersen sagte beschwichtigend: »Nun denn, aus dem ein oder anderen Grund haben wir Viole Falushe verpasst. Wie, schlagen Sie vor, finden wir ihn jetzt?«

»Ich mache keine Vorschläge mehr ... Was sind Ihre Geschäfte mit Viole Falushe?«

»Sie vergessen, dass ich Ihnen das bereits erklärt habe.«

»Tatsächlich! ... Nun, ein Treffen zu arrangieren, das ist kein großes Problem. Wir werden ihn zu einer kleinen Gesellschaft einladen. Ein Bankett, vielleicht.«

Etwas in Navarths Ton oder vielleicht der flinke glitzernde Blick, der die Worte begleitete, ließ Gersen wachsam werden.

»Sie denken, er würde daran teilnehmen?«

»Gewiss, wenn es sich um eine sorgfältig geplante Angelegenheit handeln würde.«

»Wie können Sie dessen sicher sein? Woher wissen Sie definitiv, dass er auf der Erde ist?«

Navarth hob einen mahnenden Finger. »Haben Sie je eine

Katze beobachtet, die durch das Gras geht? Mitunter hält sie mit erhobener Pfote inne und ruft. Gibt es einen Grund für diese Töne?«

Gersen konnte dem gedanklichen Zusammenhang nicht folgen. Geduldig sagte er: »Was ist mit diesem Fest oder Bankett oder was immer es sein soll?«

»Ja, ja, das Fest!« Navarth hatte Interesse gefasst. »Es muss vorzüglich arrangiert sein und es wird eine große Menge kosten. Eine Million SVE.«

»Für ein Fest? Ein Bankett? Wer soll eingeladen werden? Die Bevölkerung von Sumatra?«

»Nein. Eine kleine Geschichte mit zwanzig Gästen. Aber die Arrangements müssen getroffen werden und zwar schnell. Ich bin eine Quelle, eine Inspiration für Viole Falushe. In reiner Majestät hat er mich übertroffen. Aber ich werde beweisen, dass ich ihm in einem kleineren Bereich überlegen bin. Was sind schon eine Million SVE? Ich habe mehr als das in einer Stunde verträumt.«

»Nun gut«, sagte Gersen. »Sie sollen Ihre Million bekommen.« Ein Tageseinkommen, überlegte er.

»Ich werde eine Woche brauchen. Eine Woche ist kaum genug. Aber wir dürfen nicht wagen, länger zu säumen.«

»Weshalb nicht?«

»Viole Falushe kehrt zum Palast der Liebe zurück.«

»Woher wissen Sie das?«

Navarth blickte über das Wasser. »Sind Sie sich bewusst, dass ein Krümmen meines Fingers den entferntesten Stern stört? Dass jeder menschliche Gedanke die psychische Parasphäre stört?«

»Das ist die Quelle Ihres Wissens – psychische Störungen?«

»Eine Methode, so gut wie jede andere. Aber jetzt zum Fest; es gibt Bedingungen. Kunst setzt Disziplin voraus; je vorzüglicher die Kunst, desto rigoroser die Disziplin. Daher müssen Sie gewisse Beschränkungen einräumen.«

»Welche wären?«

»Zuerst das Geld. Bringen Sie mir unverzüglich eine Million SVE!«

»Ja, selbstverständlich. In einem Sack?«

Navarth wedelte gleichgültig mit der Hand. »Zweitens: ich habe die Leitung über die Arrangements. Sie dürfen sich nicht einmischen.«

»Ist das alles?«

»Drittens: Sie müssen sich in Zurückhaltung üben. Ansonsten werden Sie nicht eingeladen!«

»Mir würde es nichts ausmachen, dieses Fest zu versäumen«, sagte Gersen. »Aber ich werde ebenfalls Bedingungen stellen. Erstens: Viole Falushe muss anwesend sein.«

»Keine Angst, was das anbelangt! Es ist unmöglich, ihn davon abzuhalten.«

»Zweitens: Sie müssen ihn für mich identifizieren.«

»Nicht notwendig. Er wird sich selbst identifizieren.«

»Drittens: Ich will wissen, wie Sie vorhaben ihn einzuladen.«

»Wie wohl? Ich werde ihn anrufen, genau wie ich meine anderen Gäste einlade.«

»Wie ist seine Nummer?«

»Er ist unter SORA-6152 zu erreichen.«

Gersen nickte. »Nun gut. Ich werde Ihnen auf der Stelle Ihr Geld holen.«

Gersen kehrte zum Hotel *Rembrandt* zurück, wo er nachdenklich zu Mittag aß. Wie verrückt war Navarth? Seine Wahnsinnsanfälle wechselten sich mit Perioden ruhiger Sachlichkeit ab, beides führte zu Navarths Vorteil. Nun zur Nummer SORA-6152; Navarth hatte sie ihm mit verdächtiger Leichtigkeit überlassen … Gersen konnte seine Neugierde nicht länger zurückhalten. Er ging zu einer nahe gelegenen Telefonzelle, schaltete die Linse aus, drückte Knöpfe. Die Darstellung erschien: die Umrisse eines aufgeschreckten menschlichen Gesichts. Eine Stimme sprach: »Wer ist da?«

Gersen runzelte die Stirn, beugte den Kopf vor. Wieder sprach die Stimme: »Wer ist da?« Es war Navarths Stimme.

Gersen sagte: »Ich möchte mit Viole Falushe sprechen.«

»Wer ist da?«

»Jemand, der seine Bekanntschaft machen möchte.«

»Bitte hinterlassen Sie Ihren Namen und Ihre Rufnummer. Vielleicht erhalten Sie zu gegebener Zeit einen Rückruf.« Und Gersen vermeinte, ein kaum unterdrücktes Kichern zu hören.

Nachdenklich verließ er die Telefonzelle. Ärgerlich, von einem verrückten Dichter überlistet zu werden. Er ging zur Bank von Wega, fragte nach und erhielt eine Million SVE in bar. Er packte die Noten in einen Koffer und kehrte per Taxi über den Boulevard Castel Vivence zur Fitlingasse zurück. Als er ausstieg sah er Zan Zu, das Mädchen von Eridu, die mit einem Papierfüllhorn mit frittierten Stints von einem Fischhändler kam. Sie trug den schwarzen Rock, ihr Haar war ein Wuschel, aber etwas von dem Zauber von vor zwei Nächten haftete ihr noch immer an. Sie ging, um sich auf einen Balken zu setzen und den Fisch zu mampfen, wobei sie über die Mündung blickte. Gersen dachte, dass sie müde, teilnahmslos und ein wenig abgehärmt wirkte. Er machte sich auf den Weg zum Hausboot.

Navarth nahm das Geld mit einem nichtssagenden Grunzen entgegen. »Also das Fest, heute in sieben Tagen.«

»Haben Sie bereits Einladungen ausgesprochen?«

»Noch nicht. Überlassen Sie alles mir. Viole Falushe wird unter den Gästen sein.«

»Ich nehme an, Sie werden ihn unter SORA-6152 anrufen?«

»Selbstverständlich.« Navarth nickte drei Mal mit großem Ernst. »Wo sonst?«

»Und Zan Zu – wird sie kommen?«

»Zan Zu?«

»Zan Zu, das Mädchen von Eridu.«

»Oh – sie! Das mag nicht klug sein.«

Der Name des Mannes war Hollister Hausredel. Seine Stellung: Registrator am Philidor-Bohus-Lyceum. Er war ein Mann von frühem mittlerem Alter, mit einem nahezu vollkommenen Mangel an kennzeichnenden Charakteristika. Er trug bescheidenes

Grauschwarz und lebte mit Frau und zwei kleinen Kindern in einem der Sluicht-Apartmenttürme.

Gersen, der beschlossen hatte, dass seine Geschäfte mit Hausredel am besten in größtmöglicher Entfernung zur Schule durchzuführen wären, trat an diesen heran, als dieser den Untergrundaufzug neunzig Meter von seinem Apartmentgebäude verließ.

»Herr Hausredel?«

»Ja?« Hausredel war etwas erschreckt.

»Ich frage mich, ob wir nicht für ein oder zwei Augenblicke miteinander sprechen könnten.« Gersen deutete auf ein nahe gelegenes Café. »Vielleicht würden Sie eine Tasse Kaffee mit mir trinken.«

»Worüber wollen Sie reden?«

»Über eine Angelegenheit in Bezug auf einen Dienst, den Sie mir erweisen könnten, zu Ihrem Profit.«

Die Unterhaltung verlief ohne Schwierigkeiten. Hausredel war flexibler als sein Vorgesetzter, Dr. Willem Ledinger. Am folgenden Tag traf Hausredel Gersen in dem Café. Er hatte einen großen Papierumschlag in der Hand. »Das hätten wir. Alles ist gut gegangen. Haben Sie das Geld?«

Gersen überreichte ihm einen Umschlag. Hausredel öffnete die Lasche, zählte, prüfte eine oder zwei der Noten mit dem Falschmeter. »Gut. Ich hoffe, ich habe Ihnen in dem Maße geholfen, wie Sie mir.« Und nachdem er herzlich Gersens Hand geschüttelt hatte, verließ er das Café.

Gersen öffnete den Umschlag. Er zog zwei Kopien von Archivfotografien der Schule heraus. Zum ersten Mal sah Gersen das Gesicht von Vogel Filschner. Es war ein finsteres Gesicht. Schwarze Augenbrauen verliefen schräg über brennenden schwarzen Augen, der Mund hing schlaff und unzufrieden herab. Vogel war kein ansehnlicher Junge gewesen. Seine Nase war lang und klobig, die Wangen waren dick vor Babyspeck, das schwarze Haar war überlang und wirkte selbst auf der Fotografie unsauber. Ein krasserer Gegensatz zum volkstümlichen Bild von Viole Falushe war kaum vorstellbar. Aber natürlich war dies Vogel Filschner im Alter von fünfzehn und es hatten sich zweifelsohne viele Veränderungen ergeben.

Das andere Bild war das von Jheral Tinzy – ein erfreulich hübsches Mädchen: ihr schwarzes Haar glänzte; der Mund war geschürzt, als hege sie ein verschmitztes Geheimnis. Gersen musterte das Bild ausgiebig. Es verlangte ihm eher Verblüffung als Erleuchtung ab, insofern, als das Gesicht auf der Fotografie nahezu genau dem von Zan Zu, dem Mädchen von Eridu, entsprach.

Nachdenklich durchforschte Gersen das verbleibende Material aus dem Umschlag – Informationen bezüglich anderer Mitglieder von Vogel Filschners Klasse mit ihren gegenwärtigen Aufenthaltsorten – sofern diese bekannt waren.

Gersen wandte sich wieder dem Bild von Jheral Tinzy zu. Die Koketterie war im Gesicht von Zan Zu nicht vorhanden: ansonsten war die eine ein Ebenbild der anderen. Die Ähnlichkeit konnte nicht zufällig sein.

Gersen fuhr per Untergrundbahn zur Station Hedrick in Ambeules und nahm die ihm mittlerweile vertraute Route den Boulevard Castel Vivence hinauf.

Es war früher Abend. Die Farben des Sonnenuntergangs hingen noch über der Mündung. Das Hausboot war dunkel. Niemand antwortete auf Gersens Klopfen. Er betätigte den Türknopf: die Tür glitt beiseite.

Gersen trat ein. Lichter gingen an. Er trat an Navarths Bildschirm. Der Kode war, wie erwartet, SORA-6152. Der clevere Navarth! Daneben lag ein Register. Gersen blickte die Eintragungen durch, fand jedoch nichts von Interesse. Er prüfte die Wand, die Unterseite des Regals, die Abdeckung des Bildschirms auf die Möglichkeit hin, dass Navarth eine Nummer niedergeschrieben hatte, die er dem Register nicht anvertrauen wollte, fand aber nichts. Gersen nahm ein unordentliches Portfolio vom Regal, welches Balladen, Oden, Dithyramben enthielt: *Knurren nach Haferschleim; Die Säfte, die ich trat; Ich bin ein pfeilschneller Spielmann; Sie vergehen!; Drusillas Traum; Schlösser in den Wolken und*

die Ängste jener, die unmittelbar darunter leben betreffend herabfal-
lender Objekte und Abfall.

Gersen legte die Gedichte beiseite. Er inspizierte die Schlafräume. An der Decke desjenigen, der von Navarth beansprucht
wurde, befand sich die Fotografie einer nackten Frau in doppel-
ter Lebensgröße, die Arme hoch erhoben und ausgestreckt, die
Beine ausgestreckt und weit auseinander, das Haar wehte, als sei
sie mit einer energischen Sprungübung beschäftigt. Navarths Garderobe enthielt ein fantastisches Sortiment an Kleidung jeglichen
Stils und aller Farben. Auf einem Regal lagen Hüte, Kappen und
Helme. Gersen erkundete die Schubladen und Schränke und fand
viele unerwartete Objekte, aber nichts, was Bedeutung für die
gegenwärtige Angelegenheit hatte.

Es gab zwei weitere kleine, auf recht spartanische Weise ein-
gerichtete, Schlafzimmer. Eines davon war durchdrungen von
einem schwachen, süßen Parfümduft: Veilchen oder Flieder. In
dem anderen stand ein Schreibtisch und hier, am Fenster, welches
die Mündung überblickte, schuf Navarth offenbar seine Dichtung.
Der Schreibtisch war überfüllt von Notizen, Namen, Apostrophen
und Anspielungen – eine entmutigende Menge von Material, die
Gersen sich nicht einmal bemühte durchzusehen.

Er kehrte in den Hauptsalon zurück und schenkte sich ein Glas
von Navarths bestem *moscato* ein, dämpfte die Lichter und ließ
sich im bequemsten Sessel nieder.

Eine Stunde verging. Die letzten Spuren des Abendrots verschwanden vom Himmel; die Lichter von Dourrai glitzerten auf
den Wellen. Eine dunkle Gestalt kam in Sicht, neunzig Meter vom
Ufer entfernt – ein kleines Boot. Es näherte sich dem Hausboot. Es
erklang das Klappern von Rudern, die an Bord genommen wurden
und Schritte auf dem Deck. Die Tür glitt zurück. Zan Zu betrat den
halbdunklen Salon. Sie keuchte vor Angst und sprang zurück.

Gersen fasste sie am Arm. »Warten Sie, laufen Sie nicht fort.
Ich habe gewartet, um mit Ihnen zu reden.«

Zan Zu entspannte sich und kam in den Salon. Gersen drehte
die Lichter hell. Zan Zu saß wachsam auf der Kante einer Bank.

Heute Abend trug sie eine schwarze Hose und eine dunkelblaue Jacke. Ihr Haar wurde von einem schwarzen Band zurückgehalten, ihr Gesicht war weiß und blass.

Gersen blickte sie einen Augenblick an. »Sind Sie hungrig?«

Sie nickte.

»Dann kommen Sie mit.«

In einem nahe gelegenen Restaurant aß sie mit einem Appetit, der Gersens Zweifel in Bezug auf ihren Gesundheitszustand zunichtemachte. »Navarth nennt Sie Zan Zu; ist das Ihr Name?«

»Nein.«

»Wie heißen Sie denn?«

»Ich weiß es nicht. Ich glaube nicht, dass ich einen Namen habe.«

»Wie bitte? Keinen Namen? Jeder hat einen Namen.«

»Ich nicht.«

»Wo wohnen Sie? Bei Navarth?«

»Ja. Seit ich denken kann.«

»Und er hat Ihnen niemals Ihren Namen genannt?«

»Er hat mir viele Namen gegeben«, entgegnete Zan Zu etwas ironisch. »Ich möchte lieber keinen Namen haben. Ich bin jeder, der ich sein möchte.«

»Wer möchten Sie am liebsten sein?«

Sie warf Gersen einen sardonischen Blick zu, zuckte mit den Achseln. Kein sehr gesprächiges Mädchen, dachte Gersen.

Unvermittelt stellte sie eine Frage: »Weshalb interessieren Sie sich für mich?«

»Aus verschiedenen Gründen, manche kompliziert, manche simpel. Zunächst einmal sind Sie ein hübsches Mädchen.«

Zan Zu dachte einen Augenblick über die Feststellung nach. »Meinen Sie das wirklich?«

»Hat Ihnen das noch nie jemand gesagt?«

»Nein.«

Seltsam, dachte Gersen.

»Ich rede mit sehr wenigen Männern. Oder Frauen. Navarth sagt, das sei eine Gefahr.«

»Welche Art von Gefahr?«

»Sklavenhändler. Ich möchte keine Sklavin sein.«

»Verständlich. Haben Sie keine Angst vor mir?«

»Ein wenig.«

Gersen gab dem Kellner ein Zeichen. Nach Rücksprache bestellte er ein großes, in Sahne treibendes Stück Kirschtorte, das Zan Zu von Eridu aufgetragen wurde.

»Nun denn«, sagte Gersen, »sind Sie auf der Schule gewesen?«

»Nicht lange.« Gersen erfuhr, dass Navarth sie dann und wann zu seltsamen Ecken der Welt mitgenommen hatte: entlegene Dörfer und Inseln, graue Städte des Nordens, Erholungsorte von Sinkiang, dem Saharasee, die Levante. Gelegentlich hatte es einen Tutor gegeben, Zeiten in etwas ungewöhnlichen Schulen, viel Lektüre in Navarths Büchern. »Keine sehr orthodoxe Bildung«, merkte Gersen an.

»Es passt mir ganz gut.«

»Und Navarth – wie ist seine Beziehung zu Ihnen?«

»Ich weiß es nicht. Er ist schon immer da gewesen. Manchmal ist er … «, sie zögerte. »Manchmal ist er nett, ein anderes Mal scheint er mich zu hassen … Ich verstehe es nicht, aber ich bin auch nicht besonders interessiert. Navarth ist Navarth.«

»Er hat niemals Ihre Eltern erwähnt?«

»Niemals.«

»Haben Sie ihn nie gefragt?«

»Oh, doch! Verschiedene Male. Wenn er nüchtern ist, wird er extravagant: ›Aphrodite entstieg dem Seeschaum. Lilith war die Schwester eines uralten Gottes. Arrenice spross ins Leben, als ein Blitz in einen Rosenbaum einschlug‹. Und ich darf mir nach meinem eigenen Belieben einen Ursprung aussuchen.«

Gersen lauschte ihr überrascht und amüsiert.

»Wenn Navarth betrunken ist oder berauscht von der Dichtung, erzählt er mir mehr, aber vielleicht ist es auch weniger: Er erschreckt mich. Er spricht von der ›Reise‹. Ich frage ›Reise, wohin?‹, und er will es nicht sagen. Aber es muss etwas Schreckliches sein … Ich will nicht gehen.«

Sie wurde still. Die Unterhaltung, so bemerkte Gersen, hatte den Gusto, mit dem sie die Torte in Angriff nahm, nicht gemindert. »Hat er jemals einen Mann namens Viole Falushe erwähnt?«

»Vielleicht. Ich habe nicht zugehört.«

»Vogel Filschner?«

»Nein ... Wer sind diese Männer?«

»Derselbe Mann. Benutzt verschiedene Namen. Erinnern Sie sich, im Café *Galaktische Harmonie*, der Mann, der am Geländer stand?«

Zan Zu blickte hinunter in ihre Kaffeetasse und nickte langsam, gedankenvoll.

»Wer war er?«

»Ich weiß es nicht. Weshalb fragen Sie?«

»Weil Sie beinahe zu ihm gegangen wären.«

»Ja. Ich weiß.«

»Weshalb? Wenn Sie ihn nicht kennen?«

Das Mädchen drehte die Tasse vor und zurück und beobachtete die Strudel in der schwarzen Flüssigkeit. »Es ist schwierig zu erklären. Ich wusste, dass er mich beobachtete. Er wollte, dass ich kam. Navarth hatte mich dorthin gebracht. Und Sie waren da. Als wolle jeder, dass ich zu ihm gehe. Als wäre ich – etwas, das geopfert werden müsse. Mir war schwindelig. Der Saal hat geschwankt. Vielleicht habe ich zu viel Wein getrunken. Aber ich wollte das alles hinter mich bringen. Wenn dies mein Schicksal wäre, würde ich es wissen ... Aber Sie wollten mich nicht gehen lassen. Daran erinnere ich mich. Und ich ...« Sie hielt inne und nahm ihre Hände von der Kaffeetasse. »Auf jeden Fall weiß ich, dass Sie mir nicht schaden wollen.«

Gersen sagte nichts. Zan Zu fragte unsicher: »Das wollen Sie doch nicht?«

»Nein. Sind Sie fertig?«

Sie kehrten zum Hausboot zurück, das so war, wie sie es verlassen hatten. »Wo ist Navarth?« fragte Gersen.

»Er trifft Vorbereitungen für sein Fest. Er ist furchtbar aufgeregt. Seit Sie gekommen sind, ist alles anders.«

»Und was ist geschehen, nachdem ich an jenem Abend das Café *Galaktische Harmonie* verlassen habe?«

Zan Zu runzelte die Stirn. »Es gab Gespräche. Es schien, als seien Lichter in meinen Augen gewesen, orangefarbene und grüne Flecken. Der Mann kam zum Tisch und blieb, auf mich herabblickend, stehen. Er hat mit Navarth gesprochen.«

»Haben Sie ihn angesehen?«

»Nein. Ich glaube nicht.«

»Was hat er zu Navarth gesagt?«

Zan Zu schüttelte den Kopf. »Es war ein Geräusch in meinen Ohren, wie rauschendes Wasser oder das Brausen des Windes. Ich habe nichts gehört. Der Mann hat meine Schulter berührt.«

»Und danach – was?«

Zan Zu schnitt eine Grimasse. »Ich erinnere mich nicht … ich kann mich nicht erinnern.«

»Sie war betrunken!« schrie eine Stimme. Navarth rauschte in den Salon. »Sturzbetrunken! Was tun Sie an Bord meines privaten Hausbootes?«

»Ich bin gekommen, um zu erfahren, wie Sie mein Geld ausgeben.«

»Alles ist wie zuvor. Nun gehen Sie, auf der Stelle.«

»Kommen Sie, kommen Sie«, sagte Gersen geduldig. »Das ist ein hochmütiger Ton, den Sie gegenüber dem Mann anschlagen, der Ihr Hausboot repariert hat.«

»Nachdem Sie es zuerst beschädigt hatten? Bah! Hat es jemals eine Tat gegeben, die dieser gleichkommt?«

»Ich habe gehört, dass Sie in Ihrer Jugend selbst einige Schandtaten begangen haben.«

»›In meiner Jugend‹?« ereiferte sich Navarth. »Ich habe mein gesamtes Leben über Schandtaten begangen!«

»Was ist mit dem Fest?«

»Es wird eine poetische Episode sein, eine Übung in Kunsterfahrung. Ich halte es für das Beste, dass Sie nicht an diesem besonderen Fest teilnehmen, weil … «

»Wie bitte? Ich bezahle dafür! Wenn ich nicht daran teilnehmen soll, geben Sie mir mein Geld zurück.«

Navarth warf sich verdrießlich in einen Sessel. »Ich habe erwartet, dass Sie diese Haltung einnehmen würden.«

»Das fürchte ich. Wo wird das Fest stattfinden?«

»Wir treffen uns im Dorf Kussines, dreißig Kilometer östlich von hier. Das Treffen findet genau zur zweiten Stunde am Nachmittag statt, vor der Herberge. Sie müssen eine Harlekinade und ein Domino tragen.«

»Wird Viole Falushe kommen?«

»In der Tat, in der Tat. Habe ich nicht alles klar gemacht?«

»Nicht vollkommen. Tragen alle Dominos?«

»Natürlich.«

»Wie werde ich Viole Falushe erkennen?«

»Was für eine Frage. Wie kann er sich verbergen? Eine schwarze Ausstrahlung haftet ihm an. Er verströmt ein schauerliches Gefühl.«

»Diese Eigenschaften mögen offensichtlich sein«, erwiderte Gersen. »Dennoch – wie sonst kann man ihn identifizieren?«

»Das müssen Sie zu gegebener Zeit entscheiden. Im Augenblick weiß ich es selbst nicht.«

KAPITEL VIII

Zehn Minuten vor der verabredeten Stunde parkte Gersen seinen Mietwagen auf einer Wiese im Außengebiet von Kussines und stieg aus. Ein Mantel verbarg die Harlekinade, den Domino hatte er in der Tasche.

Der Nachmittag war mild und sonnig, angereichert mit den Gerüchen des Herbstes. Navarth hätte kaum auf einen schöneren Tag hoffen können, dachte Gersen. Sorgfältig überprüfte er seine Kleidung. Die Harlekinade bot wenig Spielraum für Verstecke, aber Gersen hatte das Beste aus der Situation gemacht. Horizontal in seinen Gürtel eingefügt befand sich eine Klinge aus dünnem scharfem Glas, die Schnalle diente als Griff. Unter dem linken Arm hing ein Projeck, im rechten Ärmel befand sich Gift. Derart beladen, schwang Gersen seinen Mantel um sich und marschierte in das Dorf – eine Ansammlung uralter Schwarzeisen- und Schmelzsteingebäude am Ufer eines kleinen Sees. Die Szenerie war bukolisch und reizend, nahezu mittelalterlich; die Taverne, vielleicht das neueste Gebäude des Dorfes, war wenigstens vierhundert Jahre alt. Als sich Gersen näherte, trat ein junger Mann in Grau und Schwarz vor. »Zum Nachmittagsfest, mein Herr?«

Gersen nickte und wurde zu einem Kai am Rande des Sees geführt, wo ein überdachtes Boot wartete. »Den Domino, bitte«, forderte der uniformierte junge Mann ihn auf. Gersen legte die Maske an, trat an Bord des Bootes und wurde zum gegenüberliegenden Ufer gebracht.

Es schien, dass er einer der Letzten war, die eintrafen. An einem im Halbkreis aufgebauten Buffet standen vielleicht zwanzig andere Gäste selbstbewusst in ihren Kostümen. Jemand, der nur Navarth sein konnte, kam vor und befreite Gersen von seinem Mantel. »Kosten Sie diesen Jahrgang, während wir warten; er ist geschmeidig und leicht und wird Ihnen die Zeit vertreiben.«

Gersen nahm den Wein und trat beiseite. Zwanzig Männer und Frauen: Wer war Viole Falushe? Falls er anwesend war, fiel er nicht offensichtlich ins Auge. Eine schlanke junge Frau stand steif in der Nähe und hielt ihr Kelchglas, als enthielte es Essig. Navarth hatte Zan Zu letzten Endes doch erlaubt, zum Fest zu kommen, dachte Gersen. Oder er hatte sie, ihrer Haltung nach zu urteilen, zum Kommen gezwungen. Er zählte. Zehn Männer, elf Frauen. Wenn das Gleichgewicht der Geschlechter beachtet werden sollte, fehlte wenigstens ein Mann. Noch während Gersen zählte, glitt der weiß überdachte Stechkahn an den Kai. Ein Mann trat an Land. Er war hochgewachsen, mager. Seine Art war eine Kombination von lässiger Ruhe und gespannter Vorsicht. Gersen musterte ihn sorgfältig. Falls dies nicht Viole Falushe wäre, musste er als wahrscheinlichster Kandidat betrachtet werden ... Der Mann näherte sich langsam der Gruppe. Navarth eilte mit einem beinahe servilen Ducken vor und nahm den Mantel entgegen, den der Mann ihm zuwarf. Erst als der Mantel am Haken hing und ein Kelchglas mit Wein in der Hand des Neuankömmlings war, kehrte Navarths Überschwänglichkeit zurück. Er wedelte mit den Armen und ging mit großen springenden Schritten hin und her. »Freunde und Gäste, nun sind alle eingetroffen: eine auserlesene Gruppe von Nymphen und Halbgöttern, Dichtern und Philosophen. Seht, wie wir hier auf der Wiese stehen, mit unseren Mustern in Orange und Rot sowie Schwarz und Rot bilden wir eine unbewusste Pavane! Wir sind Künstler, Teilnehmer und Zuschauer gleichzeitig! Der Rahmen, auf den die Spontaneität beschränkt ist – das Thema, sozusagen –, ist der, den ich bestimmt habe; die Variationen und Feinheiten, Gegenspiele und Entwicklungen sind unsere gemeinsame Angelegenheit. Wir müssen feinsinnig und frei sein, zurückhaltend leichtsinnig, allzeit übereinstimmend. Unsere Persönlichkeiten dürfen nie den Akkord verlieren!« Navarth hob das Kelchglas hoch in einen Strahl Sonnenlicht, trank mit einem großartigen Schnörkel daraus und deutete theatralisch zwischen die Bäume. »Folgt mir!«

Fünfzig Meter entfernt stand ein Gesellschaftswagen mit von Troddeln geschmückter Überdachung und Rot, Orange und Grün emaillierten Seiten. Bänke, gepolstert mit orangefarbenem Plüsch, verliefen entlang der Seiten. Im Zentrum kniende Satyrn hielten eine Platte, auf der Dutzende Flaschen jeder Größe, Form und Farbe standen; alle enthielten den gleichen milden Wein.

Die Gäste kletterten an Bord, der Gesellschaftswagen glitt, leise und zügig, auf seinen Abstoßkufen davon.

Der Wagen trieb durch einen schönen Park. Prächtige Ausblicke eröffneten sich zu allen Seiten. Allmählich legten die Gäste ihre Zurückhaltung ab, es gab Unterhaltungen und Gelächter, aber der Großteil war zufrieden damit, am Wein zu nippen und die Herbstszenerie zu genießen.

Gersen musterte nacheinander jeden der Männer. Der Mann, der als letzter eingetroffen war, schien immer noch der wahrscheinlichste Kandidat für die Identität von Viole Falushe zu sein; Gersen dachte von ihm als Kandidat Nr. 1. Aber wenigstens vier andere waren hochgewachsen, mager, dunkel und gelassen: Kandidaten Nr. 2, Nr. 3, Nr. 4, Nr. 5.

Der Gesellschaftswagen hielt an. Die Gruppe trat auf eine mit violetten und weißen Astern gesprenkelte Wiese. Navarth, der hüpfte und sprang wie eine junge Ziege, führte die Gruppe in einen Hain hoher Bäume. Mittlerweile war es etwa drei Uhr, nachmittägliches Sonnenlicht fiel schräg durch die Massen goldener Blätter und spielte auf einem großen Teppich aus lohfarbener und goldener Seide mit einem Saum aus Graugrün- und Blautönen. Jenseits davon stand ein seidener Pavillon, aufrecht gehalten von weißen Spiralpfosten.

Um den Teppich waren zweiundzwanzig hohe Sessel in Form von Pfauenrädern angeordnet. Neben jedem stand ein antiker Beistelltisch aus Ebenholz mit Einlegearbeiten aus Perlmutt und Zinnober, darauf befand sich jeweils eine zinnoberrote Schüssel mit kristallisierten Gewürzen. Einer rätselhaften Vernunft folgend, arrangierte Navarth seine Gäste auf den wunderbaren Sesseln. Gersen fand sich an einem Ende des Teppichs wieder; Zan Zu war einige Sessel entfernt. Die fünf Kandidaten befanden sich am gegenüberliegenden Ende. Von irgendwoher kam Musik oder, genauer gesagt, Beinahe-Musik: eine Abfolge wehmütiger, ruhiger Akkorde, zuweilen so leise, dass sie kaum zu hören waren, zuweilen so komplex, dass sie unbestimmt und verblüffend blieben, niemals aber eine Sequenz vervollständigten oder erfüllten und stets von quälender Süße.

Navarth nahm seinen Platz ein und alle blieben still sitzen. Aus dem Pavillon kamen zehn junge Mädchen, nackt, bis auf goldene Pantoffeln und gelbe Rosen hinter den Ohren. Sie trugen Tabletts, auf denen Kelche aus schwerem grünem Glas standen, die den gleichen köstlichen Wein enthielten wie zuvor.

Navarth blieb in seinem Sessel sitzen. Die anderen Gäste begnügten sich damit, es ihm gleich zu tun. Vom Sonnenlicht umspielte gelbe Blätter schwebten hinunter zum goldenen Teppich, ein aromatischer Duft hing in der Luft. Gersen nippte vorsichtig am Wein. Er konnte es sich nicht leisten sich einlullen, sich fallen zu lassen. Viole Falushe war nahe bei der Hand, eine Situation, für die er eine Million SVE bezahlt hatte. Der schlaue Navarth hatte sich nicht an den Buchstaben seines Versprechens gehalten. Wo war die »Aura schwarzer Ausstrahlung«, die Navarth erwähnt hatte? Sie schien am ehesten Kandidaten Nr. 1, Nr. 2 und Nr. 3 anzuhaften, allerdings war Gersen nicht geneigt, seinen parapsychischen Fähigkeiten in dieser Hinsicht zu vertrauen.

Eine Spannung, eine Erwartung begann spürbar zu werden. Navarth kauerte in seinem Sessel, als sei er bereits abwesend. Die nackten Mädchen, von Sonnenlicht und Blattschatten gesprenkelt, schenkten Wein ein und bewegten sich langsam, als wandelten sie unter Wasser ... Navarth hob den Kopf, als höre er eine Stimme oder ein weit entferntes Geräusch. Er sprach mit einer frohlockenden Stimme und die unsteten Akkorde schienen sich dem Rhythmus seiner Ansprache anzupassen, Musik zu schaffen. »Einige hier haben Emotionen in vielen Stadien erlebt.

Niemand kann jede Emotion kennen, denn sie sind zahllos und
flüchtig. Einige hier sind sich nicht bewusst, sind unberührt, uner-
forscht – und wissen es nicht. Seht mich an! Ich bin Navarth,
genannt der verrückte Dichter! Aber ist nicht jeder Dichter verrückt? Es ist unvermeidlich. Des Dichters Nerven leiten und
befördern unbeherrschbare Ergüsse von Energie. Er fürchtet sich:
Und wie er sich fürchtet! Er spürt das Vergehen der Zeit; es ist ein
warmes Pulsieren zwischen seinen Fingern, als fasse er an eine
freigelegte Arterie. Auf ein Geräusch hin – ein entferntes Lachen,
ein Kräuseln des Wassers, eine Windbö – wird er krank und fällt
in Ohnmacht, weil dieses Geräusch, dieses Kräuseln, diese Bö in
der gesamten Ausdehnung der Zeit niemals wiederkehren kann.
Dies ist die betäubende Tragödie der ›Reise‹, auf der wir uns alle
befinden. Würde der verrückte Dichter es anders wollen? Niemals
frohlocken? Niemals verzweifeln? Niemals das Leben umarmen
und an seine blanken Nerven ziehen?« Navarth sprang auf die
Beine und vollführte einen Hüpftanz. »Alle hier sind verrückte
Dichter. Wenn ihr essen wollt, die Delikatessen der Welt harren
eurer. Falls ihr nachdenken wollt, bleibt in euren Sesseln sitzen
und beobachtet den Fall der Blätter. Seht wie langsam ihre Bewegungen sind; die Zeit hat sich hier unseretwegen verlangsamt.
Falls ihr euch anregen wollt, dieser prächtige Jahrgang übersättigt
nicht noch betäubt er. Falls ihr erotische Nähe oder mittlere Ent-
fernungen oder undeutliche Horizonte erforschen wollt: Wir sind
umgeben von Lauben und kleinen Tälern.« Seine Stimme fiel um
eine Oktave, die Akkorde wurden gemessen und langsam. »Es
gibt kein Licht ohne Schatten, kein Geräusch ohne Stille. Frohlocken springt dicht an der Grenze zum Schmerz. Ich bin der
verrückte Dichter, ich bin das Leben! Deshalb ist, als unvermeid-
liche Konsequenz, auch der Tod anwesend. Aber wo das Leben
seine Bedeutung hinausschreit, bleibt der Tod still sitzen. Schaut
euch also die Masken an!«

Und Navarth deutete von einem stillen Harlekin im Kreis zum
anderen. »Hier ist der Tod, der Tod beobachtet das Leben. Es ist
kein geistloser, zielloser Tod. Es ist ein Tod mit einem Löschhut,

fixiert auf eine einzelne Kerze. Also fürchtet euch nicht, es sei denn, ihr habt Grund zur Furcht ...« Navarth drehte den Kopf. »Hört!«

Von weit entfernt kam das fröhliche Geräusch von Musik. Es wurde lauter und immer lauter und auf die Lichtung marschierten vier Musiker: einer mit Kastagnetten, einer mit Gitarre und zwei Fiedler – und sie spielten den treibendsten und fröhlichsten aller Hüpftänze: genügend, den Puls rasen zu lassen. Mit einem Mal hielten sie abrupt mit der Musik inne. Der Kastagnettenspieler holte eine Flöte hervor, und nun wurde die Musik herzzerbrechend melancholisch. Und in dieser Weise weiterspielend, bewegten sie sich zwischen den Bäumen weiter und waren kurz darauf nicht mehr zu vernehmen. Die leisen unbestimmten Akkorde setzten sich fort wie zuvor, ohne Anfang oder Ende, so leicht und natürlich wie das Atmen.

Gersen war unruhig geworden. Die Umstände entzogen sich seiner Kontrolle. Er fühlte sich albern in seiner Harlekinade. War dies ein weiterer von Navarths raffinierten Tricks? Stünde Viole Falushe nun vor ihm und würde sich vorstellig machen, Gersen könnte nicht handeln. Die Herbstluft war trüb vor Dunst, der Wein hatte ihn sentimental werden lassen. Er könnte auf diesem prächtigen, hell-lohfarbenen und goldenen Teppich kein Blut vergießen, auch nicht auf den Teppich aus goldenen Blättern dahinter.

Gersen lehnte sich im Sessel zurück, zugleich amüsiert und entrüstet über sich selbst. Nun gut, für den Augenblick würde er sitzen bleiben und nachdenken. Einige der anderen Gäste regten sich. Vielleicht hatte Navarths Rede über den Tod sie frösteln lassen, denn sie bewegten sich zauderhaft und vorsichtig. Gersen fragte sich, auf wen Navarth sich in seiner Rede über den Tod bezogen hatte ... Die Mädchen bewegten sich gesetzt entlang der Reihe von Sesseln und schenkten Wein ein. Als eine sich in Gersens Nähe beugte, erhaschte er den Duft ihrer gelben Rose. Sie richtete sich auf, lächelte ihn an und ging zum nächsten Gast weiter.

Gersen trank den Wein. Er lehnte sich im Sessel zurück. Auch wenn er losgelöst und leidenschaftslos geworden war, zumindest konnte er spekulieren. Einige der Gäste hatten sich erhoben und ihre hochlehnigen Sessel verlassen. Sie mischten sich untereinander und unterhielten sich mit leisen rauen Stimmen. Kandidat Nr. 1 saß brütend da. Kandidat Nr. 2 starrte ständig auf Zan Zu. Kandidat Nr. 3 saß, wie Gersen, ausgestreckt in seinem Sessel. Die Kandidaten Nr. 4 und Nr. 5 waren unter jenen, die sich unterhielten.

Gersen blickte zu Navarth. Was als Nächstes? Navarths Absichten mussten sich über den Moment hinaus erstrecken. Was hatte er noch geplant? Gersen rief ihn. Navarth drehte sich zögernd zur Seite.

Gersen fragte: »Ist Viole Falushe hier?«

»Tsch!« ereiferte sich Navarth. »Sie sind ein Monomane!«

»Das hat man mir schon einmal gesagt. Nun, ist er hier?«

»Ich habe einundzwanzig Gäste eingeladen. Wenn ich nachzähle, sind zweiundzwanzig anwesend. Viole Falushe ist hier.«

»Wer ist es?«

»Ich weiß es nicht.«

»Wie bitte? Sie wissen es nicht?« Gersen richtete sich auf, von Navarths Doppelzüngigkeit aus seiner Lethargie geweckt. »Es darf keine Missverständnisse geben, Navarth. Sie haben eine Million SVE von mir angenommen und zugestimmt, bestimmte Bedingungen zu erfüllen.«

»Und das habe ich«, schnappte Navarth. »Die simple Wahrheit ist, dass ich nicht weiß, in welcher Erscheinung Viole Falushe gegenwärtig auftritt. Ich kannte den Jungen Vogel Filschner gut. Viole Falushe hat sein Gesicht und sein Benehmen verändert. Er könnte einer von dreien oder vieren sein. Sofern ich die Gruppe nicht demaskiere und jene fortschicke, die ich erkenne, bis einer übrig bleibt, kann ich Ihnen Viole Falushe nicht präsentieren.«

»Nun gut, dann werden wir das tun.«

Navarth wollte nicht nachgeben. »Mein Leben mag wohl auf die ein oder andere Weise aus meinem Körper weichen. Ich erhebe Einwand. Ich bin ein verrückter Dichter, kein Trottel.«

»Das ist unwesentlich. So werden wir es machen. Seien Sie so gut und rufen Sie Ihre Anwärter in den Pavillon.«

»Nein, nein!« krächzte Navarth. »Das ist unmöglich. Es gibt einen einfacheren Weg. Beobachten Sie das Mädchen. Er wird zu ihr gehen und dann werden Sie es wissen.«

»Ein halbes Dutzend mögen zu ihr gehen.«

»Dann beanspruchen Sie sie für sich. Nur ein Mann würde Sie herausfordern.«

»Und falls keiner mich herausfordert?«

Navarth streckte die Arme aus. »Was können Sie verlieren?«

Beide drehten sich um und sahen zu dem Mädchen. Gersen sagte: »In der Tat, was kann ich verlieren? In welcher Beziehung stehen Sie zu Ihr?«

»Sie ist die Tochter eines alten Freundes«, erklärte Navarth verbindlich. »Eigentlich ist sie mein Mündel. Ich habe mir Mühe gegeben, sie zu erziehen und sie ordentlich zur Mündigkeit zu bringen.«

»Und das vollbracht, bieten Sie sie dann und wann vorüberkommenden Fremden an?«

»Die Unterhaltung wird langweilig«, beschied Navarth. »Sehen Sie. Ein Mann nähert sich dem Mädchen!«

Gersen wirbelte herum. Kandidat Nr. 2 war an Zan Zu herangetreten und sprach in einer unmissverständlich innigen Art zu ihr. Zan Zu lauschte höflich. Wie bereits im Café *Galaktische Harmonie* verspürte Gersen eine Woge der Emotion: Lust? Eifersucht? Beschützerinstinkt? Welches auch immer die Natur des Dranges war, er zwang ihn, vorwärts zu gehen und sich zu den beiden zu gesellen.

»Genießen Sie das Fest?« erkundigte sich Gersen in vorgeblicher Gutkameradschaftlichkeit. »Ein wundervoller Tag für einen solchen Ausflug. Navarth ist ein prächtiger Gastgeber. Dennoch, er hat uns einander nicht vorgestellt. Wie heißen Sie?«

Kandidat Nr. 2 entgegnete höflich: »Navarth hat zweifellos guten Grund für dieses Versäumnis. Am besten, wir machen unsere Identitäten nicht bekannt.«

»Das ist vernünftig«, entgegnete Gersen. Er wandte sich an Zan Zu. »Dennoch, was meinen Sie?«

»Ich habe keine Identität bekannt zu geben.«

Kandidat Nr. 2 schlug vor: »Weshalb wenden Sie sich nicht an Navarth und erkundigen sich nach seinen Gedanken zu diesem Thema?«

»Lieber nicht. Navarth wäre verwirrt. Er ist einem Trugschluss unterlegen. Er scheint intime Beziehungen zwischen umherwandelnden Kostümen zu befürworten. Ist das vernünftig? Ich bezweifle es. Gewiss nicht auf der Ebene der Intensität, auf der Navarth beharren würde.«

»Ganz recht, ganz recht«, bekundete Kandidat Nr. 2. »Seien Sie ein guter Genosse und überlassen Sie uns uns selbst. Die junge Dame und ich erfreuten uns gerade einer privaten Unterhaltung.«

»Entschuldigen Sie, dass ich Sie unterbreche. Aber die junge Dame und ich hatten bereits geplant, auf der Wiese Blumen zu pflücken.«

»Sie irren sich«, versetzte Kandidat Nr. 2. »Wenn alle Harlekinaden tragen, geschieht schnell ein Irrtum.«

»Wenn es ein Irrtum war, dann nur zum Besten, denn ich ziehe diese reizende junge Blumenpflückerin der letzten vor. Seien Sie so gut und entschuldigen uns.«

Kandidat Nr. 2 war die Freundlichkeit selbst. »Wirklich, mein guter Genosse, Ihre Witzigkeit hat sich nun erschöpft. Sicherlich erkennen Sie doch, dass Sie stören?«

»Ich denke nicht. Bei einem Fest dieser Art, wo das Erlebnis an die nackten Nerven gedrückt wird, wo der Tod umgeht, liegt die Weisheit in der Flexibilität. Sehen Sie die Frau dort drüben? Sie sieht geschwätzig aus und scheint bereit, jegliches Thema aus Ihrem Repertoire zu diskutieren. Weshalb gesellen Sie sich nicht zu ihr und schwätzen mit ihr nach Herzens Lust?«

»Aber Sie sind es doch, den sie bewundert«, meinte Kandidat Nr. 2 brüsk. »Hinfort mit Ihnen.«

Gersen wandte sich an Zan Zu. »Offensichtlich müssen Sie die Entscheidung treffen. Konversation oder Wildblumen?«

Zan Zu zögerte, von einem zum anderen blickend. Kandidat Nr. 2 fixierte sie mit einem Blick brennender Intensität. »Wählen Sie, wenn es tatsächlich eine Wahl gibt – zwischen diesem Lümmel und mir. Wählen Sie – aber wählen Sie klug.«

Zan Zu wandte sich ernst an Gersen. »Gehen wir Blumen pflücken.«

Kandidat Nr. 2 stierte, blickte zu Navarth, als wolle er ihn zum Einschreiten auffordern, überlegte es sich dann anders und ging davon.

Zan Zu fragte: »Sind Sie wirklich darauf aus, Wildblumen zu pflücken?«

»Sie wissen, wer ich bin?«

»Selbstverständlich.«

»Ich möchte keine Wildblumen pflücken, es sei denn, Sie wollen es.«

»Oh … Was wollen Sie dann von mir?«

Gersen fand die Frage schwierig zu beantworten. »Ich weiß es selbst nicht.«

Zan Zu nahm seinen Arm. »Lassen Sie uns gehen und nach den Blumen schauen, vielleicht finden wir es heraus.«

Gersen blickte sich in der Gruppe um. Kandidat Nr. 2 sah aus der Entfernung zu. Kandidaten Nr. 1 und Nr. 3 schienen sie nicht zu beachten. Sie machten sich zwischen den Bäumen hindurch auf den Weg; Zan Zu lehnte sich an seinen Arm. Gersen legte ihn um ihre Taille, sie seufzte.

Kandidat Nr. 2 zuckte kurz mit den Schultern und schien durch diese Bewegung seine Zurückhaltung abzulegen. Er kam mit weichen, unheilvollen Schritten hinter Gersen her, in seinen Händen hielt er eine kleine Waffe. Dahinter, sah Gersen mit dem gleichen, flüchtigen Blick, stand Navarth, der ihnen nachsah. Seine Haltung war eine merkwürdige Überlagerung von Scham und Fröhlichkeit.

Gersen stieß Zan Zu zu Boden und duckte sich hinter einen Baum. Kandidat Nr. 2 blieb stehen. Er drehte sich Zan Zu zu und richtete seine Waffe, zu Gersens betroffenem Erstaunen, auf sie. Gersen sprang hinter dem Baum hervor und schlug auf den Arm des Mannes. Die Waffe schleuderte ein Sengen von Energie in den

Boden. Die zwei traten sich gegenüber – Augen loderten in gegenseitigem Hass ... Ein schriller pfeifender Ton. Aus dem Wald kam das dumpfe Geräusch schwerer Schritte; Gendarmen schwärmten aus, ein Dutzend oder mehr, angetrieben von einem Leutnant mit goldenem Helm und einem furiosen alten Mann in brokatverziertem Grau.

Navarth trat hochmütig vor. »Was hat dieses Eindringen zu bedeuten?«

Der alte Mann, der klein und übergewichtig war, sprang vor, um die Faust zu schütteln. »Was zum Teufel haben Sie vor? Weshalb betreten Sie meinen Privatbesitz? Sie Laffen! Und diese nackten Mädchen – ein absoluter Skandal!«

In einem harten Ton verlangte Navarth von dem Leutnant zu wissen: »Wer ist dieser alte Schurke? Welches Recht hat er, ein privates Fest zu stören?«

Nun trat der alte Mann vor, nahm den Teppich wahr und wurde bleich. »Siehe da!« wisperte er heiser. »Mein unschätzbarer Seiden-Sikkim! Ausgebreitet für diese Schufte, um darauf herumzutollen. Und meine Sessel, oh meine kostbaren Bahadurs! Was sonst haben sie gestohlen?«

»Das ist Geschwätz!« tobte Navarth. »Ich habe dieses Anwesen und die Einrichtung gemietet. Der Besitzer ist Baron Caspar Heaulmes, der sich, seiner Gesundheit wegen, in einem Sanatorium aufhält.«

»Ich bin Baron Caspar Heaulmes!« schrie der alte Mann. »Ich kenne Ihren Namen nicht, mein Herr, hinter dieser lächerlichen Maske, aber ich erkenne Sie als einen Lumpen! Leutnant, walten Sie Ihres Amtes. Führen Sie alle ab. Ich beharre auf einer ausführlichen Ermittlung!«

Navarth warf die Hände in die Luft und erörterte den Fall von einem Dutzend Standpunkten, doch der Leutnant war unerbittlich. »Ich fürchte, ich muss alle in Gewahrsam nehmen. Baron Heaulmes strengt eine formelle Klage an.«

Gersen, der an der Seite stand, hatte mit großem Interesse zugesehen und gleichzeitig die Bewegungen der Kandidaten Nr. 1, Nr.

2 und Nr. 3 beobachtet. Wer auch immer Viole Falushe war – und es schien Kandidat Nr. 2 zu sein – er würde in diesem Augenblick schwer schwitzen: einmal in Gewahrsam und vor Gericht, musste seine Identität bekannt werden.

Kandidat Nr. 1 stand starr und düster da. Kandidat Nr. 2 blickte, die Situation sorgfältig einschätzend, hier- und dorthin. Kandidat Nr. 3 wirkte unbesorgt, geradezu amüsiert.

Der Leutnant hatte Navarth ergriffen und beschuldigte ihn des unbefugten Betretens, des Diebstahls, des Verstoßes gegen die öffentliche Moral und des schlichten tätlichen Angriffs: letzteres wegen seines Versuchs, Baron Heaulmes zu treten. Die verbliebenen Gendarmen begannen, die Gäste, welche sich auf der Wiese niedergelassen hatten, auf zwei Karzerwaggons zuzutreiben. Kandidat Nr. 2 schlenderte zum Rand der Gruppe und schlüpfte, Vorteil aus Navarths ungebärdigem Verhalten ziehend, hinter einen Baum. Gersen erhob Geschrei. Zwei Gendarmen blickten sich um, bellten gebieterische Befehle und marschierten vorwärts, um Kandidat Nr. 2 zu den Karzerwaggons zu geleiten. Dieser sprang zurück zwischen die Bäume; als ihn die Gendarmen verfolgten, gab es grässliche Strahlenblitze – einmal, zweimal – und zwei Männer blieben tot liegen. Kandidat Nr. 2 rannte durch den Wald davon und verschwand aus der Sicht. Gersen jagte ihm nach, hielt jedoch aus Furcht vor einem Hinterhalt nach hundert Metern inne.

Er warf die Maske fort und rannte zu dem halbkreisförmigen Buffet neben dem Teich, wo er seinen Mantel fand und anzog. Der Stechkahn setzte ihn über den See zu den Außenbezirken von Kussines.

Fünf Minuten später erreichte er seinen Luftwagen und hob mit ihm ab. Er schwebte einige Minuten und erforschte den Luftraum. Falls Kandidat Nr. 2 mit einem Luftwagen eingetroffen war, musste er ebenfalls aufsteigen. Und auch das Patrouillenfahrzeug musste bald auf der Szene der Morde erscheinen. Ein Mann in Harlekinade sah aus wie der andere; je eher er verschwunden war, desto besser. Und Gersen flog mit Höchstgeschwindigkeit zurück nach Rolingshaven.

KAPITEL IX

Aus dem Rolingshavener *Mundus*:

Kussines, 30. September: Zwei Vertreter der Bezirksgendarmerie wurden heute Nachmittag von einem Gast einer mysteriösen Orgie auf dem Grundbesitz von Baron Caspar Heaulmes in Kussines ermordet. In dem mit der Gewalttat einhergehenden Durcheinander konnte der Mörder vorläufig entkommen und man vermutet, dass er sich in den Wäldern versteckt. Sein Name ist noch nicht bekannt gegeben worden.

Gastgeber und Rädelsführer des bacchantischen Fests war der berüchtigte Dichter und Freidenker Navarth, dessen Eskapaden seit Langem schon die Bürger von Rolingshaven erbauen ...

Der Artikel fährt fort, die Umstände der Morde zu schildern. Die Namen der Personen, welche in Gewahrsam genommen wurden, sind aufgelistet.

~

Aus dem Rolingshavener *Mundus*:

Rolingshaven, 2. Oktober: Opfer eines unerklärlichen Angriffs ist Ian Kelly, 32, aus London gewesen, der gestern Nacht in der Bissgasse überfallen und niederträchtig zu Tode geprügelt wurde. Es gibt keinen Anhaltspunkt in Bezug auf die Identität des Angreifers noch auf ein offensichtliches Motiv. Kelly erschien erst vor zwei Tagen in den Nachrichten, als Gast bei dem fantastischen Fest des Dichters Navarth auf dem Grundbesitz von Baron Caspar Heaulmes.

Die Polizei schließt die Theorie, dass die beiden Umstände in Beziehung zueinanderstehen, nicht aus.

—

Artikel für Cosmopolis:

VIOLE FALUSHE

von Navarth

TEIL 1: DER JUNGE

Viole Falushe, der Dämonenfürst, ist wegen seines Palasts der Liebe genauso berüchtigt wie für den grässlichen Umfang seiner Verbrechen. Wer ist er, was ist er? Ich bin, möglicherweise besser als jeder andere lebende Mensch, in der Lage, seine Beweggründe einzuschätzen und seine Taten zu analysieren. Ich habe nur wenige Kenntnisse über den Mann, wie er heute ist. Begegnete er mir auf der Straße, würde ich ihn nicht erkennen. Doch soviel kann ich sagen: beurteilt man Viole Falushe als Jugendlichen, finde ich die öffentliche Vorstellung von ihm – das heißt einen ansehnlichen, eleganten, heiteren, romantischen Mann – unmöglich zu glauben. Tatsächlich ist dieser Gedanke erstaunlich und lächerlich.

Ich habe Viole Falushe zum ersten Mal getroffen, als er vierzehn war. Damals war sein Name Vogel Filschner. Falls der Mann dem Jungen ähnelt, können seine zelebrierten Liebschaften nur mittels Zwangs oder Drogen zustande gekommen sein. Wie alle wissen, bin ich bedacht auf meinen Ruf für unparteiische Offenheit, und zu diesem Zweck habe ich alle Frauen befragt, die Vogel Filschner als Mädchen gut gekannt haben. Aus offensichtlichen Gründen gebe ich ihre Namen nicht preis. Hier einige repräsentative Kommentare:

»… ein Junge, der sich mit jeder Art von Ekelhaftigkeit beschäftigt hat.«

»Vogel war äußerst abstoßend, wenngleich es in unserer Klasse weit hässlichere Jungen gegeben hat als

ihn. Vier Jahre lang habe ich ihn gekannt und statt zu
lernen, sich Mühe mit sich selbst zu geben, ist es nur
schlimmer geworden.«

»Ich konnte es nicht ertragen, neben Vogel zu sitzen.
Er roch schlecht, als hätte er nie die Socken oder die
Unterwäsche gewechselt. Ich bin sicher, dass er sich nie
die Hände gewaschen und möglicherweise nie gebadet
hat.«

»Vogel Filschner! Ich vermute, es war nicht alles seine
Schuld. Seine Mutter muss eine Schlampe gewesen
sein. Er hatte widerwärtige persönliche Angewohn-
heiten, wie sich in der Nase bohren und das Ergebnis
zu untersuchen oder seltsame schluckende Geräusche
zu machen und vor allem anderen zu riechen.«

Dies sind repräsentative Bemerkungen, eigentlich sogar
einige der mäßigeren Kommentare. Ich bin ein vor allem
gerechter und verständiger Mann, daher zitiere ich keine der
extravaganteren Anekdoten.

Lassen Sie mich Vogel Filschner so schildern, wie ich
ihn kannte. Er war hochgewachsen und spinnenhaft, hatte
spindeldürre Beine und einen ungesunden runden Bauch.
Um das etwas spinnenähnliche Bild zu vervollständigen,
besaß er runde Wangen und einen rosigen Rüssel von einer
Nase. Man muss ihm zugutehalten, dass er meine Dichtung
bewunderte, obwohl ich fürchte, dass Vogel meine Doktri-
nen über die Wiedererkennbarkeit hinaus verdreht hat. Ich
predige eine erweiterte Existenz; Vogel wollte, dass ich seine
solipsistische Rücksichtslosigkeit gutheiße.

Das erste Mal, dass Vogel Filschner an mich herantrat,
war zu der Zeit meines zelebrierten Zwischenfalls mit Dame
Amelie Pallemont-Dalhouse in Verbindung mit meiner
Patenschaft über ihre Tochter Earline, was an sich schon
eine faszinierende Geschichte ist. Jedenfalls erschien Vogel

eines Morgens mit irgendeinem erbärmlichen Knittelvers, den er geschrieben hatte. Es schien, dass Vogels Säfte in Fluss geraten waren, dass er sich in ein hübsches Mädchen verliebt hatte, die, unnötig zu sagen, weit davon entfernt war, sich von diesem Kompliment geschmeichelt zu fühlen ...

Der Artikel setzt sich noch einige Seiten fort.

A m 3. Oktober wurde Navarth, der eine Entschädigung von 50.000 SVE an Baron Caspar Heaulmes bezahlt hatte, vom Gericht freigesprochen, das die Klagen gegen Navarths Gäste ebenso fallen ließ.

Gersen traf Navarth auf der Promenade vor dem Gerichtshof. Navarth tat zuerst so, als würde er vorbeigehen, ohne Gersen zu beachten, doch dieser war schließlich in der Lage, ihn zu einem Tisch in einem nahe gelegenen Café umzuleiten.

»Gerechtigkeit, bah!« Navarth schnitt eine Grimasse in Richtung des Gerichtsgebäudes. »Denken Sie nur! Geld muss ich zahlen, diesem nachtragenden und scheinheiligen Unsäglichen! Er hätte mich entschädigen müssen! Hat er nicht das Fest gestört? Was hat er zu gewinnen gehofft, dass er derart aus dem Wald gekommen ist?« Navarth hielt inne, um seine Kehle mit dem Bier zu befeuchten, das Gersen bestellt hatte. »Es reicht, einen bitter werden zu lassen.« Er setzte den Becher mit einem Knall ab und bedachte Gersen mit einem Blick aus stechenden Augen. »Was wollen Sie jetzt von mir? Eine weitere Übung in Bathos? Ich warne Sie, ein zweites Mal werde ich nicht so nachgiebig sein.«

Gersen zeigte ihm die Zeitungsartikel, welche die Veranstaltung behandelten. Navarth weigerte sich sie anzusehen. »Ein erbärmlicher Erguss an Unsinn, pure Verunglimpfung. Ihr Journalisten seid alle gleich.«

»Ich sehe, dass gestern ein gewisser Ian Kelly ermordet wurde.«

»Ja, armer Kelly. Waren Sie bei der Anklageerhebung?«

»Nein.«

»Dann haben Sie Ihre Chance verpasst. Viole Falushe war unter den Beobachtern. Er ist einer der empfindlichsten Männer überhaupt und kann eine Beleidigung nicht vergessen. Ian Kelly hatte das Unglück, Ihnen in Größe und Verhalten zu ähneln.« Navarth schüttelte reuevoll den Kopf. »Ah, dieser Vogel. Er verabscheut Frustration wie einen Bienenstich.«

»Weiß die Polizei, dass Viole Falushe der Mörder ist?«

»Ich habe ihnen erzählt, er sei ein Mann, den ich in einer Bar getroffen habe. Was sonst hätte ich sagen können?«

Gersen hatte nichts zu entgegnen. Er deutete erneut auf den Artikel. »Zwanzig Namen sind aufgelistet, welcher bezieht sich auf Zan Zu?«

Navarth vollführte eine geringschätzige Gebärde in Richtung des Artikels. »Suchen Sie sich einen aus. Einer ist so gut wie der andere.«

»Einer dieser Namen muss sich auf sie beziehen«, sagte Gersen. »Welcher?«

»Woher soll ich wissen, welchen Namen sie nennt, um ihn der Polizei mitzuteilen? Ich glaube, ich brauche noch mehr Bier. Die Erörterung hat meine Kehle ausgetrocknet.«

»Hier sehe ich eine ›Drusilla Wayles, Alter 18‹. Ist sie es?«

»Gut möglich. Möglich, in der Tat.«

»Und das ist ihr Name?«

»Gnädiger Kalzibah! Muss sie denn einen Namen haben? Ein Name ist eine Last! Eine Kette, die einen an eine Reihe unkontrollierbarer Umstände fesselt. Keinen Namen zu haben, heißt frei zu sein! Sind Sie so stur, dass Sie sich eine Person ohne Namen nicht vorstellen können? Sie ist, wie man sich entschließt, sie zu nennen.«

»Seltsam«, entgegnete Gersen. »Sie gleicht genau der Jheral Tinzy von vor dreißig Jahren.«

Navarth zuckte auf dem Stuhl zurück. »Woher wissen Sie das?«

»Ich bin nicht müßig gewesen. Zum Beispiel habe ich dies gemacht.« Gersen holte einen Entwurf für *Cosmopolis* hervor. Vom Titelblatt blickte das Gesicht des jungen Vogel Filschners, hinterlegt mit dem Umriss einer großen, ominösen grauen Gestalt. Darunter befand sich der Titel:

DER JUNGE VOGEL FILSCHNER
Vogel Filschner, wie ich ihn kannte
von Navarth

Navarth ergriff den Entwurf und las entsetzt den Artikel. Er hob die Hände an den Kopf. »Er tötet uns alle! Er ertränkt uns in Hundekotze! Er lässt Bäume in unseren Ohren wachsen!«

»Der Artikel erscheint mir ausgeglichen und besonnen«, meinte Gersen. »Gewiss kann er keinen Anstoß an Fakten nehmen!«

Navarth las weiter und erging sich in einem neuen Anfall des Entsetzens. »Sie haben mit meinem Namen unterzeichnet! Ich habe das niemals geschrieben!«

»Es ist alles wahr.«

»Umso mehr! Wann soll es veröffentlicht werden?«

»In ein oder zwei Wochen.«

»Unmöglich! Ich verbiete es.«

»Wenn das so ist, geben Sie mir das Geld zurück, das ich Ihnen geliehen habe, um Ihr Fest zu finanzieren.«

»›Geliehen‹?« Navarth war erneut betroffen. »Das war keine Leihgabe! Sie haben mich bezahlt, Sie haben mich angeheuert, ein Fest zu organisieren, bei dem Viole Falushe anwesend sein würde.«

»Sie haben nichts davon getan. Es stimmt, Baron Heaulmes hat das Fest abgekürzt, aber das ist nicht meine Angelegenheit. Und wo war Viole Falushe? Sie können auf den Mörder deuten, aber das bedeutet mir nichts. Bitte geben Sie das Geld zurück.«

»Ich kann nicht! Ich habe das Geld ausgegeben wie Wasser! Und Baron Heaulmes hat verlangt, was ihm zusteht.«

»Nun, geben Sie mir die neunhunderttausend SVE zurück, die übrig sind.«

»Wie bitte? Ich verfüge über keine solche Summe!«

»Vielleicht können wir einen Anteil als Bezahlung für diesen Artikel ausklammern, aber ... «

»Nein, nein! Der Artikel darf nicht veröffentlicht werden!«

»Am besten, wir kommen zu einer vollkommenen Übereinkunft«, sagte Gersen. »Sie haben mir nicht alles erzählt.«

»Wofür ich dankbar bin. Alles andere wollen Sie veröffentlichen.« Navarth knetete sich die Stirn. »Es sind schreckliche Tage gewesen. Haben Sie kein Mitleid mit dem armen alten Navarth?«

Gersen lachte. »Sie haben geplant, dass ich zu Tode komme. Sie wussten, dass Viole Falushe versuchen würde, Drusilla Wayles oder Zan Zu, wie auch immer ihr Name sein mag, zu besitzen. Sie wussten, dass ich es nicht erlauben würde. Ian Kelly hat statt meiner mit dem Leben bezahlt.«

»Nein, nein, nichts dergleichen! Ich hatte gehofft, Sie würden Viole Falushe töten!«

»Sie sind ein unredlicher Schurke. Was ist mit Drusilla? Wie sollte es ihr ergehen? Haben Sie an sie gedacht?«

»Ich habe an nichts gedacht«, sagte Navarth heiser. »Ich kann mir nicht erlauben nachzudenken. Wenn ich die Unterteilung zwischen meinen beiden Gehirnen auch nur für einen Augenblick aufheben würde …«

»Sagen Sie mir, was Sie wissen.«

Mit äußerstem Zögern gehorchte Navarth. »Ich muss noch einmal auf Vogel Filschner zurückkommen. Als er die Chorgesellschaft entführt hat, entkam Jheral Tinzy. Das wissen Sie. Aber sie war der Grund des Verbrechens und die Eltern der anderen Mädchen gaben ihr die Schuld … Es wurde sehr hart, sehr rau. Es kam zu Drohungen, Beschimpfungen in der Öffentlichkeit …«

Navarth hatte ähnliche Anfeindungen erlitten. Eines Tages schlug er Jheral Tinzy vor, zusammen wegzugehen. Jheral, bitter und desillusioniert, war in der Stimmung gewesen, alles zu tun. Sie gingen nach Korfu, wo sie drei Jahre verbrachten, und jeden Tag liebte Navarth Jheral Tinzy leidenschaftlicher, als am vorherigen.

Eines schrecklichen Tages erschien Vogel Filschner an der Tür ihrer kleinen Villa. Er war nicht mehr der alte Vogel, obwohl seine Erscheinung immer noch die gleiche war. Er stand aufrechter, aber die auffälligste Veränderung war seine neue Persönlichkeit.

Er war hart geworden, sicher, zuversichtlich; seine Augen waren hell, seine Stimme sicher. Übeltaten bekamen ihm eindeutig gut.

Vogel machte ein großes Getue um seine Freundschaft mit Navarth. »Vergangenheit ist Vergangenheit. Jheral Tinzy? Ich will nichts von ihr. Sie hat sich Ihnen hingegeben, sie ist besudelt. In dieser Hinsicht bin ich eigen; ich nehme keine Frau, frisch nach dem Gebrauch eines anderen Mannes. Seien Sie versichert, sie wird niemals auch nur ein Jota meiner Liebe kennenlernen ... Sie hätte warten sollen. Ja. Sie hätte warten sollen. Weil sie hätte wissen müssen, dass ich zurückkehren würde ... Aber nun ist meine Liebe zu Jheral Tinzy vergangen.«

Navarth war etwas beruhigt. Er holte eine Flasche hervor; sie saßen im Garten, aßen Apfelsinen und tranken Ouzo. Navarth wurde trunken und schlief ein. Als er erwachte, war Vogel Filschner verschwunden. Jheral Tinzy ebenfalls.

Einen Tag später tauchte Vogel Filschner wieder auf. Navarth raste. »Wo ist sie? Was haben Sie mit ihr gemacht?«

»Ihr geht es gut und sie ist sicher.«

»Was ist mit Ihrem Versprechen? Sie haben gesagt, Sie würden keine Liebe mehr für sie hegen!«

»Das ist wahr. Das Versprechen soll gehalten werden. Jheral wird niemals meine Liebe kennenlernen noch die Liebe eines anderen Mannes. Unterschätzen Sie meine Gefühle, Dichter? Liebe kann sich in einem Zucken der Zeit in Hass verwandeln. Jheral wird dienen und sie wird gut dienen. Sie wird sich nicht meiner Liebe erfreuen, aber sie wird meinen Hass besänftigen.«

Navarth warf sich auf Vogel Filschner, doch dieser sprang über die Mauer und Navarth war allein.

Neun Jahre später nahm Viole Falushe via Bildschirm Kontakt mit Navarth auf, allerdings war sein Gesicht nicht zu sehen. Navarth hörte nur seine Stimme. Er bat um die Rückgabe von Jheral Tinzy, und Viole Falushe stimmte zu. Zwei Tage später wurde ein drei Jahre altes Kind zu Navarth gebracht. Viole Falushe rief wieder an. »Ich habe getan, was ich versprochen habe. Sie haben Jheral Tinzy wieder.«

»Ist sie ihre Tochter?«

»Sie ist Jheral Tinzy, das ist alles, was Sie wissen müssen. Ich gebe sie in Ihre Obhut. Kümmern Sie sich um sie, ziehen Sie sie auf, geben Sie Acht auf sie, sehen Sie zu, dass sie unbefleckt bleibt – denn eines Tages werde ich um ihretwillen zurückkehren.« Der Bildschirm erstarb. Navarth drehte sich um und musterte das Kind. Selbst jetzt schon konnte er die Ähnlichkeit mit Jheral erkennen ... Was tun? Navarth betrachtete das Kind mit gemischten Gefühlen. Er konnte sie weder als Tochter noch als Manifestation seiner früheren Geliebten betrachten. Er verspürte Zwiespältigkeit: Es würde immer eine bittersüße Vieldeutigkeit in ihrer Beziehung geben, denn Navarth war nicht in der Lage, unpersönlich zu lieben; das Objekt seiner Liebe musste einen Bezug zu ihm haben.

Navarths widerstreitende Impulse wurden durch die Art und Weise veranschaulicht, wie er das Mädchen aufzog. Er gab ihr zu essen und bot ihr Obdach, beides von der beiläufigsten und oberflächlichsten Art. Ansonsten war das Mädchen unabhängig. Sie wurde launisch und verschlossen; sie schloss keine Freundschaften und gab es bald auf, Fragen zu stellen.

Während sie heranwuchs, wurde ihre Ähnlichkeit mit Jheral Tinzy immer auffälliger. Sie war in der Tat Jheral Tinzy, und ihre Gegenwart quälte Navarth mit Erinnerungen an die Vergangenheit.

Ein Dutzend Jahre vergingen, aber Viole Falushe war nicht aufgetaucht. Dennoch wagte Navarth nicht zu hoffen, dass Viole Falushe es vergessen hatte. Tatsächlich überkam ihn immer mehr die Besessenheit, dass Viole Falushe bald eintreffen und ihm das Mädchen fortnehmen würde. Von Zeit zu Zeit versuchte er, dem Mädchen die Gefahr, welche durch Viole Falushe repräsentiert wurde, mitzuteilen, doch seine Herangehensweise schwankte wie seine Stimmungen und er war nie sicher, dass sie ihn verstanden hatte. Er versuchte sie abzusondern, ein Unterfangen, welches sich ob der unvorhersehbaren Gewohnheiten des Mädchens als schwierig darstellte, und er nahm sie mit an die entlegensten Ecken der Erde.

Als das Mädchen sechzehn war, wohnten sie in Edmonton,

Kanada, das Ziel von Horden von Pilgern, die kamen, um das Heilige Schienbein anzustarren. Navarth argumentierte, dass sie hier, inmitten der endlosen Festivals, Prozessionen und priesterlichen Riten, gut und gern unbemerkt leben könnten.

Doch Navarth irrte sich. Irgendwie wusste Viole Falushe um ihren Aufenthaltsort. Eines Nachts leuchtete der Bildschirm auf, um eine hochgewachsene Gestalt zu zeigen, die vor einem blitzend blauen Hintergrund stand, der seine Gesichtszüge verbarg. Nichtsdestotrotz erkannte Navarth Viole Falushe und rief dem Bildschirm mutlos »Zeigen« zu.

»Nun, Navarth«, sagte Viole Falushe, »was tun Sie in der Heiligen Stadt? Sind Sie ein frommer Kalzibahner geworden, dass Sie beinahe im Schatten des Schienbeins leben?«

»Ich studiere«, murmelte Navarth. »Aus dem durchdringenden Eifer heraus entwickle ich ein Zielbewusstsein.«

»Und was ist mit dem Mädchen? Ich beziehe mich auf ›Jheral‹. Ich hoffe, ihr geht es gut.«

»Gestern Abend war sie noch in ordentlichem Zustand. Seitdem habe ich sie nicht gesehen.«

Viole Falushe blickte Navarth starr an, nur das Glitzern seiner Augen verlieh der Silhouette Dimension. »Ist sie rein?«

»Woher soll ich das wissen?« verlangte Navarth verärgert zu wissen. »Ich kann nicht Tag und Nacht auf sie aufpassen. Und überhaupt, was geht Sie das an?«

Wenn überhaupt, dann steigerte sich die Intensität von Viole Falushes Blick noch. »Es geht mich etwas an, in allen Belangen, in einem solchen Maß, wie Sie es sich niemals vorstellen können!«

»Ihre Sprache ist extravagant«, schnaubte Navarth. »Ich kann kaum glauben, dass Sie es ernst meinen.«

Viole Falushe lachte leise. »Eines Tages werden Sie den Palast der Liebe besuchen, alter Navarth. Eines Tages werden Sie mein Gast sein.«

»Ich nicht!«, verkündete Navarth. »Ich bin ein neuer Antaios. Niemals mag mein Zeh sich von der Erde lösen. Falls nötig, falle ich flach auf die Nase und halte mich mit beiden Händen fest!«

»Nun denn, holen Sie das Mädchen. Rufen Sie ›Jheral‹ an den Bildschirm, sodass ich sie sehen kann.« Viole Falushes Stimme hatte einen seltsamen Klang angenommen: Freundlichkeit und Zartheit, beladen mit einer nahezu unerträglichen Wut.

»Wie kann ich sie rufen, wenn ich nicht weiß, wo sie ist? Sie durchstreift vielleicht die Straßen oder fährt auf dem See Kanu oder liegt in irgendjemandes Bett ... «

Ein raues Geräusch unterbrach Navarth. Aber Viole Falushes Stimme war sanft. »Sagen Sie das nicht, alter Navarth. Sie wurde in Ihre Obhut gegeben; ich wollte, dass Sie sie angemessen unterweisen. Haben Sie das getan? Ich vermute nicht.«

»Die beste Unterweisung ist das Leben selbst«, erklärte Navarth schroff. »Ich bin kein Pedant, wie Sie sehr gut wissen.«

Es herrschte ein Augenblick der Stille. Dann sagte Viole Falushe: »Wissen Sie, weshalb ich das Mädchen in Ihre Obhut gegeben habe?«

»Mich verwirren meine eigenen Motivationen«, versetzte Navarth. »Wie sollte ich Ihre kennen?«

»Ich werde es Ihnen sagen. Weil Sie mich gut kennen; Sie wissen, was ich verlange, ohne ausdrückliche Anweisungen.«

Navarth blinzelte. »In diesem Licht habe ich die Angelegenheit nicht betrachtet.«

»Dann, alter Navarth, sind Sie nachlässig.«

»Diese Anschuldigung habe ich bereits Hundert Mal gehört.«

»Aber nun wissen Sie, was ich erwarte. Ich hoffe, Sie werden das Versäumte nachholen.«

Der Bildschirm erstarb. Navarth, wütend vor Frustration und Unwillen, schritt entlang der Avenue der Großen Nabe, die sich von der Plaza der Beautitudes bis zum Tempel des Schienbeins erstreckte. Aber die Menge der Pilger verdross ihn und er suchte Zuflucht in einem Teehaus, wo er vier Tassen starken Tees trank, bevor er sich ausreichend beruhigt hatte, um nachzudenken.

Was genau, fragte sich Navarth, erwartete Viole Falushe? Er hatte ein romantisches Interesse an dem Mädchen, er wollte sie geprägt, konditioniert, empfänglich. Navarth konnte sich eines

wilden, heiteren Gackerns nicht enthalten, welches ihm über-
raschte Blicke von anderen Gästen des Teehauses einbrachte, die
meisten von ihnen schwarzgekleidete Pilger.

Viole Falushe wollte, dass er dem Mädchen die große Ehre, die
ihrer harrte, bewusst machte; er wollte sie konditioniert, geneigt,
glühend vor Inbrunst haben ... Die Pilger, frisch von den Zere-
monien im Tempel gekommen, betrachteten ihn mit Argwohn.
Navarth sprang auf und verließ den Teesaal. Es gab keinen weiteren Grund, in Edmonton zu bleiben. Sobald als möglich brachte
er das Mädchen zurück nach Rolingshaven.

Ein oder zwei Mal erwähnte er Viole Falushe gegenüber dem
Mädchen – in einem Ton der Entmutigung, denn nun war er
soweit gekommen, das Mädchen als verdammt zu betrachten.
Das Ergebnis war, dass das Mädchen bei einer Gelegenheit fort-
lief. Zufälligerweise ereignete sich dies unmittelbar vor einem von
Viole Falushes Besuchen auf der Erde. Als er Navarth anrief und
verlangte das Mädchen zu sehen, war dieser gezwungen mit der
Wahrheit herauszurücken. Viole Falushe sprach sanften Tones:
»Besser, Sie wird gefunden, Navarth.«

Aber Navarth unternahm keinen Versuch das Mädchen zu finden, bis er sicher war, dass Viole Falushe die Erde verlassen hatte
– hier stellte Gersen eine Zwischenfrage: »Wie konnten Sie sich
dessen sicher sein?«

Navarth versuchte, der Frage auszuweichen, gab aber schließlich zu, dass Viole Falushe während seiner Besuche auf der Erde
unter einer bestimmten Kode-Nummer angerufen werden konnte.
»Dann könnten Sie ihn jetzt anrufen?«

»Ja, ja, natürlich«, schnappte Navarth. »Wenn ich es tun wollte,
was ich aber nicht will.« Er fuhr mit seiner Geschichte fort, wurde
aber nun vorsichtig, verwandte viele extravagante Gebärden und
verlagerte den Blick aus den stechenden Augen überallhin, wobei
er nur gelegentlich ein kurzes Flackern für Gersen übrighatte.

Als Gersen die Szene betrat, schien Navarth zu spüren, dass
er eine Waffe gegen Viole Falushe in der Hand haben mochte
(ein Aspekt der Erzählung, den Navarth unausgesprochen ließ).

Mit äußerster Vorsicht, ohne offene Aktionen zu begehen und sich stets eine Linie des Rückzugs freihaltend, versuchte Navarth, Viole Falushes Unbehagen oder Untergang zu arrangieren. Allerdings überholten die Ereignisse seine Pläne. »Und nun«, sagte Navarth mit zitternder Stimme, wobei er mit einem langen Finger auf den Entwurf für *Cosmopolis* deutete, »das!«

»Sie glauben Viole Falushe würde den Artikel ablehnen?«

»In der Tat, in der Tat! Er ist der Mensch, der am wenigsten vergibt; das ist der Schlüssel zu seiner Seele!«

»Dann ist es vielleicht am besten, den Artikel mit Viole Falushe selbst zu besprechen.«

»Was für einen Nutzen kann das bringen? Er wird lediglich mehr Zeit haben, eine angemessene Entgegnung zu entwickeln.«

Gersen überlegte. »Nun denn, es scheint, dass wir den Artikel am besten in seiner gegenwärtigen Form veröffentlichen.«

»Nein, nein!« schrie Navarth. »Habe ich nicht alles verdeutlicht? Er würde uns in dem Maße bestrafen, wie er sich geärgert fühlt, und dafür verwendet er sein eigenes Maß! Dieser Artikel würde ihn in noch nie da gewesene Wut versetzen. Er hasst seine Kindheit, er kommt nur nach Ambeules, um sich zu brüsten und Unfrieden unter seinen alten Feinden zu stiften. Wissen Sie, was mit Rudolph Radgo passiert ist, der über Vogel Filschners Pickel gespottet hat? Rudolph Radgos Gesicht ist ein Garten von Karbunkeln, durch Sarkovygift. Da war Maria, die ihren Platz gewechselt hat, weil Vogels triefende Nase und sein Schniefen sie aufgeregt hatten. Nun fehlt von Marias Nase jede Spur. Zwei Mal hat sie sich Verpflanzungen unterzogen, zwei Mal erlitt sie einen Verlust ihres neuen Organs; sie wird ihr Leben lang keine Nase mehr besitzen. Also sehen Sie, es ist nicht klug, Viole Falushe gegen sich aufzubringen ...« Navarth reckte den Hals. »Was schreiben Sie da?«

»Das ist interessantes neues Material. Ich arbeite es in den Artikel ein.«

Navarth warf die Hände so wild in die Luft, dass beinahe der Stuhl umfiel. »Fehlt Ihnen der gesunde Menschenverstand?«

»Besprächen wir den Artikel mit Viole Falushe, vielleicht würde er seine Veröffentlichung autorisieren.«

»Sie sind es, der verrückt ist, nicht ich!«

»Wir könnten es versuchen.«

»Nun gut«, krächzte Navarth. »Ich habe keine Wahl. Aber ich warne Sie, ich leugne jede Verbindung mit dem Artikel ab!«

»Wie Sie wünschen. Sollen wir unseren Anruf hier tätigen oder vom Hausboot aus?«

»Vom Hausboot aus.«

Sie verließen die Plaza, fuhren per Untergrundbahn nach Ambeules und wurden mit einem Oberflächenwaggon zur Fitlingasse gebracht.

Das Hausboot trieb still und ruhig in der Mündung. »Wo ist das Mädchen?« fragte Gersen. »Zan Zu, Drusilla, wie auch immer sie heißt?«

Navarth weigerte sich zu antworten. Gersens Frage war, so unterstellte er, wie die Frage nach der Farbe des Windes. Er hüpfte die Leiter hinunter, sprang an Bord des Bootes und schwang mit verzweifelter, tragischer Gebärde die Tür weit auf. Er schritt zum Bildschirm, drückte Knöpfe und sprach gedämpft ein aktivierendes Wort. Die Darstellung kam zum Leben: eine einzelne zerbrechliche Lavendelblüte. Navarth drehte sich um und sah Gersen an. »Er ist da. Falls er nicht auf der Erde ist, ist das Muster blau.«

Sie warteten. Vom Bildschirm kam eine Andeutung einer zarten Melodie, dann, nach einem oder zwei Augenblicken, eine Stimme: »Ah, Navarth, mein uralter Kamerad. Mit einem Freund?«

»Ja, eine dringende Angelegenheit. Das ist Herr Henry Lucas, er repräsentiert das Magazin *Cosmopolis*.«

»Ein Journal mit einer ehrenwerten Tradition! Aber haben wir uns nicht bereits getroffen? Eine beunruhigende Vertrautheit haftet Ihnen an.«

»Vor kurzem war ich auf Sarkovy«, sagte Gersen. »Ihr Name wurde dort erwähnt, wenn ich mich recht entsinne.«

»Ein miasmatischer Planet, Sarkovy. Nichtsdestotrotz von einer makabren Schönheit.«

Navarth sprach. »Herr Lucas und ich hatten ein Missverständnis und ich möchte mich insbesondere von jeglicher Verantwortung für seine Taten distanzieren.«

»Mein lieber Navarth, Sie beunruhigen mich! Herr Lucas ist sicherlich ein Mann von Höflichkeit.«

»Sie werden sehen.«

»Wie Navarth erwähnt hat, arbeite ich für *Cosmopolis*«, ergriff Gersen das Wort. »Tatsächlich bin ich ein leitender Angestellter. Einer unserer Autoren hat einen recht sensationellen Artikel vorbereitet. Ich verdächtige den Autor des Überenthusiasmus' und erkundigte mich daher bei Navarth, der meine Zweifel verstärkt hat. Es scheint, der Autor ist auf Navarth in Hochstimmung gestoßen und hat sich, aufgrund eines beiläufig gefallenen Wortes lang und breit in Nachforschungen ergangen, deren Ergebnis dieser Artikel ist.«

»Ah, ja, der Artikel! Haben Sie ihn bei sich?«

Gersen zeigte den Entwurf. »Er ist hier enthalten. Ich habe darauf beharrt, die Fakten zu prüfen, offensichtlich aus gutem Grund. Navarth vertritt die Ansicht, dass unser Autor sich die äußersten Freiheiten erlaubt hat. Er meint, dass es nur gerecht sei, den Artikel durch Sie genehmigen zu lassen, bevor er veröffentlicht wird.«

»Eine vernünftige Ansicht, Navarth! Nun denn, erlauben Sie mir, diesen beunruhigenden Erguss zu studieren. Ich bin sicher, er kann nicht allzu grimmig sein.«

Gersen steckte das Magazin in den Aufnahmerahmen. Viole Falushe las. Von Zeit zu Zeit stieß er unvermittelte, offensichtlich unfreiwillige Geräusche aus: Er zischte zwischen den Zähnen hindurch, gab leise kehlige Laute von sich. »Bitte blättern Sie um.« Seine Stimme war leicht und sanft. Nicht lange danach sagte er: »Ja. Ich bin fertig.« Es entstand ein Augenblick der Stille, dann sprach er wieder und nun hallte seine Stimme, die oberflächlich scherzhaft war, vor blechernen Untertönen wider. »Navarth, Sie sind einzigartig leichtsinnig gewesen, selbst für einen angeheiterten Dichter.«

»Bah!«, murmelte Navarth. »Habe ich mich nicht von diesem ganzen Mischmasch distanziert?«

»Nicht vollkommen. Ich bemerke Dinge, die in einer Art und Weise ausgeweitet und verdreht sind, die nur einem verrückten Dichter möglich sind. Sie waren indiskret.«

Navarth entgegnete tapfer: »Aufrichtigkeit ist niemals indiskret. Wahrheit, was heißt, die Widerspiegelung des Lebens, ist schön.«

»Schönheit liegt im Auge des Betrachters«, versetzte Viole Falushe. »Ich für meinen Teil finde wenig Schönheit in diesem beleidigenden Artikel. Herr Lucas tut ganz recht daran, meine Reaktion abzuwarten. Der Artikel darf nicht veröffentlicht werden.«

Aus einem fantastischen Grund heraus sah Navarth sich veranlasst zu murren. »Wozu ist Berühmtheit gut, wenn die Freunde nicht in der Lage sind, davon zu profitieren?«

»Das Ausnutzen von Berühmtheit und die Demütigung von Freunden sind nicht das Gleiche«, erklang die sanfte Stimme. »Können Sie sich mein Elend vorstellen, wenn dieser Artikel erschiene und mich der Lächerlichkeit preisgäbe? Ich wäre gezwungen, von allen Beteiligten Richtigstellungen zu verlangen, was nur recht und billig sein würde. Da durch Ihre Tat meine Gefühle verletzt worden sind, müssen Sie durch andere Taten büßen, bis meine Gefühle wieder intakt sind. Es reicht nicht zu behaupten, ich sei überempfindlich. Wenn Sie mich verletzen, müssen Sie die Verletzung lindern, einerlei wie unverhältnismäßig die Mühe dafür ist.«

»Die Wahrheit spiegelt den Kosmos wider«, argumentierte der verrückte Dichter. »Um die Wahrheit zu tilgen, muss man den Kosmos zerstören. Das ist die unverhältnismäßige Tat.«

»Aha!« verkündete Viole Falushe. »Aber der Artikel ist nicht notwendigerweise die Wahrheit! Er ist ein Standpunkt, ein oder zwei aus dem Kontext gerissene Bilder. Ich, die am unmittelbarsten betroffene Person, prangere den Standpunkt als abscheuliche Verdrehung an.«

»Ich würde gern einen Vorschlag machen«, warf Gersen ein. »Weshalb erlauben Sie *Cosmopolis* nicht, die wirklichen Fakten zu veröffentlichen, um nicht zu sagen, die Fakten von Ihrem eigenen Standpunkt aus gesehen? Zweifellos haben Sie dem Volk der Ökumene, das von Ihren Taten fasziniert ist, etwas mitzuteilen, ob es sie nun billigt oder nicht.«

»Nein, ich denke nicht«, erwiderte Viole Falushe. »Ein solcher Artikel würde selbstbeweihräuchernd oder, schlimmer noch, als ziemlich unechte Rechtfertigung erscheinen. Im Grunde bin ich ein bescheidener Mensch.«

»Aber sind Sie nicht auch ein Künstler?«

»Gewiss. Im wahrsten und nobelsten Sinne. Die Künstler vor mir haben ihre Erklärungen über abstrakte Symbolik ausgedrückt. Die Zuschauer oder das Publikum sind stets passiv gewesen. Ich verwende eine eindringlichere Symbolik, im Wesentlichen abstrakt, aber greifbar, sicht- und hörbar – kurz, eine Symbolik der Ereignisse und Umgebungen. Es gibt keine Zuschauer, kein Publikum, keine Passivität. Es gibt nur Teilnehmer. Sie erleben die Erfahrung, wenn sie am ausgeprägtesten ist. Kein Mensch hat sich zuvor an ein derart gewaltiges Gebiet gewagt.« Hier kicherte Viole Falushe gedämpft und merkwürdig. »Mit vielleicht der Ausnahme meines größenwahnsinnigen Zeitgenossen Lens Larque, obwohl seine Konzepte weniger ungewiss sind als meine eigenen. Aber ich wage zu sagen: Ich bin vielleicht der größte Künstler der Geschichte. Mein Thema ist das Leben, mein Medium die Erfahrung, die Werkzeuge sind Vergnügen, Leidenschaft, Eindringlichkeit, Schmerz. Ich arrangiere die gesamte Umgebung, um das gesamte Wesen zu erfüllen. Das ist natürlich auch der Grund für mein Anwesen, das allgemein bekannt ist als der ›Palast der Liebe‹.«

Gersen nickte weise. »Genau der Stoff, den das Volk der Ökumene begierig ist zu erfahren! Lieber als ein gewöhnliches Exposé dieser Art ...«, Gersen tippte mit dem Handrücken auf den Entwurf, »... sähe *Cosmopolis* gern, wenn Sie Ihre These erläutern würden. Wir möchten Fotografien, Karten, Geruchsmuster, Geräuscheindrücke, Portraits: Vor allem wollen wir Ihre Analyse als Experte.«

»Denkbar, denkbar.«

»Gut. Lassen Sie uns zu diesem Zweck ein Treffen vereinbaren. Nennen Sie Zeit und Ort und ich werde da sein.«

»Den Ort? Wo schon? Der Palast der Liebe. Jedes Jahr heiße ich eine Gruppe von Gästen willkommen. Sie sollen der aktuellen Gruppe angehören und Navarth ebenfalls.«

»Ich nicht!« protestierte Navarth. »Meine Füße haben noch nie den Kontakt zur Erde verloren; ich habe keine Lust, die Klarheit meiner Vision zu riskieren.«

Gersen erhob ebenfalls Einwände. »Die Einladung, obwohl verlockend, kommt nicht besonders gelegen. Ich würde es vorziehen, Sie heute Abend zu treffen, hier auf der Erde.«

»Unmöglich. Auf der Erde habe ich Feinde, auf der Erde bin ich ein Schatten; kein Mensch darf auf mich zeigen und sagen, dort steht Viole Falushe – nicht einmal mein teurer Freund Navarth, von dem ich viel Wertvolles gelernt habe. Ein reizendes Fest, Navarth! Prächtig, eines verrückten Dichters würdig. Allerdings bin ich von dem Mädchen enttäuscht, das ich Ihnen zur Pflege gegeben habe, und ich bin von Ihnen enttäuscht. Sie haben weder den Takt noch die Fantasie noch die schöpferische Richtung verfolgt, auf die ich gehofft hatte. Betrachten Sie das Mädchen wie sie ist und was sie sein könnte! Ich hatte eine neue Jheral Tinzy erwartet: heiter und ernst, süß wie Honig, sauer wie Limonen, mit einem Herz voller Sterne, glühend und doch unschuldig. Was finde ich vor? Eine Dirne, eine Range, eine vergrätzte Göre, vollkommen verantwortungslos und uneinsichtig. Man stelle sich vor! Sie gab einem gewissen Ian Kelly, einer unverschämten, unwürdigen Person, die besser tot ist als lebendig, den Vorzug vor mir. Ich finde diese Situation unverständlich. Das Mädchen ist eindeutig nicht gut ausgebildet. Sicherlich weiß sie von mir und meinem Interesse an ihr?«

»Ja«, erwiderte Navarth störrisch. »Ich habe Ihren Namen genannt.«

»Nun, ich bin ganz und gar nicht zufrieden und ich schicke sie für eine korrigierende Ausbildung durch weniger begabte, jedoch diszipliniertere Tutoren, woandershin. Ich halte es für wahrscheinlich, dass sie sich im Palast der Liebe zu uns gesellen wird – ah, Navarth, Sie haben etwas gesagt?«

»Ja«, meinte Navarth mit stumpfer Stimme. »Ich habe mich entschlossen, die Ehre Ihrer Einladung anzunehmen. Ich werde den Palast der Liebe aufsuchen.«

»Alles schön und gut für Sie, die Sie Künstler sind«, sagte Gersen eilig. »Aber ich bin ein beschäftigter Mann. Vielleicht eine oder zwei kurze Zusammenkünfte hier auf der Erde ...«

»Aber ich habe die Erde bereits verlassen«, stellte Viole Falushe im Ton milden Vorwurfs klar. »Ich befinde mich nur hier in der Umlaufbahn, bis ich höre, dass mein Vorhaben mit dem jungen Biest ausgeführt wurde ... Also müssen Sie zum Palast der Liebe kommen.«

Die violette Blüte blitzte grün auf, verblasste und veränderte sich zu einem zarten Hellblau. Die Verbindung war unterbrochen worden.

Navarth saß zwei lange Minuten ausgestreckt im Sessel, mit schief gelegtem Kopf, das Kinn auf der Brust ruhend. Gersen stand aus dem Fenster blickend da, sich unvermittelt einer neuen Hohlheit bewusst ... Navarth stand wankend auf und begab sich hinaus auf das Vorderdeck. Gersen folgte ihm. Die Sonne ging über der Mündung unter, die geziegelten Dächer von Dourrai leuchteten bronzefarben, die verrottenden schwarzen Anlegeplätze und Kais stachen in seltsamen Formen und Winkeln hervor, alles war in eine unwirkliche Melancholie getaucht.

Kurz darauf fragte Gersen: »Wissen Sie, wie man zum Palast der Liebe gelangt?«

»Nein. Er wird uns informieren. Er hat ein Gedächtnis wie ein Aktenschrank, ihm entgeht kein Detail.« Navarth schwang unentschlossen die Arme, dann ging er hinein, um mit einer gro-ßen schlanken schwarzgrünen Flasche und zwei Kelchgläsern zurückzukehren. Er brach das Siegel und schenkte ein. »Trinken Sie, Henry Lucas oder wie Sie auch heißen mögen, was immer auch Ihr Geschäft sein mag. In dieser Flasche befindet sich die

Weisheit der Zeitalter, die Tinktur des Erdengoldes. Nirgends gibt es ein Getränk, das dem gleichkommt, es ist etwas der Alten Erde eigenes. Verrückte alte Erde – wie der verrückte alte Navarth, bringt sie ihr Bestes in ihrer gelassenen Reife hervor. Trinken Sie von diesem kostbaren Elixier, Henry Lucas, und schätzen Sie sich glücklich, normalerweise ist es vorbehalten für verrückte Dichter, tragische Pierrots, schwarze Engel und todgeweihte Helden ...«

»Kann ich nicht dazugezählt werden?« murmelte Gersen, mehr zu sich selbst als zu Navarth.

Wie es seine Gewohnheit war, hob Navarth das Kelchglas in das Sonnenlicht, von dem nur noch einige rauchig-orangefarbene Strahlen geblieben waren. Er schüttete sich ein halbes Glas in den Mund und starrte hinaus über das Wasser. »Ich verlasse die Erde. Das verwelkte Blatt wird vom Winde verweht. Sehen Sie, sehen Sie, sehen Sie!« In unvermittelter Aufregung deutete er auf die trübe Sonnenspur entlang der Mündung. »Der Weg voraus, der Weg, den wir beschreiten müssen!«

Gersen nippte an der Flüssigkeit, die in einem Sprühregen vielfarbiger Lichter zu explodieren schien. »Es besteht kein Zweifel daran, dass er das Mädchen geholt hat?«

Navarths Mund verdrehte sich schief. »Daran zweifle ich nicht. Er will sie bestrafen, zischend wie eine Schlange. Sie ist Jheral Tinzy und einmal mehr hat sie ihn zurückgewiesen ... also wird sie einmal mehr zu ihrer Kindheit zurückkehren.«

»Sind Sie sicher, dass sie Jheral Tinzy ist? Nicht jemand, der ihr sehr ähnlich sieht?«

»Sie ist Jheral Tinzy. Es gibt Unterschiede, bedeutende Unterschiede. Jheral war frivol und etwas grausam; diese ist düster, gedankenvoll und denkt nie an Grausamkeiten ... Aber sie ist Jheral Tinzy.«

Sie setzten sich, jeder beschäftigt mit seinen eigenen Gedanken. Dämmerung legte sich über das Wasser, Lichter schimmerten von den fernen Hängen. Ein uniformierter Bote stieg aus seinem Luftwagen und kam die Leiter hinunter. Er rief von der Anlegestelle: »Eine Sendung für den ›Dichter Navarth‹.«

Navarth taumelte zur Laufplanke: »Ich bin hier.«

»Daumenabdruck hier, bitte.«

Navarth kehrte mit der Sendung zurück: einem langen blauen Umschlag. Langsam öffnete er ihn, entnahm die Anlage. Am oberen Rand war die Lavendelblüte der Bildschirmdarstellung. Die Nachricht lautete:

Begeben Sie sich ins Jenseits zum Sirneste-Haufen im Aquarius-Sektor. Tief im Inneren des Haufens hängt die gelbe Sonne Miel. Der fünfte Planet ist Sogdian, auf dem Sie, im Süden des Stundenglas-Kontinents, die Stadt Atar ausmachen werden. Suchen Sie in einem Monat Rubdan Ulshaziz in seiner Agentur auf und sagen Sie: »Ich bin Gast des Markgrafen.

KAPITEL X

Ausschnitt aus der ausgestrahlten Debatte zwischen Gowman Hachieri, Anwalt der Liga für Geplanten Fortschritt und Slizor Jesno, Mitglied des Institutes im 98sten Grad in Avente, Alphanor, am 10. Juli 1521:

HACHIERI: Ist es denn nicht wahr, dass das Institut aus einer Kabale von Assassinen hervorgegangen ist?

JESNO: Im gleichen Maße, wie die Liga für Geplanten Fortschritt aus einer Kabale verantwortungsloser Aufrührer, Verräter und selbstmörderischer Hypochonder hervorgegangen ist.

HACHIERI: Das ist keine sachdienliche Antwort.

JESNO: Die Dehnbarkeit, die Bereiche der Vagheit, welche die Begriffe Ihrer Frage umgeben, umfassen in der Tat die genaue Wahrheit der Situation.

HACHIERI: Was ist denn, in nicht dehnbaren Begriffen, die Wahrheit?

JESNO: Vor ungefähr fünfzehnhundert Jahren wurde offenbar, dass existierende Gesetze und Systeme der öffentlichen Sicherheit die menschliche Rasse nicht vor vier schleichenden und heimtückischen Gefahren schützen können: Erstens, universelle und zwangsmäßige Dosierung mit Drogen, Tonika, Entwicklern, Konditionierern, Stimulantien und Vorbeugemitteln, verabreicht durch die öffentliche Wasserversorgung. Zweitens, die Entwicklung genetischer Wissenschaften, die verschiedenen Agenturen erlauben und sie ermutigen, den grundsätzlichen Charakter der Menschheit, gemäß der gegenwärtigen biologischen und politischen

Theorie, zu verändern. Drittens, psychologische Kontrolle mittels der Medien der öffentlichen Information. Viertens, die starke Vermehrung der Maschinerie und der Systeme, die im Namen des Fortschritts und der sozialen Wohlfahrt dahin tendieren, Unternehmungsgeist, Vorstellungskraft, kreative Bemühungen und die damit einhergehenden Befriedigungen obsolet werden, wenn nicht gar aussterben zu lassen.

Von mentaler Kurzsichtigkeit, Unverantwortlichkeit, Masochismus oder den Anstrengungen von Personen, die nervös nach einer sicheren Gebärmutter greifen, um wieder hineinzukommen, will ich gar nicht reden: es ist alles irrelevant. Die Wirkung allerdings war eine Situation analog zum Wachstum von vier Krebsarten im menschlichen Organismus; das Institut kam durch denselben Prozess ins Leben, wie der Körper ein prophylaktisches Serum hervorbringt.

〜

Mit durch Fatalismus gedämpfter Beklemmung bestieg Navarth Gersens *Distis Pharaon*. Im Salon stehend, nach links und rechts blickend, sprach er mit tragischer Stimme: »Also geschieht es letztendlich doch! Der arme alte Navarth, der Quelle seiner Macht entlockt! Man sehe ihn nur an – ein Häufchen Elend, ein Sack müder Knochen. Navarth! Du hast es versäumt, deine Gesellschaft kritisch auszuwählen! Du hast dich mit Heimatlosen, Kriminellen und Journalisten angefreundet und deiner Toleranz wegen wirst du hinausgeweht in den Raum.«

»Beruhigen Sie sich«, sagte Gersen. »So schlimm ist es nicht.«

Als sich die *Pharaon* von der Erde erhob, stieß Navarth ein hohles Ächzen aus, als würde ihm ein Stachel in den Fuß getrieben.

»Schauen Sie aus dem Luk«, schlug Gersen vor. »Sehen Sie sich die Alte Erde an, wie Sie sie zuvor noch nie gesehen haben.«

Navarth musterte das große blauweiße Rund und stimmte zögernd zu, dass der Ausblick von majestätischer Dimension sei.

»Nun weicht die Erde zurück«, meinte Gersen. »Wir richten

uns zum Aquarius hin aus, schalten den Interspleiß ein. Plötzlich sind wir vom Universum isoliert.«

Navarth zupfte sich am langen Kinn. »Seltsam«, gab er zu. »Seltsam, dass diese Schale uns so schnell so weit befördern kann. Irgendwo gibt es da ein Geheimnis. Es treibt einen zur Theosophie: zur Verehrung eines Raumgottes oder eines Gottes des Lichts.«

»Die Theorie löst das Geheimnis, obwohl sie eine verborgene neue Schicht freilegt. Sehr wahrscheinlich gibt es eine endlose Reihe dieser Schichten, Geheimnis unter Geheimnis. Der Raum ist Schaum, Materiepartikel sind Knoten und Kondensationen. Der Schaum fließt in verschiedenen Geschwindigkeiten; die durchschnittliche Aktivität dieser winzigen Flüsse ist Zeit.«

Navarth bewegte sich vorsichtig durch das Schiff. »Das alles ist sehr interessant. Wenn ich einer frühen Neigung gefolgt wäre, hätte ich ein großer Wissenschaftler werden können.«

Die Reise setzte sich fort. Navarth war ein recht anstrengender Reisegefährte, überschwänglich in einem Augenblick, mürrisch im nächsten. Einmal wurde er gleichzeitig von Klaustrophobie und Agoraphobie geplagt und lag barfüßig und mit einem Tuch über den Kopf gezogen auf einem Sofa. Bei anderen Gelegenheiten saß er vor dem Luk und beobachtete die vorüberziehenden Sterne, wobei er vor Erstaunen und Heiterkeit krähte. Ein anderes Mal interessierte er sich für die Funktion des Interspleißes und Gersen erklärte diesen, so gut er konnte: »Raumschaum wird zu einer Spindel gewirbelt. Die spitzen Enden spalten und zerreißen den Schaum, der keine Trägheit besitzt. Das Schiff, im Innern des Wirbels, ist isoliert von den Wirkungen des Universums. Die kleinste Kraft treibt es mit unvorstellbarer Geschwindigkeit an. Licht kräuselt sich durch den Wirbel und wir haben die Illusion, das vorüberziehende Universum zu sehen.«

»Hmm«, sann Navarth. »Wie klein können die Einheiten gemacht werden?«

Gersen konnte darauf keine definitive Antwort geben. »Recht kompakt, nehme ich an.«

»Denken Sie nur! Wenn man eines auf dem Rücken tragen würde, könnte man unsichtbar werden!«

»Um mit jedem Atemzug eine Million Kilometer zu treiben.«

»Es sei denn, die Person würde sich verankern. Weshalb ist das nicht bereits versucht worden?«

»Der Interspleiß würde die Verbindung unterbrechen, kein Anker würde halten.«

Navarth argumentierte lang und breit über diesen Punkt und lamentierte über seine frühere Unkenntnis. »Hätte ich früher von dieser wunderbaren Einrichtung gehört, hätte ich eine nützliche neue Maschine erfunden!«

»Der Interspleiß ist schon lange Zeit bekannt.«

»Aber mir nicht!« Und Navarth fuhr in seinem Brüten fort.

Die *Pharaon* flog zwischen den diesseitigen Sternen des Aquarius. Die Grenze, die unsichtbare Barriere, welche in der Theorie die Ordnung vom Chaos trennte, fiel hinter ihnen zurück. Voraus glühte der Sirneste-Haufen: zweihundert Sterne wie ein Schwarm heller Bienen, die Planeten jeder Größe und Beschreibung kontrollierten. Mit einiger Schwierigkeit lokalisierte Gersen Miel und kurz darauf hing der Planet Sogdian unter ihnen. Er war von Erdgröße und dem gleichen atmosphärischen Typ, wie viele der besiedelten Planeten. Das Klima schien gemäßigt zu sein, das Polareis besaß nur eine geringe Ausdehnung. Die Äquatorialzone wies weite Flächen von Wüsten und Dschungeln auf. Der Stundenglas-Kontinent war sofort zu erkennen und das Makroskop machte die Stadt Atar ausfindig.

Gersen schickte eine Anfrage für die Landefreigabe hinunter, erhielt jedoch keine Empfangsbestätigung, was Gersen als Zeichen nahm, dass Landeformalitäten unbekannt waren.

Er ging in Richtung des Planeten nieder und Atar dehnte sich unter ihnen aus: eine kleine rosaweiße Stadt, die einen Meeresarm umsäumte. Der Raumhafen wurde in einer Art und Weise unterhalten, wie es bei allen äußeren Welten Standard war: sobald Gersen gelandet war, traten zwei Hafenvertreter an ihn heran, trieben eine Gebühr ein und verschwanden wieder. Es gab keine

Entwieseler, ein Zeichen dafür, dass die Welt kein Zufluchtsort für Piraten, Banditen und Sklavenhändler war.

Es standen keine öffentlichen Verkehrsmittel zur Verfügung. Gersen und Navarth gingen etwa einen Kilometer bis zur Stadt. Die Menschen von Atar, dunkelhäutige Leute mit orange gefärbten Haaren, die weiße Pluderhosen und breite, komplizierte weiße Turbane trugen, betrachteten sie mit großer Neugierde. Sie sprachen in einer unverständlichen Sprache, aber dank Gersens stetiger Wiederholungen von: »Rubdan Ulshaziz? Rubdan Ulshaziz?« erfuhren sie bald den Aufenthaltsort des gesuchten Mannes.

Rubdan Ulshaziz führte eine Import-Export-Agentur in der Nähe des Meeres. Er war ein verbindlicher, dunkelhäutiger Mann, der wie die anderen mit locker fallenden Pluderhosen und Turban bekleidet war. »Meine Herren, ich heiße Sie willkommen. Möchten Sie einen Punsch trinken?« Er schenkte winzige Tassen eines dickflüssigen kalten Fruchtsirups ein.

»Vielen Dank!«, sagte Gersen. »Wir sind Gäste des Markgrafen und wurden angewiesen, zu Ihnen zu kommen.«

»Selbstverständlich, selbstverständlich!« Rubdan Ulshaziz verbeugte sich. »Sie werden nun zu dem Planeten gebracht, wo der Markgraf sein kleines Anwesen unterhält.« Rubdan Ulshaziz bedachte sie mit einem anzüglichen Zwinkern. »Entschuldigen Sie mich für einen Augenblick, ich will die Person instruieren, die Sie befördern wird.« Er verschwand hinter einer Portière, um bald darauf in Gesellschaft eines mürrisch erscheinenden Mannes mit eng zusammenliegenden Augen zurückzukehren, der nervös einen scharf riechenden Stumpen paffte. Rubdan Ulshaziz sagte: »Das ist Zog, der Sie nach Rosja begleiten wird.«

Zog blinzelte, hustete und spie ein Stück Tabak auf den Boden.

»Er spricht nur die Sprache von Atar«, fuhr Rubdan Ulshaziz fort. »Er wird nicht in der Lage sein, Ihnen eine Beschreibung Ihres Zieles zu geben. Sind Sie bereit?«

»Ich brauche noch Ausrüstung von meinem Raumboot«, erwiderte Gersen. »Und das Raumboot selbst: ist es sicher?«

»So sicher, als sei es ein Baum, dafür verbürge ich mich. Falls

Sie bei Ihrer Rückkehr nicht alles ordentlich vorfinden, suchen
Sie Rubdan Ulshaziz und verlangen Sie Rechenschaft. Aber was
wollen Sie von Ihrem Schiff holen? Der Markgraf sorgt für alles,
selbst für neue Kleidung.«

»Ich brauche mein Aufzeichnungsgerät«, erklärte Gersen.
»Ich habe vor, Fotografien zu machen.«

Rubdan Ulshaziz vollführte eine verbindliche Gebärde. »Der
Markgraf stellt jegliche Ausrüstung dieser Art zur Verfügung, die
modernsten Kombinationen. Er will, dass seine Gäste unbelastet
von Habe eintreffen, wenngleich ihm seelisches Gepäck gleichgültig ist.«

»Mit anderen Worten«, bemerkte Gersen, »wir sollen keinerlei persönliches Eigentum mitbringen?«

»Rein gar nichts. Der Markgraf stellt alles zur Verfügung.
Seine Gastfreundschaft ist allumfassend. Sie haben Ihr Raumschiff verschlossen, versiegelt und kodiert? Gut, dann sind Sie
von diesem Augenblick an Gast des Markgrafen. Wenn Sie nun
Fendi Zog begleiten wollen ... « Er gab Zog mit einer gebieteri-
schen Drehung der Hand ein Zeichen. Dieser neigte den Kopf
und Gersen und Navarth folgten ihm zu einem offenen Bereich
hinter dem Lagerhaus. Hier stand ein Luftwagen von einer sowohl
Gersen als auch, so schien es zumindest, Zog unbekannten Bau-
art. An der Steuerung sitzend, prüfte Zog erst ein Bedienteil, dann
ein anderes und schielte auf die eher zufällige Anordnung von
Knöpfen, Griffen und Stimmsensoren. Schließlich, als sei er der
Ungewissheit müde, drückte er auf eine Traube von Fingertasten.
Der Luftwagen hob sich ruckelnd in die Luft und schoss über die
Baumwipfel; Zog kauerte über der Steuerung und Navarth schrie
vor Wut auf.

Zog bekam den Luftwagen schließlich in die Gewalt. Sie flo-
gen fünfundzwanzig Kilometer nach Süden, über die kultivierten
Parzellen und Viehpferche der Umgebung von Arat, zu einem
Feld, auf dem ein neues Modell einer Baumur Andromeda stand.
Einmal mehr offenbarte Zog Anzeichen von Ungewissheit. Der
Luftwagen stieß hinab, bockte, wälzte sich herum und sank zu

Boden. Navarth und Gersen stiegen bereitwillig aus. Zog winkte sie in Richtung der Andromeda; sie kletterten an Bord und das Luk schloss sich hinter ihnen. Durch ein transparentes Paneel in der Wand, die den Salon von der Kanzel trennte, sahen sie, wie Zog sich an der Steuerung niederließ. Navarth rief sogleich einen Protest. Zog schielte durch das Paneel zurück, bleckte seine gelben Zähne zu etwas, was ein beruhigendes Lächeln sein mochte, und zog einen Vorhang vor. Mit einem Klicken verriegelte sich das magnetische Schloss der Zwischentür. Navarth sank bestürzt zurück. »Das Leben ist nicht süß, bevor es nicht zum Hasardspiel wird. Was für ein übler Streich von Vogel, seinem alten Lehrer so mitzuspielen!«

Gersen deutete auf den Schutz aus gefaltetem Sackleinen, der die Luks bedeckte. »Außerdem will er sein Geheimnis wahren.«

Navarth schüttelte verwirrt den Kopf. »Welchen Nutzen hat Wissen für einen Verstand, der durch Furcht gelähmt ist? ... Weshalb warten wir? Zieht Zog die Bedienanleitung zurate?«

Die Andromeda schlingerte und erhob sich mit alarmierender Geschwindigkeit, wobei Gersen und Navarth beinahe zu Boden geschleudert wurden. Gersen grinste, als er Navarths Proteströhren hörte. Die Sonne Miel, das, was von ihr durch die Sackleinwand erhascht werden konnte, schwang nach rechts und links, rollte dann nach unten und unter den Rumpf außer Sicht. Die Andromeda flog in den Sternhaufen hinaus und es erschien, als würde Zog einige Male den Kurs ändern, sei es aus Ungenauigkeit, mangelndem Können oder dem Wunsch, seine Passagiere zu verwirren.

Zwei Stunden vergingen: Eine gelbweiße Sonne schwoll groß hinter den abgedeckten Luks an, darunter hing ein Planet, dessen Struktur aufgrund des Vorhangs nicht zu erkennen war. Mit einem ungeduldigen Ausruf ging Navarth los, um den Vorhang beiseitezuziehen. Ein Knistern blauer Funken schlug aus seinen Fingerspitzen; Navarth fiel mit einem erschreckten Schrei zurück. »Das ist eine Zumutung!« rief er. »Missbrauch, eigentlich!«

Aus einer unbemerkten Membrane sprach eine aufgezeichnete Stimme: »Als geschätzte Gäste werden Sie Ihren Gastgeber durch Festhalten an bestimmte Standards der Höflichkeit und Zurückhaltung zu erfreuen wünschen. Es ist nicht notwendig, diese Standards zu definieren; sie werden allen Personen von Feingefühl klar sein. Der Stimulus dient den Unempfindlichen und Gedankenlosen als scherzhafte Erinnerung.«

Navarth erzeugte ein missmutiges Geräusch in seiner Kehle. »Selbstgefälliger Hund! Was kann das Hinausblicken aus dem Luk schon schaden?«

»Offensichtlich hofft der Markgraf, die Örtlichkeit seines Hauptquartiers zu verbergen«, sagte Gersen.

»Geschwätz. Was hält einen Menschen davon ab, den Sternhaufen abzusuchen, bis er den Palast der Liebe gefunden hat?«

»Es gibt Hunderte von Planeten«, bemerkte Gersen. »Und wahrscheinlich auch weitere Entmutigungen.«

»Von mir muss er keine Zudringlichkeiten fürchten«, schnaubte Navarth.

Die Andromeda ließ sich auf einem Feld nieder, das von blaugrünen Gummibäumen unverkennbar irdischer Herkunft umgeben war. Zog entsiegelte sofort das Luk, ein Prozess, den Gersen zunächst mit Erstaunen, dann mit spöttischem Amüsement beobachtete. Misstrauisch wegen unbemerkter Mikrofone, teilte er Navarth keinen seiner Gedanken mit.

Sie stiegen aus und traten in das grelle Morgenlicht der gelbweißen Sonne, die in Farbe und Strahlung sehr Miel ähnelte. Die Luft war durchdrungen von dem Geruch der Gummibäume und der einheimischen Vegetation: Sträucher mit glänzenden schwarzen Stängeln, schwarze und scharlachrote Scheibenblätter; blaue Ähren mit flatternden dunkelblauen Flügeln; Quasten aus baumwollenen Membranen, die tomatenrote Knoten umschlossen. Zudem gab es Bereiche mit irdischem Bambus und Gras und ein Dickicht aus Blaubeerbüschen.

»Bizarr, bizarr«, murmelte Navarth, während er sich umschaute. »Es gibt Faszinierendes zu finden auf diesen fernen Welten!«

»Diese ist beinahe wie die Erde«, entgegnete Gersen. »Aber

andere Gebiete werden vielleicht von örtlichen Pflanzen domi-
niert, dann werden Sie das wahrhaft Bizarre erleben.«

»Kein Betätigungsfeld, selbst keines für einen geistig gesunden
Dichter«, brummte Navarth. »Aber ich muss meine Individualität
beiseitelassen, meine jämmerliche kleine Zelle des Empfindungs-
vermögens. Ich bin von der Erde weggeschnappt worden, und
ohne Zweifel werden meine Knochen in dieser fremden Erde ver-
rotten.« Er hob einen Klumpen auf, zerkrümelte ihn zwischen
den Fingern und ließ die Stücke auf den Boden fallen. »Es sieht
aus wie Erde, es fühlt sich an wie Erde ... aber es ist Sternenstoff.
Wir sind weit fort von der Erde ... Wie? Und gestrandet sind wir,
ohne einen Kanten Brot oder eine Flasche Wein.«

Denn Zog war in das Innere der Andromeda zurückgekehrt und
versiegelte das Luk. Gersen nahm Navarths Arm und drängte ihn
über die Wiese. »Zog hat ein rücksichtsloses Temperament; er
könnte mit dem Interspleiß abheben und Schiff, Wiese, Sträucher,
Gras und zwei Passagiere mitnehmen, wenn wir zu nahestehen.
Dann könnten Sie tatsächlich von bizarren Umständen singen.«

Doch Zog ließ das Schiff auf Ionenstrahlen abheben. Gersen
und Navarth sahen es im hellblauen Himmel verschwinden. »Also
sind wir nun hier, irgendwo im Sirneste-Haufen«, sagte Navarth.
»Entweder ist der Palast der Liebe in der Nähe oder Viole Falushe
hat uns wieder einen seiner grotesken Streiche gespielt.«

Gersen ging zum Rand der Wiese und blickte durch die Wand
aus Bäumen. »Grotesker Streich oder nicht, hier ist ein Weg, und
der muss irgendwohin führen.«

Sie brachen über den Weg auf, zwischen Hecken aus großen
schwarzen Ruten mit scharlachroten Scheibenblättern hindurch,
die im Wind klapperten und knatterten. Der Weg wand sich um
einen Buckel aus schwarzem Schiefer und schwang sich eine steile
Erhebung hinauf. Nachdem sie den Kamm erreicht hatten, blickten sie hinaus über das Tal und eine kleine Stadt, die nur zwei oder
drei Kilometer entfernt war.

»Ist das der Palast der Liebe?« fragte sich Navarth. »Kaum
das, was ich erwartet hatte: viel zu ordentlich, zu pedantisch ...

Und was haben diese runden Türme zu bedeuten?« Die Türme,
auf die Navarth sich bezog, erhoben sich in regelmäßigen Abstän-
den überall in der Stadt. Gersen konnte sich nur denken, dass sie
Büros oder Apartments enthielten oder vielleicht dazu dienten,
städtische Beamte zu beherbergen.

Als sie sich anschickten den Hügel hinunterzugehen, näherte
sich ihnen mit hoher Geschwindigkeit ein Gefährt: eine rum-
pelnde, dumpf stampfende Plattform, die von rollenden
Luftkissen getragen wurde. An der Steuerung stand eine hagere
finstere Person in einer braunschwarzen Uniform, die sich bei
näherer Musterung als Frau entpuppte. Sie hielt den Wagen an,
inspizierte die beiden mit einem skeptischen Blick. »Sind Sie
Gäste des Markgrafen? Dann treten Sie an Bord.«

Navarth nahm Anstoß am Ton der Frau. »Sollten Sie das Schiff
treffen? Das ist Ineffizienz; wir sind gezwungen gewesen zu laufen!«

Die Frau bedachte ihn mit einem verächtlichen Halblächeln.
»Kommen Sie an Bord, es sei denn Sie möchten noch weiter laufen.«

Gersen und Navarth kletterten an Bord, letzterer aufgebracht
vor Unwillen. Gersen fragte die Frau: »Welche Stadt ist das?«

»Es ist Stadt Zehn.«

»Und wie ist Ihr Name für diesen Planeten?«

»Ich nenne ihn Narrenwelt. Andere Leute mögen ihn nennen, wie sie wollen.« Ihr Mund schnappte zu wie eine Falle. Sie
schwang das Gefährt herum und fuhr den Weg hinunter. Die
Blasen stampften, Gersen und Navarth hielten sich fest, um zu
vermeiden, in den Graben geschleudert zu werden. Navarth bellte
Befehle und Anweisungen, doch die Frau fuhr nur noch wilder
und wurde nicht langsamer, bevor sie die Stadt auf einer kurvi-
gen, baumbeschatteten Avenue erreicht hatten, worauf ihr Tempo
äußerst gemächlich wurde, und Gersen und Navarth waren den
neugierigen Blicken der Stadtbewohner ausgesetzt. Dies waren
Leute ohne kennzeichnende Eigenheiten, außer, dass die Köpfe
der Männer kahlrasiert waren wie ein Ei: Augenbrauen, Kopfhaut

und Bart – während die Frauen eine Vorliebe für komplizierte
Haartrachten mit lackierten Spitzen zeigten, die gelegentlich mit
Blumen oder anderen Verzierungen versehen waren. Männer und
Frauen trugen Kleidung von extravagantem Schnitt und ausgefal-
lenen Farben und benahmen sich mit einer eigenartigen Mischung
aus Großtuerei und Verstohlenheit. Sie sprachen energisch mit
gedämpften Stimmen, lachten mit lautem aufdringlichem Bellen,
nur um abrupt damit aufzuhören, in alle Richtungen zu schauen
und dann mit ihrem Lachen fortzufahren.

Das Gefährt passierte einen der Türme, die Navarth bemerkt
hatte: ein Gebäude mit zwanzig Geschossen, jedes offenbar aus
sechs keilförmigen Apartments bestehend.

Navarth sprach mit der Frau: »Welches ist der Zweck der
Türme, die sich so auffällig herausheben?«

»Dort ist es, wo die Steuern gesammelt werden«, war die Antwort.

»Aha, dann haben Sie recht, Henry Lucas: Die Türme beherbergen städtische Beamte.«

Die Frau bedachte Navarth mit einem ätzenden grauen Blick.
»Das tun sie, in der Tat. Tatsächlich, tatsächlich.«

Navarth beachtete sie nicht weiter. Er deutete auf eines der
zahlreichen Cafés entlang des Boulevards, die hauptsächlich von
Männern besucht waren. »Diese Schlingel haben viel Zeit für
Muße«, bemerkte Navarth. »Sehen Sie, wie sie sich lümmeln und
picheln! Viole Falushe ist ganz und gar nicht harsch mit seinen
Untertanen, wenn sie das sind!«

Das Gefährt bog in einen Wendehammer ein und hielt vor
einem langen zweigeschossigen Bauwerk an. Auf der Veranda saß
eine Anzahl von Männern und Frauen in verschiedenen Trachten,
offensichtlich Außenweltler. »Herunter, Zottelköpfe!« sagte die
Fahrerin knapp. »Hier ist die Herberge; ich habe meinen Teil
geleistet.«

»Inkompetent und das in einer verdrießlichen Art und Weise«,
erklärte Navarth, wobei er aufstand und sich anschickte herun-
terzusteigen. »Ihrem eigenen Kopf, nebenbei bemerkt, würden

einige Veränderungen nur guttun. Für den Anfang wäre vielleicht ein Vollbart das Richtige.«

Die Frau berührte einen Knopf, der Boden des Gefährts neigte sich, Navarth und Gersen waren gezwungen, zu Boden zu springen. Das Gefährt verschwand; hinter dem Rücken der Frau vollführte Navarth eine beleidigende Gebärde.

Ein Lakai kam auf sie zu. »Sie sind Gäste des Markgrafen?«

»Das ist richtig«, erwiderte Navarth. »Wir sind in den Palast geladen.«

»Während des Aufenthaltes sind Sie in der Herberge untergebracht.«

»Aufenthalt? Von welcher Dauer?« verlangte Navarth zu wissen. »Ich habe angenommen, dass wir direkt zum Palast gebracht würden.«

Der Lakai verbeugte sich. »Die Gäste des Markgrafen versammeln sich hier. Ich vermute, es werden noch fünf oder sechs weitere kommen, das ist die gewöhnliche Anzahl. Darf ich Ihnen Ihre Zimmer zeigen?«

Gersen und Navarth wurden zu Kabinen mit zweieinhalb Metern Seitenlänge geführt. Jede enthielt ein niedriges schmales Bett, eine Garderobe und eine, nur durch ein Gitter in der Tür belüftete, Toilette. Navarth wurde neben Gersen untergebracht und seine Beschwerden waren deutlich zu hören. Gersen lächelte in sich hinein. Aus Gründen, die er selbst am besten kannte, war dies der Stil, in dem Viole Falushe wollte, dass seine Gäste warteten.

In der Garderobe befand sich Kleidung aus einem leichten, festen Stoff im Erdenstil. Gersen wusch sich, entfernte sich den Bart mit einem Enthaarungsmittel, wechselte die Kleidung und begab sich auf die Veranda. Navarth war schneller gewesen und hielt den acht Anwesenden, vier Männern und vier Frauen, die dort saßen, bereits weitschweifige Reden. Gersen nahm etwas abseits Platz und betrachtete die Gruppe. Neben ihm saß ein beleibter Herr, der den schwarzen Besatz und die beige Hauttönung trug, die gegenwärtig an der Mechanikerküste von Lyonesse,

einem der Concourse-Planeten, in Mode waren. Er war, so erfuhr
Gersen, ein Hersteller von Badezimmerausstattungen und hieß
Hygen Grote. Seine Gefährtin – mit an Sicherheit grenzender
Wahrscheinlichkeit nicht seine Frau – war eine kühle großäugige
blonde Frau mit lediglich einer ultramodernen Andeutung eines
bronzenen Hautglanzes.

Zwei ernste junge Frauen saßen still an der Seite: Soziolo-
giestudentinnen von der Universität Seeprovinz in Avente. Sie
hießen Tralla Callob und Mornice Whill. Sie schienen ehrfürchtig
und halbwegs beunruhigt zu sein und saßen dicht beieinander,
die Füße flach auf dem Boden, die Knie eng zusammengepresst.
Tralla Callob war nicht unattraktiv, obwohl sie sich dessen schein-
bar nicht bewusst war und sich nicht bemühte, mehr aus sich zu
machen. Mornice Whill litt unter übergroben Gesichtszügen und
einer trotzigen Überzeugung, dass jeder Mann in der Gruppe vorhatte, sich an ihrer Keuschheit zu vergehen.

Entspannter war Margary Liever, eine Frau mittleren Alters
von der Erde, die den ersten Preis in einem Fernsehwettbewerb
gewonnen hatte: ihren »Herzenswunsch«. Sie hatte einen Besuch
in Viole Falushes »Palast der Liebe« gewählt. Viole Falushe war
amüsiert gewesen und hatte zugestimmt.

Torrace da Nossa war ein Musiker, ein Mann von Kultiviertheit
und Eleganz, vielleicht ein wenig empfindlich, mehr als eine Spur
eitel und besaß eine mühelose Ungezwungenheit des Auftretens,
die eine bedeutungsvolle Unterhaltung mit ihm schwierig machte.
Er besuchte den Palast der Liebe in Vorbereitung seiner Komposi-
tion, einer Oper mit dem Titel *Der Palast der Liebe*.

Lerand Wible war ein Bootsbauer von der Erde, der kürzlich ein Segelboot von ultimativem Design konstruiert hatte.
Die Finne war aus Osmium, die Segel aus hohen Luftflügeln aus
metallbeplanktem Schaum, selbsttragend und ohne Stag. Segel
und Finne erstreckten sich von den gegenüberliegenden Seiten
eines metallenen Schleifrings. Der Rumpf schwamm stets aufrecht in höchst effektiver hydrodynamischer Position. Rumpf
und Finne waren mit einem Wasserabweiser überzogen, der die

Oberflächenreibung auf ein Minimum reduzierte, während Röhren Luft ausstießen, um Turbulenzen zu minimieren. Wible hatte Viole Falushe im Zusammenhang mit seinem fantastischen Plan getroffen, einen hochseetüchtigen Palast zu bauen, der ringförmig eine zentrale Lagune umschloss.

Skebou Diffiani war ein schweigsamer Mann mit drahtigen schwarzen Haaren, einem schwarzen, dicht gelockten Bart und einem Gesichtsausdruck, der allen anderen gegenüber Verachtung und Argwohn vermittelte. Er war auf Quantique heimisch, was sein unnahbares Benehmen weitgehend erklärte. Sein Beruf war Tagelöhner; seine Aufnahme in die Gruppe konnte nur als Laune Viole Falushes betrachtet werden.

Margary Liever war die erste, die eingetroffen war, vor fünf der langen örtlichen Tage. Dann waren Tralla und Mornice gekommen, anschließend Skebou Diffiani. Danach Lerand Wible und Torrace da Nossa, gefolgt von Hygen Grote und Doranie.

Navarth überhäufte alle mit Fragen, schritt die Veranda auf und ab und warf Seitenblicke nach links und rechts. Aber niemand wusste mehr, als er selbst; niemand wusste, wo der Palast der Liebe lag oder wann die Zeit des Aufbruchs war. Die Ungewissheit kümmerte niemanden. Trotz der engen Zimmer war das Hotel durchaus komfortabel, und es gab eine Stadt zu erkunden: eine verwirrende, mysteriöse Stadt mit Verborgenheiten und Unterströmungen, die einige der Gäste faszinierend fanden, andere beunruhigend. Ein Gong rief die Gruppe zum Mittagessen, welches in einem Hinterhof unter schwarzen, grünen und scharlachroten Bäumen aufgetragen wurde. Die Küche war unkompliziert: Teigwaffeln, pochierter Fisch, Obst, ein kühles hellgrünes Getränk und Kuchen mit gewürzten Korinthen. Während des Mahls trafen sechs neue Gäste ein und wurden unverzüglich zum Essen in den Hof geführt. Es waren Druiden von Vale oder Virgo 912 VII, die offenbar zwei Familien bildeten, obwohl solche Beziehungen von Geheimnissen umwittert waren. Es waren zwei Druiden, zwei Druidinnen und zwei Heranwachsende. Sie alle trugen ähnliche Kleidung: schwarze Roben, schwarze Kapuzen, spitze schwarze Schuhe. Die Druiden Dakaw und Pruitt waren hochgewachsen und düster. Druidin Wust war dünn, sehnig und hatte ein hohlwangiges Gesicht. Druidin Laidig war beleibt und imposant. Der Bursche Hule war sechzehn oder siebzehn, äußerst ansehnlich, besaß eine reine, bleiche Haut und klare dunkle Augen. Er sprach wenig und lächelte nie; er musterte alle mit einem unruhigen Starren. Das Mädchen Billika, etwa im gleichen Alter, war ebenfalls blass und besaß das gleiche unruhige Starren, als strebe sie ständig danach, eine Reihe von Unversöhnlichkeiten auszugleichen.

Die Druiden setzten sich zusammen, aßen hastig mit nach vorn gezogenen Kapuzen und unterhielten sich nur gelegentlich murmelnd. Nach dem Essen, als die Gäste zur Veranda zurückkehrten, traten die Druiden entschlossen vor, stellten sich mit tapferer Freundlichkeit vor und nahmen zwischen den anderen Platz.

Navarth befragte sie, aber seine Neugierde war ihrem Ausweichen nicht gewachsen und er erfuhr nichts. Das Gespräch wurde allgemein und kehrte stets zur Stadt zurück, deren Name entweder Stadt Zehn oder Kouhila war. Das Thema der Türme kam auf: Welches war ihre Funktion? Enthielten sie Geschäftsbüros, wie Doranie vermutete, oder waren es Wohnhäuser? Navarth berichtete über die Erklärung der Frau in der Uniform: dass die Türme Agenturen beherbergte, welche die Steuer eintreiben würden, aber der Rest der Gruppe hielt diese Vorstellung für weithergeholt. Diffiani stellte die Behauptung auf, die Türme seien Bordelle: »Bedenken Sie: früh am Morgen treffen die Mädchen und jungen Frauen ein, später kommen die Männer.«

Torrace de Nossa sagte: »Die Hypothese ist eine, die einem in den Sinn kommt, doch die Frauen kommen heraus, wann sie wollen und sie scheinen aus jeder Gesellschaftsschicht zu stammen, was kaum typisch ist.«

Hygen Grote zwinkerte Navarth schlau zu. »Es gibt einen einfachen Weg, die Frage aufzuklären. Ich schlage vor, dass wir einen aus unserer Mitte ernennen, der diskrete Erkundigungen einzieht.«

Die Druidinnen Laidig und Wust schnaubten und zogen sich

die Kapuzen eng um die Gesichter. Das Mädchen Billika fuhr sich nervös mit der Zunge über die Lippen. Die Druiden Dakaw und Pruitt blickten in verschiedene Richtungen weg. Gersen fragte sich, weshalb die Druiden, die notorisch sittsam waren, eine Reise zum Palast der Liebe unternahmen, wenn es zu nichts anderem kommen konnte, als der Beleidigung ihres Zartgefühls. Mysterien allenthalben ...

Einige Minuten später machten sich Gersen und Navarth auf den Weg zu einem Spaziergang durch die Stadt und erkundeten Ställe, Geschäfte, Werkstätten und Wohnhäuser mit der unbeschwerten Neugierde von Touristen. Die Leute betrachteten sie mit Gleichmut und vielleicht einem Hauch von Neid. Sie schienen wohlhabend, nett und von angenehmer Veranlagung zu sein, dennoch spürte Gersen eine alles durchdringende Eigenschaft, die er nicht definieren konnte: nichts so Grobes wie Furcht, Zwietracht oder Beklemmung ... Ein großes, baumbeschattetes Café führte Navarth in Versuchung. Gersen wies darauf hin, dass es ihnen an Geld mangele.

Navarth tat die Angelegenheit ab und beharrte darauf, dass Gersen ihn auf ein Glas Wein begleite. Gersen zuckte mit den Achseln und folgte Navarth zu einem Tisch. Navarth signalisierte dem Inhaber. »Wir sind Gäste des Markgrafen Viole Falushe, besitzen jedoch keine Münze der Stadt. Wir haben vor, Ihr Café zu besuchen und Sie dürfen die Rechnung zum Eintreiben an das Hotel schicken.«

Der Inhaber verbeugte sich korrekt. »Es soll so sein, wie Sie wünschen.«

»Dann werden wir ein Fläschchen des Weines trinken, den Sie für diese Tageszeit für angemessen halten.«

»Sofort, mein Herr.«

Der Wein wurde serviert, ein angenehmes Getränk, das Navarth etwas zu lieblich fand. Sie saßen da und beobachteten das vorüberziehende Volk. Unmittelbar gegenüber erhob sich einer der rätselhaften Türme, an dem gerade, am Mittnachmittag, keine große Aktivität herrschte.

Navarth rief den Inhaber herbei, um ein weiteres Fläschchen Wein zu bestellen und erkundigte sich, auf den Turm deutend: »Was geht in dem Turm dort drüben vor?«

Der Inhaber schien von der Frage verwirrt zu sein. »Es ist wie bei allen anderen auch: Wir zahlen dort unsere Steuern.«

»Aber weshalb dann so viele Türme? Würde nicht ein einziger Turm reichen?«

Nun war der Inhaber erstaunt. »Wie bitte, mein Herr? Für so viele Leute, wie hier leben? Das ist kaum möglich!«

Damit musste Navarth sich zufriedengeben.

Nachdem sie zum Hotel zurückgekehrt waren, sahen sie, dass zwei weitere Gäste eingetroffen waren, beides Männer von der Erde: Harry Tanzel aus London und Gian Mario, ohne feste Adresse. Beides waren ansehnliche Männer, hochgewachsen, scharfgesichtig, dunkelhaarig, von keinem unmittelbar offensichtlichen Alter. Tanzel war vielleicht der attraktivere von beiden. Mario war schwungvoller und lebhafter.

Der lokale Tag dauerte lange neunundzwanzig Stunden. Als schließlich die Nacht einbrach, zogen sich die Gäste ohne Protest in ihre Kabinen zurück, nur um gegen Mitternacht von einem Gong geweckt und, in Übereinstimmung mit einer örtlichen Gepflogenheit, zu einem Mitternachtsmahl gerufen zu werden.

Am folgenden Morgen stieß Zuly, eine hochgewachsene, verträumte Tänzerin von der Welt Valhalla, Tau Gemini VI zu der Gruppe. Sie betrug sich mit den exquisitesten Eigenheiten, zum Argwohn und zur Beunruhigung der Druiden, insbesondere von Hale, der die Augen nicht von der Frau lassen konnte.

Unmittelbar nach dem Morgenmahl gingen Gersen, Navarth und Lerand Wible am Kanal spazieren, der hinter dem Hotel verlief. Heute schien ein Feiertag zu sein: die Städter trugen Girlanden, einige waren trunken, andere sangen Lieder zum Lobpreis von Arodin, offenbar einem Volkshelden oder Herrscher.

»Selbst an einem Feiertag«, sagte Navarth, »gehen sie ihre Steuern zahlen.«

»Unsinn«, erwiderte Wible. »Seit wann gehen Männer mit

einem solch munteren Schritt Steuern zahlen?« Die drei hielten inne, um die Männer, welche in den Turm hineingingen und wieder herauskamen, zu beobachten. »Bestimmt ist es ein Bordell. Es kann nichts anderes sein.«

»Aber so öffentlich? So betriebsam? Wir mögen uns vom Schein täuschen lassen.«

»Durchaus denkbar. Wollen Sie hineingehen?«

»Nein, eigentlich nicht. Falls es ein Bordell ist, bin ich mit ihren Methoden nicht vertraut und könnte eine unorthodoxe Handlung begehen, die uns alle in Ungnade fallen lässt.«

»Sie sind ungewöhnlich vorsichtig«, bemerkte Gersen.

»Ich bin auf einem fremden Planeten«, seufzte Navarth. »Mir fehlt die Stärke, welche ich aus dem Boden der Alten Erde beziehe. Aber ich bin neugierig, wir sollten die Frage ein für alle Mal klären. Kommen Sie.« Er führte sie zu dem Pavillon, wo sie am Tag zuvor bedient worden waren und warf einen Blick über die Tische. Ein beleibter Herr mittleren Alters mit einem breitkrempigen grünen Hut saß da und blickte auf den Boulevard hinaus, ein kleiner Krug Wein stand neben ihm.

Navarth trat an ihn heran. »Entschuldigen Sie, mein Herr. Wie Sie sehen können, sind wir hier fremd. Die ein oder andere Ihrer Gepflogenheiten verwirrt uns und wir möchten erfahren, wie die Dinge liegen.«

Der Mann stemmte sich hoch und deutete, nach einem Augenblick des Zögerns, auf die anderen Stühle. »Ich werde es erklären, so gut ich kann, obzwar es kein großes Geheimnis dabei gibt. Wir tun alles, so gut wir können und leben nach unseren Lichtern.«

Navarth, Gersen und Wible setzten sich. »Zuallererst einmal«, erkundigte sich Navarth, »was ist die Funktion des Turmes dort drüben, wo so viele Leute ein- und ausgehen.«

»Ah, dort. Ja. Das ist unsere örtliche Agentur zum Eintreiben der Steuern.«

»Steuereintreibung?« fragte Navarth mit einem triumphierenden Blick in Richtung Wible. »Und die Leute, welche ein- und ausgehen bezahlen Steuern?«

»Genau. Die Stadt steht unter der weisen Gönnerschaft von Arodin. Wir sind wohlhabend, weil die Steuern nichts von unserem Wohlstand fortsaugen.«

Darauf stieß Lerand Wible ein skeptisches Geräusch aus. »Wie ist das möglich?«

»Ist es nicht überall gleich? Das Geld, welches eingetrieben wird, ist Geld, das ansonsten für Frivolitäten ausgegeben würde. Das System ist für alle von Vorteil. Jedes Mädchen der Region muss fünf Jahre lang dienen, wobei sie eine festgesetzte Anzahl an Diensten pro Tag verrichten muss. Natürlich erfüllen die attraktiven Mädchen ihr Pensum eher, als jene, die unansehnlich sind, und infolgedessen gibt es einen beträchtlichen Anreiz, die Schönheit zu bewahren.«

»Aha!« sagte Wible. »In Wirklichkeit – ein städtisches Bordell.«

Sein Informant zuckte mit den Schultern. »Nennen Sie es, wie Sie wollen. Es gibt keine Verringerung der Ressourcen. Die Erträge werden für städtische Ausgaben verwendet. Es gibt keine Empörung über das Eintreiben der Steuern und die Steuereintreiber finden ihre Arbeit nicht lästig. Oder, wenn sie es tun, können sie Ersatz-Zahlungen leisten – was gewöhnlich geschieht, wenn das Mädchen heiratet, bevor ihr Dienst vorüber ist. Dann gibt es natürlich noch unsere Verpflichtung gegenüber Arodin, welcher jeder von uns durch die Entrichtung eines zwei Jahre alten Kindes nachkommt. Daraufhin bezahlen wir keine Steuern mehr, außer einer gelegentlichen Sonderveranlagung.«

»Niemand beschwert sich, wenn ihm sein Kind genommen wird?«

»Gewöhnlich nicht. Das Kind wird unmittelbar nach der Geburt in eine Krippe gebracht, sodass sich keine Gefühlsbande bilden. Die Leute zeugen früh Kinder, damit sie sich ihrer Verpflichtung sobald als möglich entledigen können.«

Wible tauschte Blicke mit Navarth und Gersen aus. »Und was geschieht mit den Kindern?«

»Sie gehen an Arodin. Die ungeeigneten werden an den Mahrab verkauft, die geeigneten dienen im großen Palast. Ich habe vor zehn Jahren ein Kind gegeben, ich schulde nun niemandem mehr Steuern.«

Navarth konnte nicht mehr länger an sich halten. Er beugte sich auf dem Stuhl vor und deutete mit einem knorrigen Finger. »Also deswegen sitzen Sie hier und blinzeln so selbstgefällig in die Sonne? Wo ist Ihr Schuldbewusstsein?«

»›Schuldbewusstsein‹?« Der Mann hob die Hand, um verwirrt seinen breitkrempigen Hut zu richten. »Es gibt kein Schuldbewusstsein. Ich habe meine Schuldigkeit getan. Ich habe mein Kind gegeben; ich besuche das städtische Bordell zwei Mal in der Woche. Ich bin ein freier Mann.«

»Während das Kind, welches Sie fortgegeben haben, nun ein zehn Jahre alter Sklave ist. Irgendwo schuftet sie oder er, auf dass Sie mit Ihrem Bauch in der Sonne sitzen können.«

Der Mann erhob sich, das Gesicht rosig vor Wut. »Das ist Aufwiegelung, ein ernsthaftes Vergehen! Was tun Sie denn hier, Sie gerupfter, törichter alter Vogel? Weshalb kommen Sie in diese Stadt, wenn Ihnen unsere Wege nicht gefallen?«

»Ich habe mir Ihre Stadt nicht als Reiseziel ausgesucht«, versetzte Navarth mit Würde. »Ich bin ein Gast von Viole Falushe und bleibe nur hier, um seine Benachrichtigung abzuwarten.«

Der Mann lachte, ein harsches pulsierendes Glucksen. »Das ist der Außenweltname für Arodin. Sie kommen, um sich des Palasts zu erfreuen und haben nicht einmal bezahlt!« Er schlug mit der Faust einmal auf den Tisch und marschierte hinaus aus dem Café. Andere Gäste, die zugehört hatten, wandten ihnen ostentativ den Rücken zu. Nicht lange danach kehrten die drei zum Hotel zurück.

Gerade als sie eintrafen, erklang das dumpfe Geräusch des Blasenwagens am Ende des Boulevards. Er rumpelte zum Hotel und hielt an. Ein Mann stieg aus, drehte sich um und half einer jungen Frau, die, seine Hand ignorierend, auf den Boden sprang. Navarth stieß einen heiseren Schrei der Überraschung aus. Die junge Frau, angezogen in modischer Kleidung im Alphanor-Stil, war Navarths einstiges Mündel, bekannt als Zan Zu, Drusilla und unter anderen Namen.

Navarth nahm sie beiseite und überhäufte sie mit Fragen: Was war mit ihr geschehen? Wo war sie festgehalten worden?

Drusilla konnte ihm nur wenig sagen. Sie war von dem weißäugigen Mann in einen Luftwagen gedrängt, zu einem Raumschiff gebracht und in die Obhut von drei grimmigen Frauen gegeben worden. Jede von ihnen besaß einen schweren Goldring. Nachdem das Gift, das aus den Ringen versprüht wurde, an einem Hund demonstriert worden war, waren keine weiteren Drohungen oder Warnungen notwendig gewesen.

Drusilla war nach Avente auf Alphanor gebracht worden und hatte im großartigen Hotel *Tarquin* gewohnt. Die Frauen waren wachsam wie Falken gewesen, hatten selten gesprochen, waren nie mehr als einen oder zwei Meter weit fortgegangen und die Goldringe hatten ein stetes, Unheil verkündendes Glitzern dargestellt. Sie hatten sie mitgenommen zu Konzerten, Restaurants, Modevorführungen, Kinovorstellungen, Museen und Galerien. Sie hatten sie dazu gedrängt, Kleidung zu kaufen, sich die Haut zu tönen, sich selbst schick zu machen: Drusilla hatte sich aus verdrießlicher Verdrehtheit geweigert, etwas davon zu tun, woraufhin die Frauen die Kleidung gekauft, ihre Haut getönt und ihr Haar arrangiert hatten. Sie hatte sich revanchiert, indem sie sich hatte hängen lassen, die Mundwinkel nach unten gezogen und es so eingerichtet hatte, dass sie so ungeschliffen aussah wie nur möglich. Schließlich hatten die Frauen sie zum Raumhafen gebracht. Sie waren an Bord eines Raumschiffes gegangen, das sie zum Sirneste-Haufen und dem Planeten Sogdian geflogen hatte. Sie waren bei der Agentur von Rubdan Ulshaziz in Atar eingetroffen, gleichzeitig mit einem anderen Gast des Palasts der Liebe, Milo Ethuen, der für den Rest der Reise in Drusillas Gesellschaft blieb. Die drei Frauen waren bis zum Raumfeld von Kouhila mitgekommen und dann mit Zog zurück nach Atar geflogen. Navarth und Gersen blickten sich um und musterten Ethuen, der nun mit den anderen auf der Veranda saß: ein Mann, der Tanzel und Mario nicht unähnlich sah, ein brütendes Gesicht, dunkles Haar, lange Arme und sensible Hände besaß.

Der Geschäftsführer des Hotels trat auf die Veranda. »Meine Damen und Herren, ich bin erfreut Ihnen mitzuteilen, dass Ihr Warten ein Ende hat. Die Gäste des Markgrafen sind versammelt, Sie müssen sich nun auf die Reise machen zum Palast der Liebe. Bitte folgen Sie mir, ich werde Sie zu Ihrem Beförderungsmittel bringen.

KAPITEL XI

Ausschnitt aus der ausgestrahlten Debatte zwischen Gowman Hachieri, Anwalt der Liga für Geplanten Fortschritt und Slizor Jesno, Mitglied des Institutes im 98sten Grad in Avente, Alphanor, am 10. Juli 1521:

HACHIERI: Sie geben zu, dass das Institut die Ermordung von Personen arrangiert, die danach streben, die menschlichen Lebensbedingungen zu verbessern?

JESNO: Das ist nicht die eigentliche Frage.

HACHIERI: Bringen Sie irgendjemanden um?

JESNO: Ich möchte keine taktischen Theorien besprechen. Es gibt nur sehr wenige solcher Ereignisse.

HACHIERI: Aber es gibt sie.

JESNO: Nur im Falle äußerst eklatanter Vergehen gegen den menschlichen Organismus.

HACHIERI: Ist Ihre Definition von »Vergehen« nicht willkürlich? Stehen Sie nicht einfach nur der Veränderung ablehnend gegenüber? Sind Sie nicht konservativ bis zum Grad der Stagnation?

JESNO: Zu allen drei Fragen: nein. Wir wollen die natürliche, organische Evolution. Es ist unnötig zu sagen, dass die menschliche Rasse nicht ohne Fehler ist. Falls Elemente dieser Rasse versuchen, diese Übel zu kurieren: versuchen, einen »idealen Menschen« oder eine »ideale Gesellschaft« zu schaffen, gäbe es mit Sicherheit eine Überkompensation der ein oder anderen Art. Die Fehler und die Reaktion auf die Fehler bewirken einen Verzerrungsfaktor, einen Filter, und das Endergebnis ist noch kranker, als der ursprüngliche

Zustand. Die natürliche Evolution, die langsame Abnutzung der Menschheit gegenüber ihrer Umwelt, hat die Rasse allmählich, aber definitiv verbessert. Den optimalen Menschen, die optimale Gesellschaft mag es niemals geben. Aber es wird auch niemals den Albtraum eines künstlichen Menschen oder eines künstlichen »geplanten Fortschritts« geben, für den die Liga eintritt: nicht solange die menschliche Rasse diesen hochaktiven Kreis von Antikörpern hervorbringt, der als das Institut bekannt ist.

HACHIERI: Das ist eine klangvolle Rede. Sie ist oberflächlich gesehen überzeugend. Sie ist angefüllt mit gefühlsseligen Trugschlüssen. Sie wollen, dass der Mensch sich durch »Abnutzung gegenüber seiner Umwelt« entwickelt. Andere menschliche Wesen sind Teil der Umwelt. Die Liga ist Teil der Umwelt. Wir sind natürlich; wir sind weder künstlich noch krank. Die Krankheiten der Ökumene sind keineswegs obskur oder mysteriös, sie sind heilbar. Wir von der Liga schlagen vor zu handeln. Wir haben nicht vor, uns davon abbringen oder einschüchtern zu lassen. Wenn wir bedroht werden, ergreifen wir Maßnahmen, um uns zu schützen. Wir sind nicht hilflos. Das Institut hat die Gesellschaft lange genug tyrannisiert. Es ist an der Zeit, dass neue Ideen die menschliche Gemeinschaft durchdringen.

≈

Hinter dem Hotel wartete ein langer Omnibus mit sechs Blasenrädern und einer Überdachung aus rosaroter Seide. Unter Neckereien, Gelächter und schlagfertigem Geplänkel kletterten die Gäste – elf Männer und zehn Frauen – an Bord und ließen sich auf Kissen aus violettem Satin nieder. Der Bus rollte über den Kanal und gen Süden; Kouhila mit seinen hohen Türmen blieb hinter ihnen zurück.

Eine Stunde fuhren die Gäste an sorgfältig gepflegten Farmen und Obstgärten vorüber in Richtung einer Reihe von bewaldeten Hügeln, und Spekulationen bezüglich des genauen Standorts des

Palastes der Liebe kamen auf. Hygen Grote ging so weit, sich in das Vorderabteil hineinzudrängen und Erkundigungen bei der Fahrerin einzuziehen. Dabei handelte es sich um die hagere Frau in der braunschwarzen Uniform. Hygen Grote wurde abgewiesen und kehrte reuevoll grinsend und kopfschüttelnd zu seinem Platz zurück. Der Bus rollte in die Hügel hinauf, unter hohen schirmförmigen Bäumen mit glänzenden schwarzen Stämmen und grüngelben Scheibenblättern hindurch. Von irgendwo aus der Entfernung kam das melodische Rufen von baumbewohnenden Geschöpfen. Riesige weiße Motten flatterten durch die Schatten. Es wurde immer feuchter, der Geruch nach Flechten und großblättrigem Strauchwerk immer durchdringender. Als der Weg den Kamm erreichte, kamen sie in eine dramatische Glut von Sonnenlicht. Vor ihnen erstreckte sich ein gewaltiger blauer Ozean. Der Bus stürzte sich einen steilen, gerade verlaufenden Weg hinab und hielt an einer Anlegestelle an. Hier wartete eine Yacht mit Glasrumpf, blauen Decks und einem Aufbau aus weißem Metall. Vier Stewards in dunkelblau-weißen Uniformen halfen den Gästen aus dem Bus und führten sie zu einem Gebäude aus weißen Korallenblöcken, wo sie gebeten wurden, neue Kleidung anzulegen: weiße Yachtbekleidung mit Schnürsandalen und weite weiße Leinenkappen. Aus Gründen ihrer Glaubenslehre protestierten die Druiden energisch dagegen. Sie weigerten sich schlichtweg, sich von ihren Kapuzen zu trennen und so betraten sie die Yacht: die Männer bekleidet mit weißen Hosen und Jacken, die Frauen mit weißen Röcken und Jacken, wobei die Köpfe wie zuvor von schwarzen Kapuzen bedeckt waren.

Es war Sonnenuntergangszeit, die Yacht würde nicht vor dem Morgen auslaufen. Die Passagiere versammelten sich im Salon, wo ihnen Cocktails im Erdenstil serviert wurden. Nicht lange danach gab es ein Abendessen. Die zwei jüngeren Druiden, Hule und Billika, trugen ihre Kapuzen im Gegensatz zu ihren Eltern weniger eng, womit sie sich deren Tadel zuzogen.

Nach dem Essen spielten die drei jungen Männer, Mario, Tanzel und Ethuen, Decktennis mit Tralla und Mornice. Drusilla kauerte niedergeschlagen neben Navarth, der die seltsamste aller Unterhaltungen mit Druidin Laidig führte. Gersen saß abseits und schaute zu, wälzte Spekulationen und fragte sich, wo seine Verantwortung lag und gegenüber wem. Von Zeit zu Zeit blickte Drusilla wehmütig durch den Salon zu ihm. Sie hatte eindeutig Angst vor der Zukunft. Aus gutem Grund, dachte Gersen. Er wusste keinen Weg, sie zu beruhigen. Zuly, die Tänzerin, geschmeidig wie ein weißer Aal, ging mit da Nossa über das Deck. Skebou Diffiani, der Quantiquer, stand an der Reling, dachte die geheimnisvollen Gedanken seiner Rasse und warf einen gelegentlichen Blick in Richtung da Nossa und Zuly.

Billika ging schüchtern zu Drusilla, um mit ihr zu reden. Hule, der Drusilla attraktiv zu finden schien, folgte ihr. Billika, etwas errötet, hatte vom Wein gekostet. Sie trug ihre Kapuze kunstvoll unordentlich, sodass man ihr lockiges braunes Haar sehen konnte: Eine Situation, welche der Aufmerksamkeit der Druidin Laidig nicht entging, die allerdings nicht in der Lage war, sich von Navarth zu lösen.

Margary Liever schwatzte mit Hygen Grote und seiner Gefährtin Doranie, bis letzterer langweilig wurde und sie über das Deck schlenderte, wo sich, zu Hygen Grotes Ärger, Lerand Wible zu ihr gesellte.

Die Druiden waren die ersten, die sich zu Bett begaben, gefolgt von Hygen Grote und Doranie.

Gersen ging hinaus auf das Deck, blickte in den Himmel hinauf, wo die Sterne des Sirneste-Haufens funkelten. Im Süden und Osten wogten die Wasser eines Ozeans, dessen Namen er nicht kannte. Nicht weit entfernt lehnte Skebou Diffiani an der Reling und blickte über denselben Ozean hinweg … Gersen ging wieder hinein. Drusilla war in ihre Kabine gegangen. Auf der Anrichte hatten die Stewards einen Imbiss aus Aufschnitt, Käse, Geflügel, Aspik und eine Auswahl an Weinen und Getränken hergerichtet.

Zuly unterhielt sich leisen Tones mit da Nossa. Margary Liever saß nun allein, ein vages Lächeln auf dem Gesicht; war dies nicht ihr Herzenswunsch? Navarth war etwas berauscht, stolzierte umher und suchte nach einer Gelegenheit, eine dramatische Szene heraufzubeschwören. Aber alle anderen waren entspannt und boten ihm keine Möglichkeit dazu. Navarth warf schließlich die Hände in die Höhe und ging zu Bett. Gersen folgte ihm nach einem letzten Blick in die Runde.

Gersen erwachte vom Stampfen und Rollen der Yacht. Es war kurz nach der Dämmerung: Sonnenlicht fiel schräg durch einen Abschnitt des Rumpfes über der Wasserlinie in die Kabine. Darunter wogte dunkelblaues, noch nicht von der Sonne beleuchtetes Wasser vorüber.

Gersen zog sich an und ging in den Salon, um herauszufinden, dass er der erste war, der aufgestanden war. Acht oder neun Kilometer steuerbords lag Land: ein schmaler Strand, ein bewaldetes Küstenvorland mit niedrigen Hügeln im Hintergrund und eine Andeutung von violetten Bergen in der Ferne.

Gersen begab sich zum Buffet und bediente sich. Während er aß, tauchten andere Gäste auf und bald darauf saß die gesamte Besatzung im Salon, verschlang Speisen vom Grill und Gebäck, trank heiße Getränke, bewunderte die Landschaft und die leichten Bewegungen der Yacht.

Nach dem Frühstück begab sich Gersen hinaus aufs Deck, wo sich Navarth, geckenhaft in seiner Yachtkleidung, zu ihm gesellte. Der Tag war tadellos, Sonnenlicht glitzerte auf den Wogen, Wolken türmten sich über dem Horizont auf. Navarth spie zur Seite aus, betrachtete die Sonne, den Himmel, die See. »Die Reise beginnt. So muss sie beginnen, unschuldig und rein.«

Gersen verstand Navarths Andeutung. Er kommentierte sie nicht.

Navarth sprach erneut, mit sogar noch düsterer Stimme. »Einerlei, was Sie sonst über Vogel sagen, er weiß, wie man eine Sache gut durchführt.«

Gersen musterte die Goldknöpfe auf seiner Jacke. Sie schienen nicht mehr als Knöpfe zu sein. Als Antwort auf Navarths verwirrtes Starren sagte er leise: »Solche Gegenstände sind bekannt dafür, dass Spionzellen darin versteckt werden.«

Navarth lachte heiser. »Unwahrscheinlich. Vogel mag sehr
wohl an Bord sein, aber er belauscht uns nicht. Er würde fürchten,
etwas Unerfreuliches zu hören. Es würde ihm den Ausflug verderben.«

»Dann glauben Sie, er ist an Bord?«

»Er ist an Bord, keine Angst. Würde er eine Erfahrung wie
diese versäumen? Niemals! Doch wer ist er?«

Gersen überlegte. »Er ist nicht Sie noch ich noch einer der
Druiden. Er ist nicht Diffiani.«

»Er ist nicht Wible, der von gänzlich anderem Typ ist, zu frisch
und gerecht und ohne Ecken und Kanten. Er ist nicht da Nossa,
obwohl es eine entfernte Möglichkeit sein könnte. Es ist von sehr
geringer Wahrscheinlichkeit, dass er einer der Druiden ist. Aber
ich glaube es nicht.«

»Dann bleiben nur drei übrig. Die hochgewachsenen dunklen
Männer.«

»Tanzel, Mario, Ethuen. Er könnte jeder von ihnen sein.«

Sie drehten sich um und betrachteten die drei Männer. Tanzel
stand am Bug und blickte voraus über den Ozean. Ethuen saß ausgestreckt auf einem Deckstuhl und redete mit Billika, die hin- und
hergerissen war zwischen Verlegenheit und Freude. Mario, der als
letzter aufgestanden war, hatte gerade sein Frühstück beendet und
trat hinaus auf das Deck. Gersen versuchte, jeden von ihnen mit
dem in Übereinstimmung zu bringen, was er von Viole Falushe
wusste. Jeder war angespannt und doch elegant, jeder mochte
Kandidat Nr. 2 sein, der Mörder im Harlekinkostüm, der auf langen Beinen von Navarths Fest geflüchtet war.

»Jeder könnte Viole Falushe sein«, sagte Navarth.

»Und was ist mit Zan Zu – Drusilla – wie auch immer sie heißen mag?«

»Sie ist verloren.« Navarth warf die Hände in die Luft und
stolzierte davon.

Gersen blickte zu Drusilla, wie er sich entschieden hatte, sie
zu nennen. Sie stand da und redete mit Hule, dem jungen Druiden, der in der Gunst des Augenblickes seine Kapuze hatte fallen

lassen. Ein ansehnlicher Bursche, dachte Gersen: ernst, mit dem Aussehen einer inneren Anspannung, die Frauen irgendwann provozierend finden mussten. Tatsächlich musterte Drusilla ihn mit geringem Interesse. Druidin Wust bellte einen scharfen Befehl. Hule schnappte schuldbewusst nach seiner Kapuze und schlich von dannen.

Gersen ging zu Drusilla hinüber. Sie warf ihm einen Blick misstrauischen Willkommens zu.

»Waren Sie überrascht, uns im Hotel zu sehen?« fragte Gersen.

Sie nickte. »Ich hatte nicht erwartet, Sie wiederzusehen.« Nach einem Moment des Zögerns wollte sie wissen: »Was wird mit mir geschehen? Weshalb bin ich so wichtig?«

Gersen, immer noch im Zweifel in Bezug auf Spionzellen, sprach vorsichtig: »Ich weiß nicht, was geschehen wird. Ich werde Sie schützen, sofern ich kann. Sie sind wichtig, weil Sie einem Mädchen gleichen, welches Viole Falushe einst liebte und das ihn verschmäht hat. Er könnte an Bord der Yacht sein, er mag einer der Passagiere sein. Also müssen Sie sehr vorsichtig sein.«

Drusilla warf einen angsterfüllten Blick über das Deck. »Welcher?«

»Erinnern Sie sich an den Mann auf Navarths Fest?«

»Ja.«

»So ein Mann wird es sein.«

Drusilla zuckte zusammen. »Ich weiß nicht, wie ich vorsichtig sein soll. Ich wünschte, ich wäre jemand anderes.« Sie blickte über die Schulter. »Können Sie mich nicht fortbringen?«

»Nicht jetzt.«

Drusilla biss sich auf die Lippe. »Weshalb muss ich es sein?«

»Ich könnte es beantworten, wenn ich wüsste, wer Sie eigentlich sind. Zan Zu? Drusilla Wayles? Jheral Tinzy?«

»Ich bin keine von ihnen«, sagte sie trübseligen Tons.

»Wer sind Sie dann?«

»Ich weiß es nicht.«

»Sie haben keinen Namen?«

»Der Mann im Docksalon hat mich Spooky genannt … Das

ist kein vernünftiger Name. Ich werde Drusilla Wayles sein.« Sie blickte ihn ausgiebig an. »Sie sind nicht wirklich ein Journalist, nicht wahr?«

»Ich bin Henry Lucas, ein Monomane. Und ich darf nicht zu viel mit Ihnen reden. Sie wissen, weshalb.«

Drusillas Gesicht verlor ihre vorübergehende Lebhaftigkeit. »Wenn Sie es sagen.«

»Versuchen Sie, Viole Falushe zu identifizieren«, sagte Gersen. »Er wird wollen, dass Sie ihn lieben. Wenn Sie es nicht tun, wird er seinen Ärger verbergen, aber Sie könnten ihn durch die Art, wie er Sie ansieht, eine Drohung, einen Blick in sein Gesicht erkennen. Oder er wird Sie beobachten, wenn er mit einer anderen flirtet, um zu sehen, ob Sie es bemerken.«

Drusilla schürzte zweifelnd die Lippen. »Ich bin nicht sehr scharfsichtig.«

»Tun Sie Ihr Bestes. Aber seien Sie vorsichtig. Bringen Sie sich nicht in Schwierigkeiten. Da kommt Tanzel.«

»Guten Morgen, guten Morgen«, sagte Tanzel forsch-fröhlich. Er wandte sich an Drusilla. »Sie sehen aus, als hätten Sie Ihren letzten Freund verloren. Das ist nicht der Fall, wissen Sie, nicht mit Harry Tanzel an Bord! Fassen Sie Mut! Wir sind auf dem Weg zum Palast der Liebe!«

Drusilla nickte. »Ich weiß.«

»Gerade der rechte Platz für ein hübsches Mädchen. Ich persönlich werde Ihnen alle Sehenswürdigkeiten zeigen, wenn ich meine Konkurrenten aus dem Feld schlagen kann.«

Gersen lachte. »Ich bin keine Konkurrenz. Ich kann von Berufs wegen keine Zeit erübrigen, so gern ich es auch würde.«

»Beruf? Im Palast der Liebe? Sind Sie ein Asket?«

»Einfach nur Journalist. Was ich sehe und höre wird in *Cosmopolis* präsentiert werden.«

»Halten Sie meinen Namen heraus!« warnte Tanzel witzelnd. »Eines Tages werde ich ein verheirateter Mann sein, einen solchen Ruhm würde ich nicht verwinden.«

»Ich werde diskret sein.«

»Gut. Jetzt kommen Sie mit.« Tanzel nahm Drusillas Arm. »Ich werde Ihnen bei Ihrem Morgenspaziergang helfen. Fünfzig Mal um das Deck herum!«

Sie gingen los. Drusilla warf Gersen einen letzten verlorenen Blick über die Schulter zu.

Navarth kam von der Seite heran. »Das war einer von ihnen. Ist er unser Mann?«

»Ich weiß es nicht. Er fängt stark an.«

Drei Tage durchpflügte die Yacht die sonnige See. Für Gersen drei angenehme Tage, obwohl die Gastfreundschaft von einem Mann gewährt wurde, den er töten wollte. Die Stunden besaßen eine ungezwungene Qualität, eine traumgleiche Abgeschiedenheit, und der kennzeichnende Stil jeder Person wurde intensiviert, zu etwas, was vollkommen überzeichnet war. Einstellungen und Strenge lockerten sich: Hule wurde zugestanden, seine Kapuze locker hängen zu lassen und schließlich zog er sie ganz aus. Billika, die zurückhaltender war, tat es ihm gleich, woraufhin Zuly in einer Stimmung kühlen Schalks anbot, ihr Haar herzurichten. Billika zögerte, stimmte dann jedoch mit einem Seufzen hedonistischer Selbstvergessenheit zu. Also formte und trimmte Zuly Billikas Haar, um deren blasse, großäugige Zartheit zu akzentuieren – zum Erstaunen sämtlicher Männer an Bord. Druidin Laidig schrie verärgert auf, Druidin Wust schnalzte mit der Zunge, die beiden Druiden waren aufgeschreckt, aber alle anderen baten sie, das Mädchen nicht unter Druck zu setzen. Die Atmosphäre des Behagens und der Fröhlichkeit war derart, dass Druidin Laidig Navarth gegenüber schließlich in Lachen verfiel und Billika es schaffte, still zu entschlüpfen. Nicht lange danach hing Druidin Laidigs eigene Kapuze locker, wie kurz darauf auch die des Druiden Dakaw. Druide Pruitt und Druidin Wust hielten an der gesamten Strenge ihres Habits fest, duldeten jedoch die Pflichtvergessenheit der anderen mit nicht mehr als einem gelegentlichen geringschätzigen Blick oder einer gemurmelten sarkastischen Bemerkung.

Tralla, Mornice und Doranie, welche die Aufmerksamkeit, die

den jüngeren Mädchen geschenkt wurde, bemerkten, wurden außerordentlich enthusiastisch und heiter: Offensichtlich beabsichtigte keine von ihnen, einem Versuch der Galanterie einen Korb zu geben.

Jeden Nachmittag hielt die Yacht an, um auf dem Ozean zu treiben. Jeder, der wollte, tauchte in das klare Wasser, während andere hinuntergingen, um durch den gläsernen Rumpf zuzusehen. Letztere waren die älteren Druiden, Diffiani (der an keinen Aktivitäten, außer Essen und Trinken, teilnahm), Margary Liever, die ihre Furcht vor tiefem Wasser bekannte, und Hygen Grote, der nicht schwimmen konnte. Die anderen, sogar Navarth, zogen sich die auf der Yacht zur Verfügung gestellten Schwimmanzüge an und sprangen ins warme Meer.

Während der Dämmerung des zweiten Abends nahm Gersen Drusilla mit in den Bug, wobei er sich jeglichen intimen Kontakts enthielt, der Viole Falushe, sollte er sie beobachten, in Raserei bringen mochte. Drusilla schien keine solche Beschränkung zu verspüren und Gersen wurde mit einem bittersüßen Stich bewusst, dass das Mädchen bis zu einem gewissen Grad in ihn vernarrt war. Gersen – genauso empfänglich wie jeder andere – kämpfte gegen seine Neigungen an. Selbst falls er Erfolg hatte und Viole Falushe tötete, was dann? Es gab in der harschen Zukunft, die er für sich zurechtgelegt hatte, keinen Platz für Drusilla. Dennoch, die Versuchung blieb. Drusilla, mit ihren düsteren Stimmungen, dem unvermittelten Aufblitzen der Freude, war faszinierend ... Aber die Umstände waren nun einmal, wie sie waren und Gersen beschränkte die Unterhaltung auf die gegenwärtigen Belange. Drusilla hatte nichts bemerkt. Mario, Ethuen, Tanzel – alle überhäuften sie mit Aufmerksamkeit. Wie Gersen sie angewiesen hatte, bevorzugte sie niemanden von ihnen. Gerade als sie im Bug standen und den Sonnenuntergang beobachteten, kam Mario, um sich zu ihnen zu gesellen. Nach einem oder zwei Augenblicken entschuldigte sich Gersen und kehrte zum Promenadendeck zurück. Falls Mario Viole Falushe war, würde es nichts bringen, ihn zu verärgern. Falls nicht, würde Viole Falushe, der alles böse von woanders beobachtete, versichert sein, dass Drusilla keine bestimmte Person bevorzugte.

Am Morgen des vierten Tages kreuzte die Yacht zwischen kleinen Inseln mit üppiger Vegetation. Gegen Mittag näherte sie sich dem Festland, glitt zu einem Kai. Die Reise war zu Ende. Die Passagiere schifften sich mit Bedauern aus und blickten oft zurück. Margary Liever weinte unverhohlen.

In einem Gebäude neben der Anlegestelle wurde den Gästen neue Kleidung überreicht. Für die Männer gab es weite Samtblousons in weichen und reichhaltigen Farben: Moosgrün, Kobaltblau, Dunkelbraun, mit weiten schwarzen Samthosen, die unter den Knien mit scharlachroten Bändern verschnürt wurden. Die Frauen erhielten Blusen im gleichen Stil in helleren Schattierungen mit dazu passenden gestreiften Röcken. Alle erhielten quadratische, weite Baskenmützen aus weichem Samt mit jeweils einer faszinierenden Troddel.

Als sich alle wieder versammelt hatten, wurde das Mittagessen serviert. Anschließend führte man sie zu einem Holzwagen mit sechs grüngoldenen Rädern und einer dunkelgrünen Überdachung, die von Spiralpfosten aus einem schönen dunklen Holz getragen wurde.

Der Wagen machte sich entlang einer Küstenstraße auf den Weg. Spät am Nachmittag scherte die Fahrspur über wogende, grasbedeckte Hügel, die mit Blumen gesprenkelt waren, zum Binnenland hin aus und der Ozean verschwand aus der Sicht.

Bald sahen sie Bäume, hochgewachsen und vereinzelt, ganz wie Erdenbäume, aber durchaus einheimisch, danach Gruppen und Haine von ihnen. Bei Einbruch der Dämmerung hielt der Wagen in der Nähe eines solchen Haines an. Die Gäste wurden zu einer Herberge geführt, welche hoch in die Baumwipfel hineingebaut worden war; schwankende Gehwege führten zu kleinen Weidenbaumhäusern.

Das Abendessen wurde auf dem Boden im Licht eines großen knisternden Feuers serviert. Der Wein wirkte stärker als gewöhnlich oder vielleicht waren alle in der Stimmung zu trinken.

Jedermann erschien größer als die Summe seiner selbst – es gab lediglich einundzwanzig lebendige Menschen im Universum. Trinksprüche wurden ausgebracht, einschließlich einiger auf »unseren unsichtbaren Gastgeber«. Der Name »Viole Falushe« wurde nie erwähnt.

Eine Truppe Musikanten tauchte mit Fideln, Gitarren, Flöten auf; sie spielten wilde heulende Melodien, die das Herz pochen und den Kopf schwirren ließen. Zuly sprang auf, improvisierte einen Tanz, so wild und hemmungslos wie die Musik.

Gersen zwang sich, nüchtern zu bleiben: in Zeiten wie diesen war es am wichtigsten zu beobachten. Er sah, wie Lerand Wible mit Billika flüsterte. Einen Augenblick später schob sie sich seitwärts davon und machte sich in die Schatten davon; kurz darauf war auch er verschwunden. Die Druiden und Druidinnen sahen versunken dem Tanz zu. Mit zurückgelegten Köpfen und halbgeschlossenen Augen saßen sie da. Nur Hule hatte es bemerkt. Gedankenvoll schaute er den beiden nach, dann kroch er still zu Drusilla und flüsterte ihr etwas ins Ohr.

Drusilla lächelte. Sie blickte flüchtig zu Gersen und erwiderte etwas mit leiser Stimme. Hule nickte ohne Begeisterung, setzte sich dicht neben sie und legte nicht lange danach seinen Arm um ihre Taille.

Eine halbe Stunde verging. Nur Gersen schien zu bemerken, dass Wible und Billika wieder bei der Gruppe waren; Billika mit leuchtenden Augen und entspanntem Mund. Es schien, dass nur einen Augenblick später Druidin Laidig sich Billikas entsann und versuchte, sie ausfindig zu machen. Dort saß Billika. Irgendetwas stimmte nicht, irgendetwas war neu und anders: soviel konnte Druidin Laidig spüren, aber sonst gab es nichts – zu sehen … Ihr Argwohn war zerstreut; sie widmete sich wieder der Freude an der Musik.

Gersen beobachtete Mario, Ethuen und Tanzel. Sie saßen mit Tralla und Mornice zusammen, aber es schien, dass ihre Augen zu Drusilla wanderten. Gersen kaute auf seiner Lippe. Viole Falushe – sofern er sich tatsächlich unter den Gästen befand – schien nicht bereit, seine Identität einzugestehen …

Wein, Musik, der Schein des Feuers: Gersen lehnte sich zurück, sich eines Schwindelgefühls bewusst. Wer innerhalb der Gruppe war wachsam, wer aufmerksam? Diese Person wäre Viole Falushe! Gersen sah niemanden, der nicht entspannt wirkte. Druide Dakaw schlief. Druidin Laidig war nirgends zu sehen. Skebou Diffiani war ebenfalls verschwunden. Gersen lachte in sich hinein und beugte sich vor, um den Spaß mit Navarth zu teilen, überlegte es sich dann jedoch anders. Das Feuer brannte zu Asche nieder, die Musikanten wanderten davon, wie Gestalten in einem Traum. Die Gäste erhoben sich und gingen über schwankende Gehwege zu ihren Weidenhütten. Falls weitere Rendezvous abgemacht worden waren, falls sich weitere Stelldicheins ergeben hatten, wusste Gersen nichts davon.

Am Morgen versammelten sich die Gäste zum Frühstück, nur um herauszufinden, dass der Wagen verschwunden war. Es ergaben sich Spekulationen darüber, welches Beförderungsmittel ihnen als Nächstes angeboten werden würde. Nach dem Frühstück deutete ein Steward auf einen Pfad. »Dort entlang werden wir gehen. Ich wurde gebeten, Sie zu führen. Sobald alle bereit sind, schlage ich vor, dass wir uns auf den Weg machen, denn es ist noch weit zu gehen, bevor es Abend wird.«

Hygen Grote sprach in erstauntem Ton: »Sie wollen sagen, wir *gehen?*«

»Genau das, Herr Grote. Es gibt keinen anderen Weg zu unserem Ziel.«

»Ich habe kein solches Hin und Her erwartet«, beschwerte sich Grote. »Ich dachte, dass, wenn wir in den Palast der Liebe geladen wären, uns einfach ein Luftwagen dorthin bringen würde.«

»Ich bin lediglich ein Bediensteter, Herr Grote. Mit einer Erklärung kann ich nicht aufwarten.«

Grote wandte sich ab, ganz und gar nicht zufrieden. Aber er hatte keine andere Wahl. Nicht lange danach wurde seine Laune besser und er war der erste, der ein altes Wanderlied seiner Bruderschaft vom Lublinken-Kolleg anstimmte.

Der Pfad verlief über niedrige Hügel, durch Lichtungen und

Wäldchen. Sie gingen über eine große Wiese und schreckten eine Anzahl von weißen Vögeln auf. Sie stiegen ein Tal hinab zu einem See, wo sie ein Mittagessen erwartete.

Der Steward wollte keine zu ausgedehnte Rast zulassen. »Es ist immer noch weit zu gehen und wir können nicht schnell gehen, um die Damen nicht zu ermüden.«

»Ich bin bereits müde«, schnappte Druidin Wust. »Ich habe nicht vor, auch nur einen weiteren Schritt zu tun.«

»Jeder, der will, darf zurückkehren«, entgegnete der Steward. »Der Pfad ist eben und es gibt Personal, das Ihnen entlang des Weges hilft. Aber nun ist es an der Zeit für uns andere weiterzugehen. Es ist Nachmittag und ein Wind kommt auf.«

Tatsächlich blies eine Brise mit der Andeutung von Kälte kleine Wellen über den See und der Westhimmel war mit Wolken im Fischgrätenmuster gepflastert.

Druidin Wust zog es vor, mit der Gruppe weiterzugehen und alle machten sich entlang des Seeufers auf den Weg. Kurz darauf bog der Pfad seitlich ab, stieg einen Hang hinauf und verlor sich in einer Parklandschaft mit großen Bäumen und hohem Gras. Weiter und weiter trottete die Gesellschaft, den Wind immer im Rücken. Als die Sonne hinter einem Bergkamm niederging, hielten sie an, um Gebäck und Tee zu sich zu nehmen. Dann ging es einmal mehr weiter, und der Wind seufzte durch die Zweige.

Während die Sonne hinter die Berge sank, betrat die Gesellschaft einen feuchten, unwegsamen Wald, der mit dem Sonnenuntergang immer dunkler wurde.

Das Tempo wurde langsamer, die älteren Frauen waren müde, obwohl nur Druidin Wust sich beklagte. Druidin Laidig stellte einen grimmigen Ausdruck zur Schau, während Margary Liever mit ihrem üblichen kleinen Lächeln einherschlenderte. Hygen Grote verfiel, bis auf ein gelegentliches knappes Wort zu Doranie, in schmollendes Schweigen.

Der Wald erschien endlos; der Wind, mittlerweile ausgesprochen kalt, heulte durch die oberen Zweige. Dämmerung fiel über die Berge. Schließlich stolperte die Gesellschaft auf eine Lichtung und stieß auf eine weitläufige alte Waldhütte aus Holz und Stein. Gelbes Licht leuchtete aus den Fenstern; Rauch trieb aus einem Schornstein. Drinnen mussten Wärme und Essen und Tafelfreuden zu finden sein.

Und so war es auch. Die müden Reisenden, welche die Steinstufen zur Veranda erklommen, betraten einen riesigen aus Holzbalken gebauten Salon mit hellen Teppichen auf dem Boden und einem prasselnden Feuer im offenen Kamin. Einige Mitglieder der Gruppe ließen sich dankbar in tiefe Sessel sinken, andere zogen es vor, auf ihre Zimmer zu gehen, um sich frisch zu machen. Wieder wurde neue Kleidung verteilt: für die Männer schwarze Hosen und kurze Jacken mit einem dunkelbraunen Kummerbund; für die Frauen lange, auf dem Boden schleifende schwarze Kleider sowie weiße und braune Blumen für das Haar.

Jene, die sich gebadet und angezogen hatten, kehrten in den Salon zurück, zum Neid derer, die immer noch müde und schmutzig dasaßen, und bald darauf hatten alle gebadet und die neue dunkle Kleidung angezogen.

Glühwein wurde serviert und nicht lange danach ein herzhaftes Waldessen – Gulasch, Brot und Käse, Rotwein – und alle Mühen des Tages waren vergessen.

Nach dem Essen versammelten sich die Gäste um die Feuerstelle, um an alkoholischen Getränken zu nippen, und nun war die Unterhaltung laut und kühn, jeder spekulierte darüber, wo der Palast der Liebe lag. Navarth nahm eine theatralische Pose vor dem Feuer ein. »Das ist einfach!« schrie er mit großartiger, blecherner Stimme. »Oder etwa nicht? Versteht es nicht ein jeder oder ist es an dem alten Navarth, dem Dichter, Erleuchtung zu bringen?«

»Sprechen Sie, Navarth!«, rief Ethuen. »Offenbaren Sie Ihre Einsichten allen. Weshalb sollten Sie sich allein daran erfreuen?«

»Das hatte ich nie vor. Alle werden wissen, was ich weiß, und alle werden fühlen, was ich fühle. Wir haben die Reise zur Hälfte hinter uns! Hier ist es, wo die Sorglosigkeit, die Fülle, das ruhige Behagen schwinden. Die Winde erheben sich in unserem Rücken und treiben uns eilends durch den Wald. Unsere Zuflucht ist die Mittelalterlichkeit!«

»Nun kommen Sie, alter Mann«, neckte Tanzel. »Sprechen Sie so, dass auch wir Sie verstehen.«

»Jene, die mich verstehen, verstehen es, jene, die es nicht verstehen, verstehen es niemals. Aber alles ist klar. Er weiß, er weiß!«

Druidin Laidig, die keinen Sinn für Übertreibungen hatte, sprach böse. »Er weiß *was*? *Wer* weiß was?«

»Was sind wir anderes als wandelnde Nerven? Der Künstler kennt die Verbindung von Nerv zu Nerv!«

»Sprechen Sie für sich selbst«, murrte Diffiani.

Navarth vollführte eine seiner extravaganten Gebärden. »Er ist ein Dichter wie ich selbst. Habe ich ihn nicht gelehrt? Jeder Stich der Seele, jeder trockene Schmerz des Verstandes, jedes Wispern des Blutes ... «

»Navarth! Navarth!«, stöhnte Wible. »Genug! Oder etwas anderes jedenfalls. Hier sind wir, in dieser seltsamen alten Hütte, eine absolute Zuflucht für Geister und Wipwarken.«

Druide Pruitt meinte salbungsvoll: »Dies ist unsere Überlieferung: Jeder Mann und jede Frau ist ein lebendiger Same. Wenn seine Pflanzzeit kommt, wird er eingegraben und mit Erde bedeckt und schließlich wird ein Baum daraus. Und jede Seele ist anders. Es gibt Birken und Eichen und Lavengaren und schwarze Panegien ... «

Die Unterhaltung ging weiter. Die jüngeren und energetischeren der Gruppe erkundeten das alte Gebäude und spielten im langen Flur zwischen den sich bauschenden bernsteinfarbenen Vorhängen Verstecken.

Druidin Laidig wurde unruhig und reckte den Hals, um Billika zu suchen. Schließlich stemmte sie sich hoch und ging, hier- und dorthin blickend, fort, um bald darauf mit einer niedergeschlagenen Billika zurückzukehren. Druidin Laidig murmelte Druidin Wust etwas zu, die daraufhin aufsprang und den Flur hinunterging. Laute, widerhallende Stimmen waren in der Halle zu vernehmen, anschließend Stille, und einen Augenblick später kehrte Druidin Wust mit Hale zurück, der einen missmutigen Eindruck machte.

Drei Minuten später kam Drusilla in den Salon zurück. Ihr Gesicht war gerötet, ihre Augen strahlten vor etwas zwischen Freude und Schalkhaftigkeit. Das dunkle Kleid stand ihr hervorragend, nie hatte sie schöner ausgesehen. Sie durchquerte den Raum und schlüpfte auf den Platz neben Gersen.

»Was ist geschehen?« fragte er.

»Wir haben im Flur ein Spiel gespielt. Ich habe mich mit Hule versteckt und beobachtet, wer sich am meisten darüber ärgert, wie Sie mir gesagt haben.«

»Und wer war es?«

»Ich weiß es nicht. Mario sagt, er liebt mich. Tanzel hat zwar gelacht, aber er war wütend. Ethuen hat nichts gesagt und wollte mich auch nicht ansehen.«

»Was haben Sie getan, dass sie wütend sein sollten? Vergessen Sie nicht, es ist gefährlich, jemandem einen Strich durch die Rechnung zu machen.«

Drusillas Mundwinkel verzogen sich nach unten. »Ja. Ich habe es vergessen … ich sollte mich fürchten … ich *fürchte* mich, wenn ich daran denke. Aber Sie werden auf mich aufpassen, nicht wahr?«

»Das werde ich, sofern ich kann.«

»Sie können. Ich weiß, dass Sie es können.«

»Ich hoffe, ich kann … Nun, was ist vorgefallen, dass Mario, Tanzel und Ethuen wütend waren?«

»Nicht sehr viel. Hule und ich haben auf einer alten Couch gesessen, die umgedreht stand. Hule wollte mich küssen und ich habe es zugelassen. Die Druidin fand uns und hat Hule in schreckliche Verlegenheit gebracht. Sie hieß mich ›Hure!‹, ›Lilith!‹, ›Nymphe!‹« Drusilla imitierte Wusts eigenartig raspelnde Stimme auf das Genaueste.

»Und alle haben es gehört?«

»Ja. Alle haben es gehört.«

»Wer wirkte am aufgebrachtesten?«

Drusilla hob die Schultern. »Zuweilen glaubte ich der eine, dann wieder der andere. Mario scheint der Sanfteste zu sein. Ethuen hat am wenigsten Humor. Tanzel ist mitunter sarkastisch.«

Offensichtlich, dachte Gersen, hatte es viel gegeben, was er versäumt hatte. »Es ist besser, wenn Sie sich nicht mit irgendjemandem verstecken, nicht einmal mit Hule. Seien Sie zu allen dreien nett, aber bevorzugen Sie keinen.«

Drusillas Gesicht wurde trüb und verhärmt. »Ich fürchte mich, wirklich. Als ich bei den drei Frauen war, dachte ich, ich könnte weglaufen. Aber ich fürchtete das Gift in ihren Ringen. Meinen Sie, sie hätten mich getötet?«

»Ich weiß es nicht. Aber jetzt gehen Sie zu Bett und schlafen. Und öffnen Sie niemandem die Tür.«

Drusilla erhob sich. Mit einem letzten rätselhaften Blick auf Gersen ging sie zur Treppe, stieg zum Balkon hinauf und betrat ihr Zimmer.

Einer nach dem anderen begab sich die Gruppe zu Bett, und zuletzt saß Gersen allein da, starrte in das ausgehende Feuer und wartete auf er wusste nicht was ... Die Balkonlichter waren gedämpft, eine Balustrade verdeckte ihm die Sicht. Eine Gestalt trieb sich vor einer der Zimmertüren herum, sie öffnete sich geschwind und schloss sich wieder.

Gersen wartete noch eine weitere Stunde, während das Feuer zu Glut wurde und der Wind Regenschauer gegen die dunklen Fenster blies. Es gab keine weitere Aktivität. Gersen ging in sein eigenes Bett.

Das Zimmer, in dem der Besuch verschwunden war, stellte Gersen am nächsten Morgen fest, war das von Tralla Callob, der Soziologiestudentin. Er beobachtete, auf wem ihre Augen ruhten, war sich aber nicht sicher.

An diesem Morgen trugen alle ähnliche Kleidung: graue Wildlederhosen, schwarze Blusen, braune Jacken und komplizierte schwarze Hüte, die, mit verwegen auswärts gerichteten Ohrkappen, beinahe wie Helme wirkten.

Das Frühstück war, wie bereits das Mahl am Abend zuvor, schlicht und kräftig. Während sie aßen, warfen die Pilger abschätzende Blicke gen Himmel. Ausgefranste Nebelsträhnen wehten über die Berge; unmittelbar über ihren Köpfen befand sich eine dünne Bewölkung, die im Osten zu zerfetzten Klumpen von Regenwolken aufbrach: ein nicht allzu heiterer Ausblick.

Nach dem Frühstück ließ der Steward die Pilger antreten und wich allen Fragen aus, die ihm gestellt wurden.

»Wie weit müssen wir heute gehen?« – dies kam von Hygen Grote.

»Ich weiß es wirklich nicht, mein Herr. Die Entfernung ist in meiner Gegenwart nie erwähnt worden. Aber je eher wir aufbrechen, desto eher kommen wir an.«

Hygen Grote gab ein niedergeschlagenes Schnauben von sich. »Das ist gewiss nicht, was ich erwartet hatte ... Nun, ich bin so bereit, wie ich es nur sein kann.«

Der Pfad führte von der Lichtung aus nach Süden. Alle drehten sich um und warfen einen letzten Blick auf die düstere alte Hütte, bevor sie aus der Sicht verschwand.

Einige Stunden lang wand sich der Weg durch den Wald. Der Himmel blieb bedeckt. Das grau-malvenfarbene Licht durchdrang die mit Moos umhüllten Bäume, die Farne und die gelegentlich vorhandenen hellen Blumen mit einer eigentümlich reichhaltigen Farbe. Felsige Erhebungen zeigten sich, mit schwarzroten Flechten; überall gab es zarte kleine Gewächse, nicht unähnlich den Pilzen der Erde, allerdings größer und vielschichtiger. Sie verströmten einen bitteren, altertümlichen Geruch, wenn sie zerdrückt wurden.

Der Pfad begann anzusteigen, der Wald fiel unter ihnen zurück. Die Pilger fanden sich auf einem felsübersäten Hang wieder. Im Westen türmten sich Berge auf. An einem Bach hielten sie inne, um zu trinken und zu Atem zu kommen, und der Steward verteilte süße Kekse.

Im Osten erstreckte sich der Wald, dunkel und finster; darüber erhoben sich die Berge. Wieder missbilligte Hygen Grote die

Schwierigkeit des Weges, woraufhin der Führer die glatteste aller
Entgegnungen gab: »Es ist viel an dem, was Sie sagen, Herr Grote.
Aber wie Sie wissen bin ich nur ein Bediensteter, der die Anweisungen hat, die Reise so angenehm und interessant wie möglich
zu gestalten.«

»Wie kann das Trotten dieser ermüdenden Kilometer interes-
sant oder angenehm sein?« murrte Grote, nur um von Margary
Liever Antwort zu erhalten: »Nun kommen Sie schon, Hygen.
Die Landschaft ist wunderbar. Schauen Sie sich die Aussicht an.
Und haben Sie nicht die romantische alte Hütte genossen? Ich
schon.«

»Ich bin sicher, dass der Markgraf genau darauf hofft«, sagte
der Steward. »Und nun, meine Damen und Herren, ist es am besten, wir gehen weiter.«

Der Weg führte schräg den Berghang hinauf. Bald fielen die
Druidinnen Laidig und Wust zurück und der Steward verlang-
samte rücksichtsvoll das Tempo. Der Pfad führte in eine steinige
Schlucht, der Anstieg wurde weniger steil.

Das Mittagessen war kurz und karg, bestehend aus einer Suppe,
Keksen und Würstchen. Dann machten sich die Pilger erneut auf
den Weg. Wind begann die Bergseite hinunterzustreichen, immer
einige kalte Böen auf einmal. Über ihren Köpfen rasten graue
Wolken gen Osten. Die Pilger stapften die kahle Bergseite hinauf
und die Stadt Kouhila, die Yacht mit dem gläsernen Rumpf, der
grüngoldene Wagen waren nunmehr ferne Erinnerungen. Margary Liever blieb heiter und Navarth schritt grinsend aus, wie zu
einem böswilligen Scherz bereit. Hygen Grote gab es auf, sich zu
beklagen und sparte seinen Atem für die Anstrengung, sich aufwärts zu bewegen.

Gegen Mittnachmittag trieb ein Regensturm die Gesellschaft
dazu, Schutz unter einem Felsvorsprung zu suchen. Der Himmel war dunkel, ein unwirkliches graues Licht überspülte die
Landschaft. Die Pilger in ihrer Kleidung in Schwarz und Umbra
wirkten, als entstammten sie dem gleichen Stein und der gleichen
Erde wie die Berge selbst.

Der Weg führte in einen steinigen Schlund. Die Pilger stapften schweigend weiter und legten die Neckereien und Nettigkeiten der ersten Tage ab. Es gab einen weiteren kurzen Schauer, den der Steward ignorierte, denn das Licht schwand. Der Schlund weitete sich, doch der Weg nach vorn war durch eine massive Steinwand blockiert, deren Oberseite mit einer Reihe von Eisenspitzen versehen war. Der Steward ging zu einem schwarzen Eisenpfosten, hob einen Klopfer und ließ ihn fallen. Nach einer langen Minute fuhr das Portal knarrend zurück und offenbarte einen krummen alten Mann in schwarzer Kleidung.

Der Steward wandte sich an die Pilger. »Hier verlasse ich Sie nun. Der Pfad liegt dort drüben, Sie müssen ihm nur folgen. Eilen Sie sich so gut wie möglich, denn die Dunkelheit ist nicht mehr fern.«

Einer nach dem anderen der Gruppe passierte die Lücke. Hinter ihnen schloss sich klappernd das Portal. Für einen Augenblick gingen sie unsicher umher und blickten hier- und dorthin. Der Steward und der alte Mann waren gegangen, es gab niemanden, der sie führte.

Diffiani deutete: »Dort, der Pfad. Er führt hinauf in die Höhe.«

Mühsam gingen die Pilger weiter. Der Pfad durchquerte ein steiniges, unfruchtbares Gebiet, überquerte einen Fluss und verlief einmal mehr schräg durch den blasenden Wind nach oben. Schließlich, gerade als das Licht schwand, traf der Pfad auf einen Kamm. Diffiani, der anführte, deutete voraus. »Lichter. Eine Herberge oder etwas in der Art.«

Die Gruppe wanderte weiter. Alle beugten sich den Windböen entgegen und wandten die Gesichter von den peitschenden Regentropfen ab. Ein langes niedriges Steingebäude zeichnete sich gegen den Himmel ab; ein oder zwei der Fenster waren mattgelb beleuchtet. Diffiani fand eine Tür und klopfte mit einer Faust an.

Sie öffnete sich knarrend und eine Frau spähte heraus. »Wer sind Sie? Weshalb kommen Sie so spät?«

»Wir sind Reisende, Gäste des Palasts der Liebe«, schnauzte Hygen Grote. »Ist dies der Weg?«

»Ja, das ist der Weg. Dann kommen Sie herein. Werden Sie erwartet?«

»Selbstverständlich werden wir erwartet! Gibt es für uns hier Unterkunft?«

»Ja, ja«, entgegnete die alte Frau mit zitternder Stimme. »Ich kann Ihnen Betten zur Verfügung stellen, aber dies ist die alte Burg. Sie hätten den anderen Pfad gehen sollen. Ich muss mich umsehen. Ich nehme an, Sie haben zu Abend gegessen?«

»Nein«, meinte Grote niedergeschlagen, »das haben wir nicht.«

»Vielleicht kann ich Haferschleim finden. Was für eine Schande, dass die Burg so kalt ist!«

Die Pilger kamen in einen trostlosen, von zwei schwachen Lampen beleuchteten Hof. Die alte Frau geleitete sie einzeln zu Zimmern mit hohen Decken in verschiedenen Teilen der Burg. Sie waren karg, düster und nach den Grundsätzen einer lang vergessenen Tradition dekoriert. Gersens Gemach enthielt ein Feldbett und eine einzelne Lampe aus rotem und blauem Glas. Drei Wände bestanden aus schwarzem Eisen, die durch Muster von Rost aufgelockert wurden. Die vierte Wand war mit dunklem, gewachstem Holz getäfelt, in das riesige, groteske Masken geschnitzt waren. Es gab weder ein Feuer noch eine Heizvorrichtung, der Raum war kalt.

Atemlos und bemüht sagte die alte Dame zu Gersen: »Sobald das Essen fertig ist, werden Sie gerufen.« Sie deutete auf die Tür. »Dort ist das Bad, mit herzlich wenig warmem Wasser. Man muss sich darauf einstellen.« Damit eilte sie davon. Gersen ging ins Badezimmer und prüfte die Dusche. Das Wasser war heiß. Er streifte die Kleidung ab, badete und legte sich lieber ausgestreckt auf das Feldbett und deckte sich mit einem Federbett zu, statt sich die durchnässte Kleidung wieder anzuziehen. Zeit verging; Gersen hörte einen entfernten Gong neun Mal schlagen. Es mochte Abendessen geben, vielleicht aber auch nicht ... Die Wärme der Dusche hatte ihn schläfrig werden lassen und er dämmerte ein. Vage hörte er den Gong zehn Mal schlagen, dann elf

Mal. Offensichtlich würde es kein Abendessen mehr geben …
Gersen drehte sich um und schlief wieder ein.

Zwölf Gongschläge. Eine schlanke Maid mit seidigem Blond-
haar trat in das Gemach. Sie trug hautenge Kleidung aus blauem
Samt und blaue Lederpantoffeln mit aufgerollten Zehenstücken.

Gersen setzte sich im Bett auf. Die Maid sprach: »Das Mahl ist
jetzt bereit, alle sind geweckt und zum Essen gerufen worden.«
Sie rollte einen Garderobenwagen in das Zimmer. »Hier ist Ihre
Kleidung. Brauchen Sie Hilfe?« Ohne auf eine Entgegnung zu
warten, brachte sie Gersen Leibwäsche. Kurz darauf war er in
schönen Stoff von urigem, kunstvollem und kompliziertem Stil
gekleidet. Die Maid frisierte sein Haar, legte ihm Galanterieschei-
ben an die Wangen und besprühte ihn mit Parfüm. »Mein Herr
sieht prächtig aus«, murmelte sie. »Und nun – eine Maske, die
heute Abend von Notwendigkeit sein wird.«

Die Maske bestand aus einem schwarzen Samthelm, der bis
zu den Ohren reichte, einem schwarzen Visier, Nasenkorb und
einem Kinnschutz; nur Gersens Wangen, Mund und Augen waren
bloß. »Mein Herr sieht nunmehr auch geheimnisvoll aus«, stellte
die Maid in ihrer sanftesten Stimme fest. »Ich werde Sie leiten,
denn der Weg führt durch die alten Korridore.«

Sie führte ihn eine zugige Treppenflucht hinunter, durch einen
feuchten, widerhallenden Korridor mit lediglich den schwächsten
Lampen, um den Weg zu beleuchten. Die Wände, die einst groß-
artige Muster aus Magenta, Silber und Gold gezeigt hatten, waren
verblasst und fleckig; die Fliesen auf dem Boden waren locker
… Die Maid blieb vor einer schweren roten Portiere stehen. Sie
blickte Gersen von der Seite an und legte sich den Finger auf die
Lippen; mit dem gedämpften Licht, das auf ihrer blauen Samt-
kleidung leuchtete, dem Glitzern in ihrem Haar, erschien sie wie
Traumstoff – ein Geschöpf, zu einzigartig, um wirklich zu sein.
»Mein Herr«, sagte sie, »dahinter findet unser Bankett statt. Ich
muss Sie anhalten, sich geheimnisvoll zu geben, denn dies ist ein
Spiel, das alle spielen müssen, und Sie dürfen nicht Ihren Namen
nennen.« Sie zog die Portiere zur Seite und Gersen trat hindurch

in eine gewaltige Halle. Von einer Decke, so hoch, dass man sie nicht sehen konnte, hing ein einzelner Kronleuchter und warf eine Lichtinsel um den großen mit Leinen, Silber und Kristall eingelegten Tisch.

Um die Tafel saßen ein Dutzend Leute in den kunstvollsten Kostümen, alle trugen Masken. Gersen musterte sie, erkannte jedoch niemanden. Waren dies seine Reisegefährten? Er war sich dessen nicht sicher. Andere betraten den Saal. Nun kamen sie in Zweier- und Dreiergruppen, alle maskiert und alle bewegten sich mit einem Ausdruck der Verwunderung.

Gersen erkannte Navarth, dessen stolzierender Gang unverkennbar war. Das Mädchen, war es Drusilla? Er war sich nicht sicher.

Vierzig Personen hatten den Saal betreten und strömten langsam auf den Tisch zu. Bedienstete in silberblauer Livree halfen jedem dabei, Platz zu nehmen, schenkten Wein in die Kelchgläser ein und trugen von Silbertabletts auf.

Gersen aß und trank, sich einer eigenartigen Verwirrung, beinahe schon Verblüffung bewusst. Wo und was war Realität? Die Unbilden der Reise erschienen so entfernt wie seine Kindheit. Gersen trank etwas mehr Wein, als er es unter anderen Umständen getan hätte ... Der Kronleuchter explodierte in einem blendenden Ausbruch von grünem Licht, dann erlosch er. Gersens Augen projizierten orangefarbene Nachbilder in die Dunkelheit; von überall um den Tisch herum kam Geflüster und ein Zischen der Überraschung.

Der Kronleuchter nahm wieder seine normale Leuchtstärke an. Ein hochgewachsener Mann stand auf einem Stuhl. Er trug schwarze Kleidung und eine schwarze Maske; er hielt ein Kelchglas mit Wein in der Hand. »Gäste«, sagte er, »ich heiße Sie willkommen. Ich bin Viole Falushe. Sie haben den Palast der Liebe erreicht.«

KAPITEL XII

Avis rara, black mascara
Will you stay to dine with me?
Amanita botulina
Underneath my upas tree.

This dainty tray of cloisonné
Contains my finest patchouli.
Aha, my dear! What have we here?
A dead mouse in the potpourri.

With mayonnaise the canapés,
Ravished from a sturgeon's womb;
With silver prong we guide along
The squeaking oyster to his doom.

A samovar of hangdog tea:
A cup, or are you able?
Antimony, macaroni
On my hemlock table.*

...Navarth

≈

»Es gibt viele Arten von Liebe«, sagte Viole Falushe in einem angenehmen, heiseren Ton. »Die Palette ist groß, und sie alle haben zur Erschaffung des Palastes beigetragen. Nicht alle meiner Gäste werden dies herausfinden und nicht jedem wird

---

* siehe Anhang 3.

jedes Stadium gewährt werden. Für einige wird der Palast nach nicht mehr als einer Ferienzuflucht aussehen. Andere wird verfolgen, was als unnatürliche Schönheit beschrieben worden ist! Sie ist allgegenwärtig: in jedem Detail, jeder Aussicht. Andere werden in Leidenschaft schwelgen, und hierzu muss ich Ihnen einige Informationen geben.«

Gersen studierte Viole Falushe mit gespannter Intensität. Die hochgewachsene, maskierte Gestalt stand schlank, aufrecht und die Arme in die Seiten gestemmt da: Gersen wandte den Kopf hier- und dorthin und versuchte, die Gestalt zu identifizieren, aber der Kronleuchter hing unmittelbar über dem Mann und verzerrte dessen Konturen.

»Das Volk im Palast der Liebe ist liebenswürdig, fröhlich und schön, es unterteilt sich in zwei Kategorien«, erläuterte Viole Falushe. »Die erste besteht aus den Bediensteten. Sie freuen sich, jedem Wunsch, jeder Grille oder Laune meiner Gäste zu willfahren. Die zweite Klasse, das glückliche Volk, das den Palast bewohnt, ist so unabhängig in ihren Freundschaften, wie ich es bin. Man erkennt sie an ihrer Kleidung, die weiß ist. Daher ist Ihre Auswahl groß.«

Gersen blickte sich am Tisch um, versuchte Tanzel, Mario oder Ethuen zu finden, um sie so von seinem Verdacht ausschließen zu können. Doch sein Versuch blieb erfolglos. Unter den vierzig Anwesenden gab es Dutzende, die jeder der drei hätte sein können. Er drehte sich wieder um und lauschte Viole Falushe.

»Gibt es Beschränkungen? Eine Person, die verrückt wird und zu töten beginnt, wird natürlich in ihre Schranken verwiesen. Und noch einmal, wir alle schätzen unsere Privatsphäre, eines unserer wunderbarsten Vorrechte. Nur die gedankenloseste Person würde sich aufdrängen, wo sie nicht erwünscht ist. Meine persönlichen Apartments sind ausreichend abgelegen; Sie müssen kein versehentliches Eindringen befürchten, das ist nahezu unmöglich.« Er drehte langsam den Kopf und blickte sich im Raum um. Niemand sprach. Der Saal vibrierte förmlich vor Erwartung.

Viole Falushe sprach weiter. »Jetzt also heißt es: der Palast

der Liebe! In vergangen Zeiten habe ich kleine Dramen arrangiert, deren sich die Teilnehmer nicht bewusst waren. Ich habe
Stimmungen in kunstvollen Abläufen ersonnen. Ich habe tragische Gegensätze heraufbeschworen, um den Genuss zu steigern.
Bei dieser Gelegenheit wird es kein solches Programm geben.
Ihnen steht es frei zu tun, was Ihnen beliebt, Ihr eigenes Drama zu
erschaffen. Ich rate zur Zurückhaltung. Die seltenen Juwelen sind
die kostbarsten. Die strenge Einfachheit, die ich mir selbst aufer-
lege, würde Sie erstaunen. Meine große Freude ist das Erschaffen:
dessen werde ich nie müde. Einige meiner Gäste haben sich über
eine leichte Melancholie beklagt, die in der Luft liegt. Ich gebe zu,
dass diese Stimmung existiert. Die Erklärung, glaube ich, ergibt
sich aus der Vergänglichkeit der Schönheit, aus der tragischen
Pavane, zu der wir alle schreiten. Ignorieren Sie diese Stimmung,
weshalb brüten, wenn es hier so viel Liebe und Schönheit gibt?
Nehmen Sie sich, was geboten wird; bereuen Sie nichts. In tausend
Jahren wird alles egal sein. Übersättigung ist ein Problem, aber es
ist Ihr eigenes. Ich kann Sie nicht schützen. Die Bediensteten sind
zum Bedienen da, nehmen Sie sie in Anspruch. Die Bewohner, die
weiß tragen, sind zu umwerben, zu betören. Ich bitte Sie inständig
darum, sich nicht in den Palast oder seine Bewohner zu vernarren,
eine solche Situation bringt nur Schwierigkeiten mit sich. Sie werden mich nicht sehen, obwohl ich im Geiste immer in Ihrer Mitte
sein werde. Es gibt keine Spionvorrichtungen, keine Geräusch-
übertragungen, keine Sichtzellen. Rügen Sie mich, wenn Sie es
wollen, schmähen Sie mich, loben Sie mich – ich kann es nicht
hören. Mein einziges Entgelt ist der Akt der Schöpfung und die
Wirkung, welche er auslöst. Möchten Sie einen Blick auf den Palast
der Liebe erhaschen? Dann drehen Sie sich auf Ihren Plätzen um!«
     Die Rückwand glitt zur Seite. Tageslicht ergoss sich in den Saal.
Vor den Gästen erstreckte sich eine Landschaft von sinnverdre-
hender Schönheit: ein weiter Rasen, grünbelaubte Bäume, hohe
schwarze Zypressen, glitzernde Birken, Teiche, Tümpel, Marmorvasen, Pavillons, Terrassen, Rotunden – alles in einer körperlosen,
feinen Architektur erbaut, die beinahe zu schweben schien.

Gersen war, wie die anderen auch, durch das unvermittelte Öffnen der Wand erschreckt. Als er sich erholt hatte, sprang er auf, doch der Mann in Schwarz war verschwunden.

Gersen machte Navarth ausfindig. »Wer war es? Mario? Tanzel? Ethuen?«

Navarth schüttelte den Kopf. »Ich habe nicht darauf geachtet. Ich habe nach dem Mädchen gesehen. Wo ist sie?«

Mit einem unvermittelt flauen Gefühl wirbelte Gersen herum. Niemand der Personen im Raum war Drusilla. »Wann haben Sie sie zuletzt gesehen?«

»Als wir angekommen sind und in den Hof kamen.«

Die Reise schien bereits weit in der Vergangenheit zu liegen. Gersen murmelte: »Ich hatte gehofft, sie beschützen zu können. Das habe ich ihr gesagt. Sie hat mir vertraut.«

Navarth vollführte eine ungeduldige Gebärde. »Sie hätten nichts tun können.«

Gersen ging zum Fenster und überblickte das Panorama. Zur Linken war das Meer mit einer Gruppe ferner Inseln. Zur Rechten ragten noch höhere und noch harschere Berge auf, mit Klippen, die bis zum Talgrund abfielen. Unten lag der Palast: eine lose Anordnung von Terrassen, Hallen und Lustgärten. Eine Tür glitt zur Seite, um eine absteigende Treppenflucht zu offenbaren. Einer nach dem anderen stiegen die Gäste in das Tal hinab.

Das Gelände des Palastes vereinnahmte eine grob hexagonale Fläche von vielleicht eineinhalb Kilometern Seitenlänge. Das Nordkliff war die Basis und der Palast der Mittelpunkt. Die zweite Seite im Uhrzeigersinn war von einer Reihe Felsspitzen abgegrenzt, deren Lücken mit Ranken aus dornigem Dickicht verstopft waren. Die dritte Seite bestand aus einem weißen Strand und dem warmen blauen Ozean. Die Seiten vier und fünf waren weniger ausgeprägt und verschmolzen mit der natürlichen Landschaft. Die sechste Seite, welche in einem Winkel zurück zum Kliff verlief, war durch eine Reihe sorgfältig kultivierter Blumenbeete und Obstbäume begrenzt, die vor einer rauen Steinwand gepflanzt waren.

Innerhalb des Gebietes gab es drei Dörfer, unzählige Lichtungen, Gärten und Wasserwege. Die Gäste gingen dorthin, wohin sie wollten und verbrachten die langen Tage in der Art und Weise, die sie als angenehm empfanden. Helle Morgen, goldene Nachmittage, Abende und Nächte: einer nach dem anderen trieb davon.

Wie Viole Falushe angedeutet hatte, waren die Bediensteten fügsam und besaßen großen körperlichen Reiz. Das Volk in Weiß, sogar noch schöner als die Unterbediensteten, war unschuldig und eigensinnig wie Kinder. Einige waren freundlich, andere verdreht und unverschämt, alle waren unvorhersehbar. Es schien, als sei ihr einziger Ehrgeiz, Liebe zu wecken, zu reizen, den Verstand mit Sehnsucht zu erfüllen, und sie waren nur bedrückt, wenn die Gäste die Unterbediensteten ihnen vorzogen. Sie zeigten nur wenig Bewusstsein für die Welten des Universums und nur wenig Neugier, obwohl ihr Verstand aktiv und ihre Stimmungen wechselhaft waren. Sie dachten nur an Liebe und die verschiedenen Aspekte ihrer Erfüllung. Wie Viole Falushe angedeutet hatte, konnte Vernarrtheit zur Tragödie führen; dieser Gefahr war sich das Volk in Weiß ernsthaft bewusst, gab sich aber wenig Mühe, ihr zu entgehen.

Das Geheimnis der Anwesenheit der Druiden löste sich von selbst. Am ersten Tag nach ihrer Ankunft erforschten Dakaw, Pruitt, Laidig und Wust, mit Hule und Billika in sorgfältigem Geleit, das Gelände und fixierten sich auf eine wunderbare kleine Lichtung als Zentrum ihres Vorhabens. Dahinter erhob sich eine Reihe schwarzer Zypressen, rechts und links befanden sich niedrige Bäume und blühende Sträucher, im Zentrum stand eine große Eiche mit ausladenden Wurzeln. Vor der Lichtung wurden zwei Unterstände errichtet: niedrige Kuppeln aus hellbraunen Fasern. Hier ließ sich die Gruppe nieder, um fortan jeden Morgen und Nachmittag Bekehrungsversammlungen abzuhalten, wobei sie allen, die vorüberkamen, die Natur ihrer Religion darlegten. Mit großer Inbrunst drängten sie das Volk des Gartens zu Strenge, Härte und Ritualen; dieses hörte wohl höflich zu, lockte die Druiden aber nach der Versammlung zu Entspannung und

Vergnügen. Gersen stellte fest, dass die ganze Angelegenheit einer
von Viole Falushes trockenen Scherzen war: ein Spiel, welches
er mit den Druiden spielen wollte. Die anderen Gäste kamen zu
dem gleichen Schluss und besuchten die Versammlungen, um zu
beurteilen, wessen Doktrin triumphieren würde.

Die Druiden arbeiteten mit großer Intensität und errichteten
einen Tempel aus Steinen und Zweigen. Davor stehend, rief der
ein oder andere: »Müsst ihr denn alle sterben, um tot zu sein?
Der Weg zum Ewigen geschieht durch die Vermischung mit einer
Vitalität, die dauerhafter ist, als eure eigene. Die Quelle all dessen
ist die Triade Mag-Rag-Dag: Luft, Erde und Wasser. Das ist die
Heilige Immanenz, die sich zusammenschließt, um den Baum des
Lebens hervorzubringen! Der Baum ist der Weise, der Vitale, der
Dauerhafte! Seht auf geringere Wesen: Insekten, Blumen, Fische,
Menschen. Seht, wie sie wachsen, blühen, verfallen, während der
Baum in seiner Gelassenheit weiterlebt. Fürwahr, ihr erregt euer
Fleisch, ihr schlagt euch den Bauch voll, ihr überflutet euer Hirn
mit Brodem: Was dann? Wie bald sterbt ihr, während der edle
Baum, mit seinen Wurzeln in der Erde, unzählige Blätter zum
Ruhme des Himmels hat! Ewiglich! Und wenn euer Fleisch her-
unterhängt und verdorrt, wenn eure Nerven taub sind, wenn euer
Bauch sauer ist, wenn eure Nase wegen des Alkohols, den ihr
missbraucht habt, tropft – dann ist es an der Zeit, den Baum zu
verehren! Nein, nein, nein! Denn der Baum will eure Verderbtheit
nicht. Alles muss frisch und gut sein. Also verehrt ihn! Gebt das
sterile Herumtoben, die tierischen Befriedigungen auf! Verehrt
den Baum!«

Das Palastvolk lauschte mit Respekt und Ehrfurcht. Es war
unmöglich zu beurteilen, wie tief die Druidendoktrin sie berührt
hatte. Unterdessen begannen Dakaw und Pruitt ein großes Loch
unter der Eiche zu graben, buddelten zwischen den ausgestreck-
ten Wurzeln. Hule und Billika war es nicht erlaubt zu graben und
sie zeigten keinerlei Neigung dazu; tatsächlich beobachteten sie
den Vorgang mit entsetzter Faszination.

Das Palastvolk seinerseits beharrte darauf, dass die Druiden an ihren Festivitäten teilnahmen und argumentierten: »Ihr wünscht, dass wir eure Wege kennenlernen, aber gerechterweise müsst ihr auch die Art kennenlernen, auf die wir leben, sodass ihr unser Leben beurteilen könnt und letztlich seht, ob wir verdorben sind oder nicht!« Widerwillig stimmten die Druiden zu, kauerten sich in der Gruppe zusammen und hielten die strengsten möglichen Strikturen in Hinblick auf Hule und Billika aufrecht.

Die anderen Gäste beobachteten alles mit unterschiedlichen Reaktionen. Skebou Diffiani besuchte die Versammlungen regelmäßig und kündigte zur Überraschung aller bald darauf sein Vorhaben an, ein Druide zu werden. Anschließend legte er die schwarze Kutte und Kapuze an und gesellte sich zu den Ritualen der anderen. Torrace da Nossa sprach über die Druiden mit bemitleidender Verachtung. Lerand Wible, der auf dem Weg Interesse an Billika gezeigt hatte, warf die Arme empört in die Luft und hielt sich fern. Mario, Ethuen und Tanzel gingen ihrer eigenen Wege und waren nur selten zu sehen. Navarth war wie besessen; er durchwanderte den Garten, verdrießlich, unzufrieden und blickte hier- und dorthin. Er hatte keine Freude an der Schönheit des Gartens und ging soweit, Viole Falushes Arrangements zu verhöhnen. »Es gibt keine Neuheiten hier: die Vergnügungen sind banal. Es gibt keine Hochstimmungen, keine atemberaubenden Einsichten, keinen erhabenen Triumph des Verstandes. Alles ist entweder plump oder sentimental – die Befriedigung des Magens und der Drüsen.«

»Das mag stimmen«, gab Gersen zu. »Die Vergnügungen des Palastes sind simpel und undramatisch. Aber was ist daran falsch?«

»Nichts. Aber es ist keine Poesie.«

»Es ist alles sehr schön. Man muss Viole Falushe Anerkennung zollen: Er hat das Makabre, das sadistische Spektakel, das sich andernorts abspielt, gemieden und gesteht seinen Bediensteten einen gewissen Grad an Unbescholtenheit zu.«

Navarth gab einen verdrießlichen murrenden Laut von sich. »Sie sind ein Argloser. Die exotischsten Vergnügungen behält er sich selbst vor. Wer weiß, was hinter den Mauern vorgeht? Er ist ein Mann, der vor nichts Halt macht. Und ›Unbescholtenheit‹ bei diesen Leute? Bathos! Sie sind Puppen, Spielzeuge, Naschwerk! Ohne Zweifel sind viele davon die kleinen Kinder, die Kouhila abgepresst werden: diejenigen, welche er nicht an Mahrab verkauft. Und wenn sie ihre Jugend verlieren: Was dann? Wohin gehen sie?«

Gersen schüttelte lediglich den Kopf. »Ich weiß es nicht.«

»Und wo ist Jheral Tinzy?« fuhr Navarth fort. »Wo ist das Mädchen? Was stellt er mit ihr an? Sie ist seiner Gnade ausgeliefert.«

Gersen nickte grimmig. »Ich weiß.«

»Sie wissen es«, höhnte Navarth, »aber erst, nachdem ich Sie daran erinnert habe. Sie sind nicht nur arglos, Sie sind unnütz und töricht – nicht weniger, als ich selbst. Sie hat darauf vertraut, dass Sie sie beschützen würden und was haben Sie getan? Zusammen mit den anderen gesoffen und gehurt, und das ist das gesamte Ausmaß Ihrer Bemühungen.«

Gersen fand den Ausbruch übertrieben, gab aber eine milde Entgegnung. »Wenn mir etwas Vernünftiges einfiele, würde ich es tun.«

»Und in der Zwischenzeit?«

»In der Zwischenzeit bringe ich Dinge in Erfahrung.«

»Welche?«

»Ich habe herausgefunden, dass keiner der Leute hier Viole Falushe vom Sehen her kennt. Seine Büros befinden sich offenbar irgendwo hinten in den Bergen, ich kann sie nirgends im Tal entdecken. Ich wage es nicht, die Steinmauer im Westen zu überqueren noch die Dornenbarriere im Osten. Ich würde sicherlich aufgegriffen und harsch behandelt werden, ob Journalist oder nicht. Da ich keine Waffen habe, kann ich keine Forderungen stellen. Ich muss geduldig sein. Wenn ich ihn nicht hier, im Palast der Liebe, sprechen kann, finde ich zweifellos anderswo die Gelegenheit dazu.«

»Alles für das Magazin, wie?«

»Weshalb sonst?« fragte Gersen.

Sie hatten die Lichtung der Druiden erreicht. Dakaw und Pruitt gruben wie gewöhnlich unter der großen Eiche, wo sie einen Raum ausgeschachtet hatten, welcher hoch genug war, dass ein Mann aufrecht darin stehen konnte.

Navarth trat heran und spähte hinunter in die schwitzenden, mit Staub überzogenen Gesichter. »Was tut ihr da unten, ihr buddelnden Druiden? Freut ihr euch nicht über die Aussicht über dem Boden, dass ihr einen neuen Standpunkt da unten sucht?«

»Sie sind sarkastisch«, sagte Pruitt kühl. »Gehen Sie Ihres Weges, dies ist heiliger Boden.«

»Wie können Sie sich dessen sicher sein? Er sieht wie gewöhnlicher Dreck aus.«

Weder Pruitt noch Dakaw gaben eine Antwort.

Navarth bellte hinunter: »Was für einen Unfug treiben Sie da? Heraus mit der Sprache!«

»Gehen Sie weg, alter Dichter«, versetzte Pruitt. »Ihr Atem ist eine Verschmutzung und betrübt den Baum.«

Navarth zog sich zurück und beobachtete das Graben aus einiger Entfernung. »Ich mag keine Löcher im Boden«, sagte er zu Gersen. »Sie sind unschön. Sehen Sie Wible an, dort drüben. Er steht da, als sei er der Aufseher über das Projekt!« Navarth deutete in Richtung des Eingangs auf die Lichtung, wo Wible breitbeinig stand, die Hände hinter dem Rücken verschränkt und durch die Zähne pfeifend. Navarth gesellte sich zu ihm: »Die Arbeit der Druiden begeistert Sie?«

»Ganz und gar nicht«, entgegnete Lerand Wible. »Sie heben ein Grab aus.«

»Wie ich vermutet habe. Für wen?«

»Dessen bin ich mir nicht sicher. Vielleicht für Sie – vielleicht für mich.«

»Ich bezweifele, dass sie mich bestatten wollen«, erwiderte Navarth. »Sie mögen da schon gefügiger sein.«

»Ich bezweifle, dass sie irgendjemanden bestatten werden«, sagte Wible, wieder durch die Zähne pfeifend.

»Tatsächlich? Wie können Sie sich dessen sicher sein?«

»Kommen Sie zur ›Einsegnung‹ und sehen Sie selbst.«

»Wann wird der Ritus stattfinden?«

»Morgen Abend, wurde mir gesagt.«

Auf dem Palastgelände war nur wenig Musik zu hören, die Stille des Gartens war so kristallen und klar wie ein Tautropfen. Aber am Morgen holte das Volk in Weiß Saiteninstrumente hervor und spielte eine Stunde lang wehmütige Musik, reich an klagenden Untertönen. Ein unvermittelter Schauer trieb sie alle, eilends Unterschlupf bei einer nahe gelegenen Rotunde zu suchen, wo sie schwatzend wie die Vögel standen und in den Himmel spähten. Gersen, der ihre Gesichter betrachtete, dachte daran, wie zart und fein die Verbindung zwischen ihnen und den Gästen war. Kannten sie irgendetwas anderes als Frivolität und Liebe? Und da war die Frage, die von Navarth aufgebracht worden war: Was geschah, wenn sie alterten? Nur wenige im Garten hatten die erste Blüte der Reife überschritten.

Die Sonne kam zum Vorschein, der Garten glitzerte vor Frische. Von Neugier getrieben ging Gersen zur Lichtung der Druiden. In einem der Unterstände erblickte er Billikas blasses Gesicht. Dann kam Wust, um ihn vom Eingang aus anzustarren.

Der lange Nachmittag verging. An diesem Tag lag eine böse Vorahnung in der Luft und es schien, als seien alle von Unbehagen befallen. Der Abend zog herauf, die Sonne sank in einem großen Wolkentumult – Gold-, Orange- und Rottöne flammten über ihren Köpfen und weit im Osten auf. Mit dem Einzug der Dämmerung begab sich das Gartenvolk zur Lichtung der Druiden. An beiden Seiten der Eiche gab es Feuer, gehütet von den Druidinnen Laidig und Wust.

Druide Pruitt tauchte aus dem Unterstand auf. Er ging zum Tempel und begann mit der Ansprache. Seine Stimme war schwer und klangvoll, er hielt häufig inne, als lausche er dem Widerhall seiner Worte.

Lerand Wible trat an Gersen heran. »Ich rede mit allen in

unserer Gruppe. Was immer auch geschieht – mischen Sie sich nicht ein. Sind Sie einverstanden?«

»Natürlich nicht.«

»Ich habe auch nicht damit gerechnet, dass Sie es tun würden. Nun denn ...« Wible flüsterte einige Worte, Gersen grunzte. Wible ging weiter, um mit Navarth zu sprechen, der an diesem Abend einen Stock bei sich hatte. Nachdem Wible gesprochen hatte, warf Navarth den Stock von sich.

»... auf jeder Welt einen geweihten Baum. Wie es dazu kommen kann? Durch Inspiration, durch die Konzentration des Lebens. Oh, verehrte Druiden, die das Leben des ERSTEN KEIMS teilen, zeigt eure Ehrfurcht, eure ergreifendste Hingabe! Was sagen wir? Zwei sind hier, zwei haben für diese Weihe gelebt. Tretet vor, Druiden, geht zum Baum!« Aus einem Unterstand taumelte Hule, aus dem anderen Billika. Verblüfft und mit matten Augen, als seien sie verwirrt oder stünden unter Drogen, starrten sie hier- und dorthin, dann sahen sie die Feuer. Fasziniert näherten sie sich ihnen Schritt für Schritt. Stille lag schwer über der Lichtung. Die zwei traten auf den Baum zu, blickten in die Feuer, dann stiegen sie in das Loch unter dem Baum.

»Sehet!« rief Pruitt. »Sie betreten das Leben des Baumes ... oh, gesegnetes Paar! ... das nun zur Seele der Welt werden wird. Erhabene Kinder, die glücklichen zwei! Steht für immer und ewig in der Sonne, im Regen, bei Tag und bei Nacht und verhelft uns zur Wahrheit!« Die Druiden Dakaw, Pruitt und Diffiani begannen, Erde in das Loch zu schaufeln. Sie arbeiteten mit Begeisterung. Nach einer halben Stunde war das Loch gefüllt, der Boden lag angehäuft über den Wurzeln. Die Druiden marschierten, jeder einen Feuerbrand haltend, um den Baum herum. Jeder rief eine Beschwörung und die Zeremonie endete mit einem Gesang.

Gewöhnlich frühstückten die Druiden im Refektorium des nahegelegenen Dorfes. Am Morgen nach der Weihe marschierten sie über die Wiese und betraten das Refektorium. Hinter ihnen kamen Hule und Billika. Die Druiden nahmen ihre üblichen Plätze ein, ebenso Hule und Billika.

Wust war die erste, die es bemerkte. Sie deutete mit einem zitternden Finger auf sie. Laidig schrie auf. Pruitt sprang auf, drehte sich um und rannte aus dem Refektorium. Dakaw fiel wie ein halbgefüllter Sack nach hinten. Skebou Diffiani, der kerzengerade sitzen blieb, starrte verblüfft. Hule und Billika ignorierten die Fassungslosigkeit, die sie ausgelöst hatten.

Laidig schwankte schluchzend und keuchend aus dem Saal, gefolgt von Wust. Diffiani war am wenigsten verstört. Er sprach Hule an: »Wie seid ihr herausgekommen?«

»Durch einen Tunnel«, entgegnete Hule. »Wible hat einen Tunnel graben lassen.«

Wible trat vor. »Die Bediensteten sind hier, um zu bedienen. Ich habe sie dienen lassen. Wir haben einen Tunnel gegraben.«

Diffiani nickte langsam. Er langte hoch, nahm die Kapuze ab, betrachtete sie und warf sie in eine Ecke.

Dakaw brüllte und stand auf. Er schlug einmal nach Hule, der zu Boden fiel, dann holte er zu einem gewaltigen Schlag nach Wible aus, der grinsend zurücktrat. »Gehen Sie zurück zu Ihrem Baum, Dakaw. Graben Sie noch ein Loch und gehen Sie selbst hinein.«

Dakaw marschierte aus dem Gasthaus.

Schließlich entdeckte man Wust und Laidig; sie kauerten in einer Laube. Pruitt war nach Süden gelaufen, aus dem Garten heraus und ward nicht mehr gesehen.

Auf eine Weise hatte die Episode mit den Druiden ein Gespinst zerschlagen. Die Gäste, die sich gegenseitig ansahen, wussten, dass das Ende ihres Besuches nahte, dass sie den Palast der Liebe bald verlassen würden.

Gersen stand da und blickte hinauf zu den Bergen. Geduld war schön und gut, aber er mochte Viole Falushe niemals mehr so nahekommen.

Er dachte über die wenigen Hinweise nach, die er hatte ausfindig machen können. Es schien vernünftig anzunehmen, dass der

Bankettsaal einen Zugang zu Viole Falushes Apartments besaß. Gersen ging los, um das Portal am Fuß der Treppe zu untersuchen. Es wies eine leere, strukturlose Fläche auf. Der Berghang darüber war nicht zu erklimmen.

Im Osten, wo die Felsen über das Meer ragten, hatte Viole Falushe eine Dornenpalisade errichtet. Im Westen war der Weg durch eine Steinwand versperrt. Gersen drehte sich um und blickte nach Süden. Wenn er einen weiten Ausflug um die Peripherie des Gartens machte, wäre es ihm möglich, in die Berge zu klettern, um sich dem Gebiet von oben zu nähern … Dies war die Sorte von zweckloser Aktivität, die Gersen hasste. Er würde sich ohne Kenntnisse bewegen, ohne Plan. Es musste eine bessere Methode geben … doch ihm fiel keine ein. Nun gut, dann: Bewegung. Er blickte zur Sonne. Sechs Stunden Tageslicht verblieben noch. Er musste sich weit entfernen und seinem Glück vertrauen. Wenn er aufgegriffen wurde, wäre er Henry Lucas, Journalist, auf der Suche nach Informationen: eine Behauptung von ausreichender Glaubwürdigkeit, es sei denn, Viole Falushe verwendete eine Apparatur, welche die Wahrheit herausbrachte … Gersens Haut kribbelte. Das Gefühl ärgerte ihn. Er war weich, zaghaft, übervorsichtig geworden. Zunächst machte er sich den Vorwurf, feige zu sein, anschließend vorsätzlich leichtsinnig, danach machte er sich auf den Weg nach Süden, fort von den Bergen.

KAPITEL XIII

Aus *Welten, die ich kannte* von L. G. Dusenyi:

Der städtische Tempel in Astropolis ist ein prächtiges Gebäude aus rotem Porphyr mit einem bemerkenswerten Altar aus solidem Silber. Die Astropolianer teilen sich in dreizehn Kulte, von denen jeder einer anderen Höchsten Gottheit gewidmet ist. Um festzustellen, welches Götzenbild am höchsten steht, führen die Astropolianer alle sieben Jahre ein Turnier der Götter durch, zur Überprüfung des Maßes der Größten Kraft, der Unerreichbarsten Erhabenheit und des Unaussprechlichsten Mysteriums.

Bei der ersten Prüfung werden hölzerne Götterbildnisse auf Onagern befestigt, von denen jeder an einen schweren Holzklotz befestigt wird. Die Onager werden einen Weg entlang gestoßen und der Gott, der gewinnt, erhält die Ehre der Größten Kraft.

Bei der zweiten Prüfung werden die Bildnisse in einen Glaskessel geworfen, der dann versiegelt und auf den Kopf gestellt wird. Der Gott, der nach oben treibt, erhält die Ehre der Unerreichbarsten Erhabenheit.

Anschließend werden die Bildnisse hinter Buden versteckt. Opferkandidaten werden vorgebracht und jeder versucht, den Gott hinter jeder Bude zu erraten. Der Kandidat mit dem niedrigsten Ergebnis empfängt die letzte Ölung und die Klinge, während der Gott, der seine Identität am wirkungsvollsten verbirgt, als jener mit dem Unaussprechlichsten Mysterium bewertet wird.

Die zurückliegenden achtundzwanzig Jahre hat sich der Gott Kalzibah als derart beständig erwiesen, und der Gott Syarasis hat derart häufig versagt, dass die Syarastiken allmählich den Kult verlassen haben, um glühende Kalzibahner zu werden.

~

Der Garten endete in einem Hain einheimischer Bäume einer Art, die Gersen zuvor noch nicht gesehen hatte: hohe, dürre und kahle Organismen mit fleischigen schwarzen Blättern, von denen ein modriger, unangenehmer Saft tropfte. Gersen atmete so flach wie möglich, weil er Gift befürchtete, und war erleichtert, als er offenes Land erreichte, ohne mehr als ein Schwindelgefühl zu verspüren. Im Osten, in Richtung Ozean, gab es Obstgärten und kultivierten Boden, im Westen waren ein Dutzend Schuppen zu erkennen. Scheunen? Lagerhäuser? Schlafräume? Im Schatten der Bäume ging Gersen nach Westen und stieß kurz darauf auf einen Weg, der von den Schuppen in Richtung Berge führte.

Kein lebendes Wesen war in Sicht. Die Schuppen wirkten verlassen. Gersen entschloss sich, sie nicht zu erforschen, sie waren gewiss nicht Viole Falushes Hauptquartier.

Auf der anderen Seite des Weges war ein mit dornigen Sträuchern überwachsenes Wildgebiet. Gersen blickte zweifelnd den Weg hinunter. Am besten wäre es, über die Ödlande zu gehen, dort wäre die Möglichkeit, entdeckt zu werden, geringer. Er lief geduckt auf die andere Wegseite und hielt auf die Berge zu. Hell schien die Nachmittagssonne. Das Unterholz war Zuflucht für Schwärme von kleinen roten Milben, die zu einem ungeduldigen, schwirrenden Geräusch anhoben, wenn sie gestört wurden. Als er um einen Hügel kam – einen Insektenstock oder ein Nest –, stieß Gersen auf ein aufgeblasenes, schlangenähnliches Geschöpf mit einem unheimlich menschlichen Gesicht. Das Wesen sah Gersen mit einem Ausdruck komischer Besorgnis an, dann wich es zurück und fuhr einen Rüssel aus, um offenbar eine Flüssigkeit zu speien. Gersen trat einen schnellen Rückzug an und ging in der Folge wachsamer weiter.

Der Weg bog vom Garten fort nach Westen ab. Gersen überquerte ihn erneut und suchte Unterschlupf unter einer Anhäufung
gelber Blasenpflanzen. Er betrachtete die Berge und versuchte,
eine Route ausfindig zu machen, die ihn bis zum Kamm führen
würde. Unglücklicherweise wäre er während des Aufstiegs jedem
zufälligen Blick ausgesetzt ... Er konnte es nicht ändern. Er blickte
sich ein letztes Mal um, sah nichts, was ihn von seinem Vorhaben
abbringen konnte, und machte sich auf den Weg.

Der Berghang war steil, zuweilen beinahe senkrecht auf-
steigend; Gersen kam entmutigend langsam voran. Die Sonne
schwang sich durch den Himmel. Unten erstreckten sich der
Palast der Liebe und der Garten. Gersens Brust pochte und seine
Kehle fühlte sich taub an, als sei sie betäubt ... Der Einfluss des
verderblichen schwarzblättrigen Waldes? Immer höher kletterte
er; das Panorama unter ihm wurde immer weiter.

Für eine Weile wurde der Weg leichter und Gersen hielt sich
in Richtung Osten, wo Viole Falushe voraussichtlich sein Hauptquartier unterhielt. Bewegung. Gersen blieb auf der Stelle stehen.
Aus den Augenwinkeln hatte er etwas gesehen. Was? Er war sich
nicht sicher. Das Zucken war unterhalb und rechts von ihm gewesen. Er musterte forschend die Bergwand und sah nicht lange
danach etwas, was ihm ansonsten entgangen wäre: eine tiefe Kluft
oder Spalte mit einer Brücke zwischen zwei gewölbten Öffnun-
gen, alles getarnt durch eine Steinwand.

Sich festklammernd und abmühend, hielt er auf die Kluft zu
und erreichte schließlich einen Punkt neun Meter über dem Fußweg. Es gab keine Möglichkeit zum Abstieg. Er konnte weder
vorwärts, rückwärts noch hinunter. Seine Finger wurden müde,
seine Beine waren verkrampft. Neun Meter: zu hoch zum Springen. Er würde sich nur die Beine brechen. Auf die Brücke trat
ein bleicher Mann mit krummem Rücken, großem nassem Kopf
und einem getrimmten Schopf schwarzgrauen Haars. Er trug
eine weiße Jacke und eine schwarze Hose. Es war die weiße Jacke
gewesen, wurde sich Gersen nun bewusst, die ursprünglich seine
Aufmerksamkeit geweckt hatte. Falls der Mann aufblickte, falls

ein losgetretener Kiesel auf die Brücke träfe, wäre Gersen verloren
... Der Mann bewegte sich auf die gegenüberliegende Öffnung
zu und verschwand aus seinem Blickfeld. Gersen vollführte einen
fantastischen, der Schwerkraft trotzenden Sprung und warf sich in
die Nische der Kluft. Er streckte die Beine aus, drückte die Knie
aneinander und presste sich zwischen die Wände. Zentimeter für
Zentimeter ließ er sich hinunter, dankbar die letzten zwei Meter
springen zu können. Er reckte sich, massierte die schmerzenden
Muskeln und humpelte zum westlich gelegenen Eingang, in dem
der Mann verschwunden war. Ein weiß gefliester Korridor führte,
unterbrochen durch Bereiche aus Glas und gelegentliche Ein-
gänge, fünfzig Meter weit. Neben einem dieser Glasbereiche stand
der Mann mit dem krummen Rücken und spähte auf etwas, das
seine Aufmerksamkeit geweckt hatte. Er hob die Hand und gab
ein Zeichen. Von irgendwo außerhalb Gersens Sichtbereich kam
ein Mann mit massiven Schultern, einem dicken Hals, schmalem
Kopf, einem gelben Bürstenschnitt und weißen Augen. Die beiden
blickten durch das Glas; der weißäugige Mann wirkte amüsiert.

Gersen zog sich zurück. Während er den Fußweg überquerte,
blickte er die Passage hinauf nach Osten und entdeckte einen einzelnen Eingang am entlegenen Ende. Die Wände und der Boden
waren aus weißen Fliesen. Kunstvolle Lampen verbreiteten Strahlen und Flächen von verschiedenen Farben.

Mit langen verstohlenen Schritten ging Gersen zu der gegenüberliegenden Tür. Er berührte den Knopf zum Öffnen. Keine
Reaktion. Er suchte nach Codestellen oder einem Verschlussloch,
ohne Erfolg: Der Öffnungsmechanismus wurde von der anderen
Seite aus kontrolliert. In gewissem Sinne war dies ermutigend.
Der Mann mit dem krummen Rücken hatte diesen Weg genommen, und das konnte nur bedeuten, dass er mit demjenigen, der
hinter der Tür saß, stand oder arbeitete, sprechen konnte.

Es wäre nicht gut, Aufmerksamkeit zu erregen. Und doch
musste Gersen etwas tun, und zwar schnell. Jeden Augenblick
mochte einer der beiden Männer kommen und es gab nichts, wo
er sich verbergen konnte. Er musterte die Tür mit großer Sorgfalt.

Der Riegel war magnetisch, die Entriegelung wurde durch einen Elektromuskel betätigt. Der Wappenschild war mit Klebstoff an dem Paneel befestigt. Gersen durchsuchte seine Taschen, fand jedoch nichts Nützliches. Er ging den Korridor zurück, langte hoch nach dem ersten Beleuchtungskörper und drehte ein dekoratives Metallhorn mit scharfer Spitze los. Nachdem er zur Tür zurückgekehrt war, hob er den Wappenschild an, der sich kurz darauf schnappend löste, um den Mechanismus des Türöffners zu offenbaren. Gersen las die Schaltung und schloss mit der Spitze des Metallhorns die Relaiskontakte kurz. Er berührte den Knopf. Die Tür glitt mit leisem Flüstern zur Seite.

Gersen passierte die Öffnung und betrat eine leer stehende Vorhalle. Er befestigte den Wappenschild wieder und ließ die Tür zufahren.

Es gab nicht viel zu sehen. Die gegenüberliegende Seite des Raums war aus Riffelglas. Zur Linken öffnete sich ein Bogengang zu einer Treppenflucht. Zur Rechten befanden sich fünf plastische Paneele, die Jheral Tinzy in verschiedenen Erscheinungen und Abschnitten ihres Lebens zeigten. Oder waren es fünf verschiedene Mädchen? Eine, in kurzem schwarzem Rock, war Drusilla Wayles. Gersen erkannte sie am Ausdruck ihres Gesichts, den heruntergezogenen Mundwinkeln und der rastlosen Angewohnheit, ihren Kopf zur Seite zu werfen. Eine andere, diese eine reizende Schelmin in der Aufmachung eines Clowns, tollte auf einer Bühne herum. Eine Jheral Tinzy von dreizehn oder vierzehn, im durchsichtigen weißen Kleid einer Schlafwandlerin, bewegte sich langsam durch eine unheimliche Anordnung von Steinen, schwarzen Schatten und Sand. Eine vierte Jheral Tinzy, ein oder zwei Jahre jünger als Drusilla, trug lediglich einen barbarischen Rock aus Leder und Bronze. Sie stand auf einer Terrasse aus Steinplatten und schien ein religiöses Ritual zu vollziehen. Eine fünfte Jheral Tinzy, ein oder zwei Jahre älter als Drusilla, ging forsch über die Straße einer Stadt ...

Gersen erfasste all dies im Zeitraum von zwei Sekunden. Die Wirkung war faszinierend, aber er konnte sich keine Zeit nehmen, genauer hinzuschauen. Denn hinter dem Riffelglas war das verzerrte Bild eines hochgewachsenen, hageren Mannes zu erkennen.

Gersen durchquerte die Vorhalle mit vier geschmeidigen Schritten. Seine Hand ging zum Türöffner. Er spannte sich an und berührte den Knopf. Die Tür öffnete sich nicht. Der Mann drehte ruckartig den Kopf. Alles, was Gersen sah, war verdreht und verzerrt. »Retz? Wieder zurück?« Unvermittelt zuckte er mit dem Kopf nach vorn; das Glas war offenbar von seiner Seite aus durchsichtig. »Lucas – Henry Lucas, der Journalist!« Seine Stimme war schneidend. »Es gibt einiges zu erklären. Was tun Sie hier?«

»Die Antwort ist offensichtlich«, erwiderte Gersen. »Ich bin hergekommen, um Sie zu interviewen. Es schien keinen anderen Weg zu geben.«

»Wie haben Sie mein Büro gefunden?«

»Ich bin in die Berge geklettert und hinuntergesprungen, wo der Fußweg die Einkerbung quert. Dann bin ich die Passage entlanggekommen.«

»In der Tat, in der Tat. Sind Sie eine menschliche Fliege, dass sie die Klippen überquert haben?«

»Es war nicht so schwierig«, erklärte Gersen. »Eine andere Möglichkeit hätte es nicht gegeben.«

»Das ist ein ernsthaftes Ärgernis«, sagte Viole Falushe. »Entsinnen Sie sich meiner Kommentare über das Thema der Privatsphäre? In derartigen Angelegenheiten bin ich strikt.«

»Ihre Kommentare waren an Ihre Gäste gerichtet«, entgegnete Gersen. »Ich bin ein Mann, der hier eine Aufgabe zu erledigen hat.«

»Ihre Beschäftigung gibt Ihnen nicht das Recht, Gesetze zu brechen«, stellte Viole Falushe in höflichem Ton fest. »Sie sind sich meiner Wünsche bewusst, welche hier, wie anderswo im Sternenhaufen, Gesetz sind. Ich finde Ihr Eindringen nicht nur unverschämt, sondern unentschuldbar. Eigentlich geht es über jede gewöhnlich tolerierbare Aufdringlichkeit eines Journalisten hinaus. Es scheint beinahe so, … «

Gersen unterbrach. »Bitte, lassen Sie Ihre Vorstellungskraft nicht überhand über Ihren Sinn für Verhältnismäßigkeit erlangen. Mich interessieren die Fotografien in der Vorhalle. Sie scheinen eine Ähnlichkeit mit der jungen Dame zu besitzen, die uns auf unserer Reise begleitet hat: Navarths Mündel.«

»Das ist der Fall«, bestätigte Viole Falushe. »Ich habe ein starkes Interesse an dieser jungen Frau. Ich habe ihre Erziehung Navarth anvertraut, mit unglücklichem Ergebnis; sie ist eine Dirne.«

»Wo ist sie jetzt? Ich habe sie nicht mehr gesehen, seit wir im Palast eingetroffen sind.«

»Sie genießt ihren Besuch unter etwas anderen Umständen, als Sie es tun«, meinte Viole Falushe. »Aber weshalb Ihr Interesse? Sie bedeutet Ihnen nichts.«

»Außer, dass ich mich mit ihr angefreundet und versucht habe, gewisse Angelegenheiten, die sie verwirrend fand, zu klären.«

»Und diese Angelegenheiten wären?«

»Erlauben Sie mir, aufrichtig zu sein?«

»Weshalb nicht? Sie können mich kaum mehr provozieren, als Sie es ohnehin schon getan haben.«

»Das Mädchen fürchtete sich vor dem, was mit ihr geschehen könnte. Sie wollte ein normales Leben führen, mochte aber keine Vergeltung für Taten riskieren, die sie nicht vermeiden konnte.«

Viole Falushes Stimme zitterte. »So hat sie von mir geredet? Lediglich in Begriffen der Furcht und ›Vergeltung‹?«

»Sie hatte keinen Grund, anders zu reden.«

»Sie sind ein kühner Mann, Herr Lucas. Sicherlich kennen Sie meinen Ruf. Ich habe mich einer Doktrin der Billigkeit verschrieben: dass jener, der Kummer bereitet, die Folgen seiner Tat wiedergutmachen muss.«

»Was ist mit Jheral Tinzy?«, erkundigte sich Gersen in der Hoffnung, Viole Falushe abzulenken.

»›Jheral Tinzy‹.« Viole Falushe hauchte den Namen. »Teure Jheral: genauso eigenwillig und promiskuitiv wie das unglückliche Mädchen, mit dem Sie sich angefreundet haben. Jheral konnte nie ganz den Schaden bezahlen, den sie mir zugefügt hat. Oh, diese verschwendeten Jahre!« Viole Falushes Stimme bebte; Kummer lag dicht unter der Oberfläche. »Niemals konnte sie ihr Unrecht vergelten, obwohl sie ihr Bestes gegeben hat.«

»Sie lebt noch?«

»Nein.« Wieder änderte sich Viole Falushes Stimmung. »Weshalb fragen Sie?«

»Ich bin Journalist. Sie wissen, wieso ich hier bin. Ich will eine Fotografie von Jheral Tinzy für unseren Artikel.«

»Das ist eine Angelegenheit, die ich nicht veröffentlicht wissen möchte.«

»Ich bin verwirrt von der Ähnlichkeit zwischen Jheral Tinzy und dem Mädchen Drusilla. Können Sie das erklären?«

»Ich könnte«, entgegnete Viole Falushe. »Aber ich ziehe vor, es nicht zu tun. Und es bleibt immer noch Ihr Eindringen, was mich betroffen macht, in einem solchen Ausmaß, dass ich Vergeltung verlange.« Und Viole Falushe lehnte sich lässig gegen ein Möbelstück zurück.

Gersen dachte einen Augenblick nach. Flucht war sinnlos. Ein Angriff war unmöglich. Viole Falushe hatte gewiss eine Waffe bei sich. Gersen hatte keine. So vertrackt die Situation auch sein mochte, er musste Viole Falushe dazu bringen, seinen Entschluss zu ändern. Er versuchte es mit einem Vernunftansatz. »Es ist durchaus denkbar, dass ich gegen den Buchstaben Ihrer Regelungen verstoßen habe, aber wozu ist ein Artikel über den Palast der Liebe gut, wenn nicht sein Erschaffer einen Kommentar dazu abgibt? Es gibt keine Verbindung zu Ihnen, da Sie es vorziehen, sich von Ihren Gästen fernzuhalten.«

Viole Falushe wirkte überrascht. »Navarth kennt meinen Rufcode. Ein Bediensteter hätte Ihnen eine Telefoneinheit gebracht, Sie hätten mich jederzeit anrufen können.«

»Das ist mir nicht in den Sinn gekommen«, sagte Gersen gedankenvoll. »Nein, an das Telefon habe ich nicht gedacht. Sie sagen, Navarth kennt den Code?«

»Gewiss. Es ist derselbe, den ich auch auf der Erde verwende.«

»Die Tatsache bleibt«, meinte Gersen. »Ich bin hier. Sie haben

Teil Eins des geplanten Artikels gesehen, die Teile Zwei und Drei
sind sogar noch farbiger. Wenn wir Ihren Standpunkt präsentieren
wollen, ist es wichtig, dass wir miteinander reden. Also öffnen Sie
die Tür, und wir können die Angelegenheit diskutieren.«

»Nein«, versetzte Viole Falushe. »Es ist meine Laune, anonym
zu bleiben, da ich es genieße, mich unter meine Gäste zu mischen
… Nun denn«, murrte er, »ich nehme an, ich muss meine Entrüstung hinunterschlucken. Es ist nicht gerecht, dass Sie der Schuld
gegenüber mir entgehen sollten. Vielleicht werden Sie das auch
nicht. Für den Augenblick dürfen Sie sich als begnadigt betrachten.« Er sprach ein leises Wort, das Gersen nicht hören konnte.
Eine Tür öffnete sich zur Vorhalle. »Gehen Sie hinein; das ist
meine Bibliothek. Ich werde dort mit Ihnen sprechen.«

Gersen ging in einen langen Raum, der mit dunkelgrünem
Teppich ausgelegt war. Auf einem massiven Tisch im Zentrum
befanden sich zwei antike Lampen und eine Auswahl verbreite-
ter Zeitschriften. Eine Wand war gesäumt von uralten Büchern.
Die Regale glitten hinauf und hinunter durch den Boden und die
Decke zu Magazinen, die sich darunter oder darüber befanden. Es
gab ein Standard-Mikroauskunftssystem und eine Reihe weicher
Sessel.

Gersen blickte sich mit einer Spur von Neid um. Die Atmosphäre war ruhig, zivilisiert, rational und dem hedonistischen
Leben des Palastes abgekehrt. Ein Bildschirm leuchtete auf und
zeigte Viole Falushe, der ausgestreckt in einem Sessel saß. Ein
Licht ließ seine Gestalt als Silhouette erscheinen; er war nicht
besser zu identifizieren als zuvor.

»Nun gut«, sagte Viole Falushe, »hier sind wir nun. Sie haben
Ihre fotografischen Aufzeichnungen gemacht, glaube ich?«

»Ich habe einige Hundert Bilder. Mehr als notwendig, um die
oberflächlichen Aspekte des Palastes zu behandeln – diejenigen,
welche Sie Ihren Gästen zur Schau stellen.«

Viole Falushe schien amüsiert zu sein. »Und Sie sind neugierig,
was sonst noch geschieht?«

»Von einem journalistischen Standpunkt aus.«

»Hm! Was halten Sie von dem Palast?«

»Er ist bemerkenswert angenehm.«

»Sie haben einen Vorbehalt?«

»Etwas fehlt. Möglicherweise liegt der Mangel an den Bediensteten. Ihnen fehlt es an Tiefe; sie scheinen nicht wirklich zu sein.«

»Das gebe ich zu«, erwiderte Viole Falushe. »Sie haben keine Traditionen. Das einzige Heilmittel dagegen ist Zeit.«

»Außerdem fehlt es ihnen an Verantwortung. Letzten Endes sind sie Sklaven.«

»Nicht ganz, denn sie sind sich dessen nicht bewusst. Sie halten sich für das Glückliche Volk, und das sind sie auch. Es ist genau diese Unwirklichkeit, dieses Märchenhafte, wofür ich mir die ganze Mühe gemacht habe.«

»Und wenn sie älter werden, was dann? Was wird dann aus dem Glücklichen Volk?«

»Einige arbeiten auf den Farmen, die den Palast umgeben. Einige werden woanders hingeschickt.«

»In die reale Welt? Werden sie als Sklaven verkauft?«

»Jeder von uns ist auf gewisse Weise ein Sklave.«

»In welcher sind Sie einer?«

»Ich bin das Opfer einer schrecklichen Besessenheit. Ich war ein empfindlicher Junge, dessen Pläne man grausam durchkreuzt hat. Ich glaube, Navarth hat die Einzelheiten geschildert. Anders, als mich zu unterwerfen, war ich durch meinen Gerechtigkeitssinn gezwungen, nach einer Entschädigung zu streben – einer Entschädigung, nach der ich immer noch strebe. Ich bin ein vielverleumdeter Mann. Die Öffentlichkeit hält mich für einen ausschweifenden Genussmenschen, einen erotischen Vielfraß. Das Gegenteil ist der Fall. Ich lebe – weshalb sollte ich es nicht deutlich sagen – absolut asketisch. So muss es bleiben, bis meine Besessenheit gestillt ist. Ich bin ein mit einem Fluch behafteter Mensch. Aber Sie sind nicht an meinen persönlichen Problemen interessiert, da sie natürlich nicht zur Veröffentlichung stehen.«

»Nichtsdestotrotz bin ich interessiert. Jheral Tinzy ist der Ursprung Ihrer Besessenheit?«

»Genau.« Viole Falushe sprach gemessenen Tons. »Sie hat mein Leben zerstört; diesen Umstand muss sie tilgen. Ist das nicht Gerechtigkeit? Bis dato hat sie sich als unwillig erwiesen, als unfähig.«

»Wie kann sie der Besessenheit ein Ende bereiten?«

Viole Falushe bewegte sich unruhig im Sessel. »Sind Sie so fantasielos? Wir haben die Angelegenheit weit genug verfolgt.«

»Also lebt Jheral Tinzy noch?«

»Ja, in der Tat.«

»Aber habe ich Sie nicht richtig verstanden, als Sie sagten, sie sei tot?«

»Lebendig, tot – das sind ungenaue Begriffe.«

»Wer ist dann Drusilla, das Mädchen, das Sie bei Navarth gelassen haben? Ist sie Jheral Tinzy?«

»Sie ist, wer sie ist. Sie hat einen schrecklichen Fehler begangen. Sie hat versagt und Navarth hat versagt, denn Navarth hätte sie lehren sollen. Sie ist frivol und eine Dirne, sie hat mit anderen Männern verkehrt und sie muss dienen, wie Jheral Tinzy gedient hat. So soll es sein, für immer und ewig, bis die Sühne vollzogen ist, bis ich mich beschwichtigt und heil fühle. Mittlerweile gilt es, einen schrecklichen Preis zu zahlen. Dreißig Jahre! Denken Sie nur!« Viole Falushes Stimme schwand und versagte. »Dreißig Jahre umgeben von Schönheit und unfähig sie zu genießen! Dreißig lange Jahre!«

»Ich würde mir nicht erlauben, Ihnen einen Rat zu geben«, sagte Gersen etwas trocken.

»Ich brauche keinen Rat, und natürlich ist das, was ich Ihnen sage, vertraulich. Es wäre unhöflich, es zu veröffentlichen. Ich wäre bekümmert und gezwungen, Satisfaktion zu verlangen.«

»Was darf ich dann veröffentlichen?«

»Was immer Sie möchten, solange ich nicht gekränkt werde.«

»Was ist mit den anderen Geschehnissen hier? Was geht auf der anderen Seite des Korridors vor?«

Viole Falushe betrachtete ihn einen Moment. Gersen konnte das Glühen seiner Augen spüren, aber nicht sehen. Doch er sprach in einem leichten Ton. »Dies ist der Palast der Liebe. Ich bin an diesem Thema interessiert, sogar davon fasziniert, als einem Instrument der Läuterung. Ich verfolge ein ausführliches Forschungsprogramm. Ich erforsche die Emotion unter künstlichen und willkürlichen Umständen. Ich ziehe es vor, die Angelegenheit derzeit nicht weiter zu diskutieren. In fünf oder zehn Jahren vielleicht, werde ich ein Resümee meiner Ergebnisse veröffentlichen. Es wird faszinierende Einsichten gewähren.«

»Was die Fotografien in der Vorhalle betrifft ... «

Viole Falushe sprang auf die Beine. »Nichts weiter! Wir haben zu viel geredet, ich fühle mich unwohl. Sie haben es provoziert, daher habe ich eine ähnliche Unannehmlichkeit für Sie arrangiert, die mich weitgehend besänftigen wird. Danach: Vorsicht und Diskretion! Machen Sie das Beste aus Ihrer Zeit, denn in Kürze werden Sie in die Wirklichkeit zurückkehren.«

»Was ist mit Ihnen? Bleiben Sie hier?«

»Nein. Ich werde den Palast ebenfalls verlassen. Meine Arbeit hier ist vollendet und mich erwartet eine wichtige Mission auf Alphanor, die gut und gerne alles ändern könnte ... Seien Sie so gut und gehen Sie in die Vorhalle. Mein Freund Helaunce wartet auf Sie.«

Helaunce, dachte Gersen. Das müsste der weißäugige Mann sein. Langsam drehte er sich um und ging zur Tür, während Viole Falushe ihn vom Schirm aus beobachtete. Der weißäugige Mann stand in der Vorhalle. Er hatte ein Objekt wie einen Dreschflegel bei sich, einen Stab, der in einer Reihe von Schnüren endete. Es schien, als hätte er keine andere Waffe bei sich.

»Ziehen Sie Ihre Kleidung aus«, sagte Helaunce. »Sie sollen gezüchtigt werden.«

»Am besten, Sie beschränken Ihre Züchtigung auf Worte«, entgegnete Gersen. »Schmähen Sie mich, so viel Sie wollen. In der Zwischenzeit lassen Sie uns zum Garten zurückkehren.«

Helaunce lächelte. »Ich habe meine Befehle. Machen Sie es so schwierig, wie Sie wollen, die Befehle müssen und werden ausgeführt werden.«

»Nicht von Ihnen«, meinte Gersen. »Sie sind zu dick und zu langsam.«

Helaunce schwang den Dreschflegel, die Schnüre erzeugten ein böses knatterndes Geräusch. »Schnell jetzt oder wir werden ungeduldig und die Bestrafung wird entsprechend ausfallen.«

Helaunce war zäh und hart, bemerkte Gersen, offensichtlich ein geübter Kämpfer, möglicherweise so gut in Übung, wie er selbst. Helaunce war dreißig Pfund schwerer. Falls er eine Schwäche hatte, war sie nicht offensichtlich. Gersen setzte sich unvermittelt in der Vorhalle hin, legte die Hände vor das Gesicht und begann zu schluchzen.

Helaunce starrte verwirrt. »Fort mit Ihrer Kleidung! Sitzen Sie nicht da!« Er trat vor, stieß Gersen mit seinem Fuß an. »Auf!«

Gersen sprang auf, wobei er Helaunces Fuß an seine Brust klammerte. Helaunce hüpfte zurück. Gersen verlieh dem Fuß eine grausame Drehung, dort, wo die Muskeln die Gelenke nicht schützen konnten. Helaunce schrie seinen Schmerz heraus, fiel flach hin. Gersen entriss ihm den Dreschflegel und schlug ihm zwischen die Schultern. Die Schnüre zischten, knatterten; Helaunce brummte.

»Wenn Sie gehen können«, sagte Gersen, »dann seien Sie so gut und zeigen mir den Weg.«

Da war ein Schritt hinter ihm. Gersen drehte sich und erhaschte einen Blick auf eine hochgewachsene Gestalt in schwarzer Kleidung. Etwas spritzte violettweißes Licht in sein Gehirn. Gersen stürzte benommen zu Boden.

Es folgte eine albtraumhafte halbe Stunde. Langsam erlangte Gersen die Kontrolle über seine Kräfte zurück. Er lag nackt im Garten, neben der weißen Palastmauer. Seine Kleidung war ordentlich neben ihm aufgestapelt.

Soviel dazu, dachte Gersen. Das Projekt war fehlgeschlagen. Kein Desaster, denn er war immer noch am Leben. Gersen zog sich, grimmig lächelnd, an. Es hatte den Versuch gegeben, ihn zu demütigen. Es hatte keinen Erfolg gehabt. Er hatte bezahlt, aber Schmerz, wie Vergnügen, war nicht von Dauer. Stolz besaß ein beharrlicheres Wesen.

Gersen lehnte sich an die Mauer, bis sein Gehirn wieder klar war. Seine Nerven pulsierten immer noch im Takt des schrecklichen Dreschflegels. Es gab keine blauen Flecke, keine Verletzungen, nicht mehr als einige wenige rote Striemen. Gersen hatte Hunger. Und das war wirklich eine Demütigung: Er musste Viole Falushes Speisen essen, durch den freundlichen Garten gehen, den Viole Falushes Hirn erdacht hatte ... Wieder lächelte Gersen, noch wölfischer, als zuvor. Er hatte gewusst, dass sein Leben nicht gänzlich aus Anmut und Bequemlichkeit bestehen würde.

Es war kurz vor der Dämmerung. Der Garten war ihm nie schöner erschienen. Leuchtkäfer bewegten sich in den Jasminbüschen, Marmorvasen glühten vor dem Hintergrund des dunklen Laubs, als verströmten sie ein eigenes, mattes Licht. Eine Gruppe Mädchen aus einem der Dörfer kam herumtollend an ihm vorüber. Heute Abend trugen sie weite weiße Pluderhosen und hielten gelbe Laternen in den Händen. Als sie Gersen sahen, zogen sie Kreise um ihn und sangen ein fröhliches Lied, dessen Worte er nicht verstand. Eines trat an ihn heran und hob die Laterne an sein Gesicht. »Wieso so sonderbar, Gast-Mann? Warum so trüb? Komm und sei fröhlich mit uns!«

»Vielen Dank!«, erwiderte Gersen. »Ich fürchte, heute Abend bin ich nicht sehr fröhlich.«

»Küss mich«, schmeichelte das Mädchen. »Bin ich nicht schön? Warum bist du so traurig? Weil du für immer und ewig den Palast der Liebe verlassen musst? Und wir bleiben und immer jung sein werden und die Laternen durch die Nacht tragen. Ist es das, warum du bekümmert bist?«

Gersen lächelte. »Ja, ich muss zu einer fernen Welt zurückkehren. Und ich bin verzweifelt bei dem Gedanken daran. Aber lasst euch durch mich nicht den Spaß verderben.«

Das Mädchen küsste ihn auf die Wange. »Heute Abend ist dein letzter Abend, dein letzter Abend im Palast der Liebe! Heute

Abend musst du tun, was du bisher versäumt hast, es wird nie ein andermal geben!« Die Mädchen setzten ihren Weg fort. Gersen blickte ihnen nach. »Alles tun, was ich versäumt habe? Ich wünschte, ich könnte es …« Er ging zu einer abgesenkten Terrasse, auf der Gäste saßen und aßen. Navarth kauerte über einer Schüssel Gulasch. Gersen gesellte sich zu ihm. Eine Bedienung rollte einen Wagen vor. Gersen, der seit dem Morgen nichts mehr gegessen hatte, bediente sich. Navarth sprach schließlich: »Was ist geschehen? Sie sehen angegriffen aus.«

»Ich habe einen Nachmittag mit unserem Gastgeber verbracht.«

»Tatsächlich. Sie haben von Angesicht zu Angesicht mit ihm gesprochen?«

»Beinahe.«

»Dann kennen Sie seine Identität? Mario? Ethuen? Tanzel?«

»Ich bin mir nicht sicher.«

Navarth grunzte und beugte sich wieder über sein Gulasch.

»Heute Abend ist der letzte Abend«, sagte Gersen nicht lange danach.

»So hat man mir gesagt. Ich werde froh sein, gehen zu können. Es gibt hier keine Poesie. Es ist, wie ich es immer dargelegt habe: Freude entspringt einem eigenen freien Willen, sie kann nicht erzwungen werden. Sehen Sie – ein großer Palast, ein prächtiger Garten mit lebenden Nymphen und Helden. Aber wo ist die Träumerei, das Sagenhafte? Nur Leute von schlichtem Gemüt finden hier Freude.«

»Ihr Freund Viole Falushe wäre traurig, Sie das sagen zu hören.«

»Ich kann nichts anderes sagen.« Navarth warf Gersen einen unvermittelten, scharfen Blick zu. »Haben Sie nach dem Mädchen gefragt?«

»Das habe ich. Ich habe nichts erfahren.«

Navarth schloss die Augen. »Ich bin ein alter Mann geworden, ich bin nutzlos. Henry Lucas, oder wie immer Sie auch heißen, können Sie nicht handeln?«

»Heute habe ich es versucht«, sagte Gersen. »Ich bin nicht mit offenen Armen empfangen worden.«

Die zwei blieben schweigend sitzen. Dann fragte Gersen: »Wann brechen wir auf?«

»Ich weiß nicht mehr als Sie.«

»Wir werden tun, was wir können.«

KAPITEL XIV

Aus »Der Avatarlehrling« in *Schriften aus der Neunten Dimension*:

Sich bis zum Hügelkamm kämpfend, suchte Marmaduke nach der verfluchten Zypresse, welche die Hütte des Symbologen bezeichnete. Da stand der Baum, abgehärmt und trostlos, und daneben eine Hütte.

Der Symbologe hieß ihn willkommen. »Einhundert Wegstunden bin ich gekommen«, sagte Marmaduke, »um eine einzige Frage zu stellen: Haben die Farben Seelen?«

»Hat jemand etwas anderes behauptet?«, fragte der verblüffte Symbologe. Er ließ ein orangefarbenes Licht aufleuchten, dann tollte er mit großem Eifer herum, wobei er den Saum seiner Kutte anhob. Marmaduke sah mit Freuden zu, amüsiert, einen solch rüstigen alten Mann zu sehen!

Der Symbologe brachte ein grünes Licht zum Vorschein. Unter der Bank kauernd, stieß er seinen Kopf zwischen den Knöcheln hindurch und drehte die Kutte von innen nach außen, während Marmaduke die Hände vor Staunen zusammenschlug.

Der Symbologe beschwor rotes Licht herauf und sprang auf Marmaduke zu, rang ihn spielerisch zu Boden und warf die Kutte über dessen Kopf. »Mein teurer Kamerad«, keuchte Marmaduke, während er sich freikämpfte, »Sie sind aber forsch in Ihren Demonstrationen!«

»Was zu tun wert ist, ist es auch wert, wohl getan zu werden«, erwiderte der Symbologe. »Nun zur Erörterung. Die Farben lassen doppelte Bedeutungen zu. Orange ist ikterischer Humor, genauso wie die Fröhlichkeit eines sterbenden

Reihers. Grün ist die Essenz der Nachgedanken und auch die Art und Weise des Nordwindes. Rot, wie wir gesehen haben, begleitet rustikalen Überschwang.«

»Und die zweite Bedeutung von Rot?« fragte Marmaduke.

Der Symbologe vollführte ein rätselhaftes Zeichen. »Das bleibt abzuwarten, wie die Katze sagte, welche sich in die Zuckerschüssel entleerte.«

Amüsiert und erbaut verabschiedete sich Marmaduke und war gut und gerne halb den Berg hinuntergegangen, bevor er den Verlust seiner Brieftasche entdeckte.

Der letzte Abend im Palast der Liebe wurde mit einem Fest begangen. Es gab Musik, berauschende Dünste, ein Wirbeln von Tänzern aus den Dörfern. Jene, die Zuneigung zueinander gefasst hatten, unterhielten sich bekümmert oder gaben sich einem letzten Taumel der Leidenschaft hin. Andere saßen ruhig da, jeder in der eigenen Stimmung, und so verging der Abend. Eines nach dem anderen blinkten die Lichter auf und verblassten. Das Volk in Weiß entschlüpfte durch die Düsterkeit des Gartens, ein Gast nach dem anderen begab sich zu seiner Liegestatt, allein oder in der Begleitung, die ihm am genehmsten war.

Der Garten lag still, Tau begann sich auf dem Gras zu bilden. Ein Bediensteter ging zu jedem der Gäste: »Die Zeit des Aufbruchs ist gekommen.«

Auf das Murren und Protestieren gaben die Bediensteten nur eine Erwiderung: »Dies sind unsere Anweisungen. Der Luftwagen wartet, diejenigen, die nicht dort sind, müssen den Weg zurück nach Kouhila laufen.«

Wieder einmal wurde den Gästen neue Kleidung zur Verfügung gestellt: eine strenge Tracht in Blau, Schwarz und Dunkelgrün. Anschließend wurden sie zu einem Bereich etwas südlich vom Palast der Liebe geführt, wo ein großer Luftwagen wartete. Gersen zählte: alle waren da, außer Pruitt und Drusilla. Ethuen, Mario und Tanzel standen in der Nähe. Falls einer von ihnen Viole

Falushe war, schien es, dass er nun vorhatte, mit den anderen in
die Ökumene zurückzukehren.

Gersen trat vor und blickte in die Pilotenkanzel. Hier saß
Helaunce. Die Gäste marschierten in den Luftwagen. Gersen
nahm Navarth beiseite. »Warten Sie.«

»Weshalb?«

»Egal.« Tanzel und Ethuen waren an Bord, nun erklomm
Mario die Leiter. Gersen sprach eilig. »Gehen Sie an Bord. Sorgen
Sie für Unruhe. Schlagen Sie gegen das Schott. Rufen Sie. Es gibt
eine Notverriegelung zwischen dem Salon und der Pilotenkanzel.
Öffnen Sie sie. Lenken Sie den Piloten ab. Versuchen Sie Mario,
Ethuen oder Tanzel nicht zu reizen. Sie dürfen nicht dazu ermu-
tigt werden einzuschreiten.«

Navarth blickte ihn verständnislos an. »Was soll das Ganze?«

»Einerlei. Tun Sie, was ich sage. Wo ist Drusilla? Wo ist Jheral
Tinzy? Weshalb sind sie nicht an Bord?«

»Ja ... Weshalb sind sie nicht an Bord? Ich bin wahrhaftig entrüstet.« Navarth sprang auf die Leiter und drängte die Druidin
Laidig beiseite. »Warten Sie!« rief er. »Wir sind noch nicht
vollzählig. Wo ist Zan Zu von Eridu? Wir können nicht ohne sie
abreisen. Ich weigere mich abzureisen, nichts wird mich davon
abbringen.«

»Nur die Ruhe, Sie alter Narr«, brummte Torrace da Nossa.
»Das nützt doch nichts.«

Navarth tobte auf und ab. Er schlug gegen das Vorderschott,
zog den Griff der Verbindungstür herunter. Schließlich öffnete
Helaunce die Tür und ging nach hinten, um Ordnung zu erzwin-
gen. »Alter Mann, setzen Sie sich ruhig hin. Mein Befehl lautet,
jetzt abzureisen. Wenn Sie die weite Strecke nicht laufen wollen,
setzen Sie sich ruhig hin.«

»Kommen Sie schon, Navarth«, meinte Lerand Wible. »Sie
erreichen nichts. Setzen Sie sich ruhig hin.«

»Nun gut«, sagte Navarth. »Ich habe protestiert, ich habe alles
getan, was ich konnte, mehr kann ich nicht tun.«

Helaunce kehrte nach vorn zurück. Er trat zurück in die

Pilotenkanzel und schloss die Tür. Gersen, der an der Seite wartete, schlug ihm mit einem Stein über den Kopf. Helaunce taumelte, drehte sich um, sah Gersen durch blutgeblendete Augen und stieß einen unartikulierten Schrei aus. Gersen schlug noch einmal zu; Helaunce fiel zur Seite.

Gersen ließ sich an der Steuerung nieder. Der Luftwagen erhob sich, hinauf in das Licht der aufgehenden Sonne. Gersen durchsuchte Helaunce und fand zwei Projecks, die er in seine eigene Tasche steckte. Nachdem er die Geschwindigkeit gedrosselt hatte, bis der Luftwagen nur noch dahinschwebte, ließ er die Tür aufgleiten und rollte Helaunce hinaus und aus dem Weg.

Im Salon, dachte Gersen, musste sich Viole Falushe fragen, weshalb Helaunce einen so sonderbaren Kurs steuerte. Gersen suchte den Ozean ab und erspähte kurz darauf eine kleine Insel, etwa dreißig Kilometer von der Küste entfernt. Er umkreiste sie und landete den Luftwagen, da er kein Zeichen von Besiedelung erkannte.

Er sprang auf den Boden, ging zum Salonluk, zog es auf und sprang hinein. »Alle hinaus. Schnell.« Und er gestikulierte mit den Projecks.

Wible stotterte. »Was hat das zu bedeuten?«

»Es bedeutet: alle hinaus.«

Navarth sprang auf. »Kommen Sie mit«, brüllte er. »Alle hinaus.«

Unsicher marschierten die Gäste nach draußen. Mario erreichte die Tür. Gersen hielt ihn auf. »Sie müssen bleiben. Seien Sie sehr vorsichtig und bewegen Sie sich nicht oder ich werde Sie töten.«

Tanzel kam heran, danach Ethuen; beide wurden abgefangen und mussten sich setzen. Schließlich war der Salon bis auf Gersen, Mario, Tanzel und Ethuen leer. Draußen hielt Navarth der Gruppe aufgeregt einen Sermon. »Mischt euch nicht ein: Ihr werdet es bereuen! Dies ist eine IPCC-Angelegenheit, das weiß ich genau!«

»Navarth!« rief Gersen aus dem Salon. »Ihre Hilfe, bitte.«

Navarth kletterte zurück in den Salon. Er durchsuchte Mario, Tanzel und Ethuen, während Gersen wachsam danebenstand. Es

fanden sich weder Waffen noch Hinweise auf die Identität von
Viole Falushe. Auf Gersens Anweisung band Navarth die drei
Männer an Sessel, wobei er verschiedene Reste von Kordeln,
Stoffstreifen und Riemen verwendete. Unterdessen kritisierten
die drei Gersen heftig und verlangten die Grundlage für seine
Drangsalierungen zu wissen: Tanzel war der Wortreichste, Ethuen
der Erbittertste und Mario der Aufgebrachteste. Alle funkelten
ihn böse an und fluchten mit der gleichen Heftigkeit. Gersen
nahm die Bemerkungen mit Gleichmut hin. »Bei zwei von Ihnen
entschuldige ich mich später. Diese zwei, die sich ihrer Unschuld
bewusst sind, werden mit mir kooperieren. Von dem dritten Mann
erwarte ich Schwierigkeiten. Darauf bin ich vorbereitet.«

Tanzel fragte: »Was in Jehus Namen wollen Sie von uns?
Benennen Sie den dritten Mann und alles hat ein Ende!«

»Vogel Filschner heißt er«, sagte Gersen. »Anderweitig
bekannt als Viole Falushe.«

»Weshalb haben Sie uns herausgesucht? Gehen Sie ihn im
Palast suchen!«

Gersen grinste. »Keine schlechte Idee.« Er prüfte die Fesseln
der drei Männer, zog hier mehr an, machte dort einen neuen Knoten. »Navarth, Sie sitzen hier, an der Seite. Beobachten Sie diese
drei genau. Einer von ihnen hat Ihnen Jheral Tinzy genommen.«

»Sagen Sie mir, wer.«

»Vogel Filschner. Erkennen Sie ihn nicht?«

»Ich wünschte, ich könnte es.« Er deutete auf Mario. »Dieser
hat sein unstetes Auge.« Er zeigte auf Tanzels Hände. »Dieser hat
ein Benehmen, das ich auch mit Vogel in Verbindung bringe.«
Er drehte sich um und musterte Ethuen. »Und dieser hegt eine
ganze Fülle an Groll und ist eindeutig nicht glücklich.«

»Gewiss bin ich nicht glücklich!« schnappte Ethuen. »Weshalb sollte ich jubeln?«

»Beobachten Sie sie gut«, sagte Gersen. »Wir kehren zum
Palast zurück.«

Die Aufschreie der gestrandeten Gäste ignorierend, brachte
er den Luftwagen in die Höhe. So weit, so gut – was aber als

Nächstes? Es war durchaus denkbar, dass seine Folgerungen hinkten und weder Tanzel noch Mario noch Ethuen Viole Falushe war. Als er an die Umstände der Reise zum Palast dachte, verwarf er diese Vorstellung.

Die beste Zugangsmöglichkeit zu den Apartments von Viole Falushe bot sich von oben. Nach einer weiteren Kletterpartie in den Klippen stand Gersen nicht der Sinn. Er landete den Luftwagen neben der Felsenburg und ging nach hinten in den Salon. Alles war wie zuvor. Navarth saß da und funkelte die drei Gefangenen an, die ihn mit Abscheu betrachteten.

Gersen gab Navarth einen der Projecks. »Wenn es Schwierigkeiten gibt, töten Sie alle drei. Ich gehe, um nach Drusilla und Jheral Tinzy zu sehen. Sie müssen sie sorgfältig bewachen.«

Navarth lachte wild. »Wer kann einen verrückten Dichter austricksen? Ich erkenne ihn auf der Stelle: Ich werde ihm die Waffe an die Kehle halten.«

Gersen konnte sich eines gewissen Gefühls des Vorbehaltes nicht erwehren. Navarth war nicht der verlässlichste Wächter. »Denken Sie daran: Falls er entkommt, sind wir verloren. Er könnte ein Glas Wasser haben wollen – lassen Sie ihn dursten. Seine Fesseln mögen zu eng sein – er muss leiden! Zeigen Sie keine Gnade, wenn es eine Einmischung von außen gibt. Erschießen Sie alle drei.«

»Mit Freuden.«

»Nun gut. Halten Sie Ihre Verrücktheit in Schach, bis ich zurückkomme!«

Gersen ging zu der Tür, durch die drei Wochen zuvor die Schar durchnässter Pilger eingetreten war. Sie war verschlossen; er schoss die Beschläge weg und trat ein.

Es gab keinen Laut. Die feuchten Räume waren verlassen. Gersen ging den Korridor hinunter, stieg den Weg hinab, den das Mädchen in blauem Samt ihn entlanggeführt hatte und fand schließlich den Bankettsaal, der nun dunkel war und schwach nach Parfüm und Wein roch.

Gersen bewegte sich nun vorsichtiger. Vom Bankettsaal führte ein Weg hinunter in den Garten. Ein weiterer musste in Viole Falushes Apartments führen.

Gersen prüfte die Wände und fand schließlich hinter einem Wandbehang eine schmale Tür aus massivem Holz, die mit Metallbeschlägen verriegelt war. Wieder brannte er sich einen Weg hindurch.

Eine spiralförmige Treppenflucht führte hinab in das Zimmer hinter der runden Vorhalle.

Gersen durchsuchte den Raum. Er fand ein schwarzes Leder-notizbuch, das erschöpfende Notizen über die Psychologie von Jheral Tinzy enthielt und die verschiedenen Methoden, mit denen Viole Falushe gehofft hatte, sie für sich zu gewinnen. Es schien, dass Viole Falushe mehr wollte als nur Liebe: er wollte Unter-werfung, demütigende, zitternde Erniedrigung, die aus einer Mischung aus Liebe und Furcht rührte.

Bisher, überlegte Gersen, hatte Viole Falushe sein Ziel nicht erreicht. Er stieß das Portfolio beiseite. An der Wand befand sich ein Bildschirm. Gersen drehte einen Knopf. Drusilla Wayles saß, mit einem weißen Kleid bekleidet, auf einem Bett. Sie war bleich und dünn, aber offenbar unverletzt.

Gersen drehte den Knopf. Er blickte auf einen düsteren Bereich von Sand zwischen hohen Felsspitzen. Im Hintergrund standen fünf dunkle Deodaren und eine kleine Hütte, kaum größer als ein Puppenhaus. Auf einer Bank saß ein etwa vierzehn Jahre altes Mädchen, eines, das beinahe identisch mit Drusilla war. Sie trug ein durchsichtiges Kleid, ihr Gesicht hatte einen eigenartig süßen, eigenartig gedankenvollen Ausdruck, als sei sie gerade erst aus einem angenehmen Traum erwacht. Von der Seite kam ein hoch-gewachsenes, nichtmenschliches Geschöpf, das auf schmalen Beinen mit schwarzem Fell lief. Es blieb neben dem Mädchen stehen und sprach mit dünner, hoher Stimme. Gleichgültig ent-gegnete das Mädchen etwas.

Abermals drehte Gersen den Knopf und in den Sichtbereich kam eine Terrasse vor etwas, was wie ein Tempel wirkte. Darin konnte man einen Blick auf eine Statue einer Gottheit erhaschen.

Auf den Stufen stand noch eine Drusilla: diese war sechzehn Jahre alt, trug lediglich einen Kittel und ein Kupferband, um ihr Haar zurückzuhalten. Woanders waren andere, ähnlich gekleidete Männer und Frauen. Daneben war die Andeutung einer Küste mit dahinterliegendem Wasser.

Erneut drehte Gersen den Knopf und wieder und wieder. Er schaute in verschiedene Umgebungen, verschiedene Räume und Käfige. Sie enthielten eine Auswahl an Jungen, Mädchen, Jugendlichen, Maiden, jungen Männern und Frauen, zuweilen separat, zuweilen zusammen. Hier waren Viole Falushes Experimente, aus denen er offensichtlich die Freuden eines Voyeurs bezogen hatte ... Gersen entdeckte keine weiteren Versionen Drusillas. Dringlichkeit, die von seinem Mangel an Vertrauen zu Navarth herrührte, zerrte an seinen Nerven. Er machte sich durch den Korridor auf den Weg, überquerte die Brücke und betrat die Laborabteilung im Westen. Hier war der Ort der Experimente – in Käfigen und Zimmern hinter Einwegspiegeln.

Gersen fand Retz, den Techniker mit krummem Rücken, der in einem kleinen Büro saß. Er blickte erschreckt auf, als er Gersens ansichtig wurde. »Was tun Sie hier? Sind Sie ein Gast? Der Meister wird nicht erfreut sein!«

»Ich bin jetzt der Meister.« Gersen zeigte seinen Projeck. »Wo ist das Mädchen, das Jheral Tinzy gleicht?«

Retz blinzelte halb trotzig, halb zweifelnd. »Ich kann Ihnen nichts sagen.«

Gersen schlug ihn mit der Pistole. »Schnell. Das Mädchen, das vor drei Wochen hierhergekommen ist.«

Retz begann zu jammern. »Was kann ich Ihnen sagen? Viole Falushe wird mich bestrafen.«

»Viole Falushe ist ein Gefangener.« Gersen zielte mit der Pistole. »Bringen Sie mich zu dem Mädchen oder ich werde Sie töten.«

Retz gab einen verzweifelten Laut von sich. »Er wird mir schreckliche Dinge zufügen.«

»Nicht mehr.«

Retz wedelte mit den Armen und ging den Korridor hinunter.
Unvermittelt hielt er an und drehte sich um. »Sie sagen, er ist Ihr
Gefangener?«

»Das ist er.«

»Was haben Sie mit ihm vor?«

»Ihn töten.«

»Und was ist mit dem Palast?«

»Wir werden sehen. Bringen Sie mich zu dem Mädchen.«

»Werden Sie mich hierlassen, als Aufseher über den Palast?«

»Ich werde Sie töten, wenn Sie sich nicht beeilen.«

Niedergeschlagen bewegte Retz sich weiter. Gersen sprach ihn
an. »Was hat Viole Falushe ihr angetan?«

»Noch nichts.«

»Was hatte er vor?«

»Eine Selbstbefruchtung: eine Jungfrauengeburt, sozusagen.
Zu gegebener Zeit hätte sie ein Mädchen, genau wie sie selbst, zur
Welt gebracht.«

»Hat Jheral Tinzy sie auf diese Weise zur Welt gebracht?«

»Genau.«

»Und wie viele andere?«

»Sechs andere. Dann hat sie sich selbst umgebracht.«

»Wo sind die anderen fünf?«

»Ah! Dazu kann ich nichts sagen.«

Retz log, aber Gersen ließ die Behauptung unbestritten stehen.

Retz hielt bei einer Tür inne und blickte schlau über die Schulter. »Das Mädchen ist dort drinnen. Was immer sie auch berichtet,
Sie müssen bedenken, dass ich hier nur ein Untergebener bin, ich
gehorche lediglich Befehlen.«

»Dann gehorchen Sie nun meinen. Öffnen Sie die Tür.«
Retz zögerte einen letzten Moment und warf einen Blick über
Gersens Schulter den Korridor entlang, als hoffe er, gegen jegliche
Hoffnung, auf Beistand. Er seufzte und ließ die Tür zurückgleiten.
Drusilla, die auf dem Bett saß, blickte alarmiert auf. Sie sah Gersen,
ihre Miene änderte sich von Erstaunen zu Freude. Sie sprang vom
Bett auf, rannte zu Gersen und schluchzte vor Erleichterung. »Ich

habe gehofft, Sie würden kommen. Sie haben mir solch schreckliche Dinge angetan!«

Retz wollte Vorteil aus Gersens Ablenkung ziehen und begann sich fortzuschleichen. Gersen rief ihn zurück. »Nicht so schnell. Ich habe noch Verwendung für Sie.« Er sprach Drusilla an. »Hat Viole Falushe sich Ihnen gezeigt? Werden Sie ihn wiedererkennen?«

»Er kam und ist im Eingang stehen geblieben, mit dem Licht im Rücken. Er wollte nicht, dass ich ihn sehe. Er war grausam, er hasst mich. Er sagte, ich sei treulos gewesen. Ich fragte, wie das sein könne, da ich ihm nichts versprochen hätte. Er wurde absolut kalt. Er sagte, dass es meine Pflicht gewesen sei zu warten, meine Ideale zu wahren, dass ich falsches Spiel mit ihm getrieben hätte, auf Navarths Fest und auch auf der Reise.«

Gersen sagte: »Dann ist eines sicher: er ist entweder Tanzel, Ethuen oder Mario. Wen mögen Sie am wenigsten?«

»Tanzel.«

»Tanzel, wie? Nun, Retz hier wird uns gewiss zeigen, wer Viole Falushe ist, nicht wahr, Retz?«

»Wie kann ich das? Er hat sich mir nie gezeigt, außer hinter dem Glas in seinem Büro.«

Unwahrscheinlich, dachte Gersen, dennoch, nicht unmöglich. »Wo sind die anderen Töchter von Jheral Tinzy?«

»Es gab sechs«, murmelte Retz. »Viole Falushe tötete die zwei ältesten. Eine lebt auf Alphanor, diese hier ... « er deutete auf Drusilla » ... wurde zur Erde geschickt. Die jüngste ist im Osten des Palastes, dort, wo die Berge auf die See treffen. Die nächste ist Priesterin des Gottes Arodin, auf der großen Insel direkt im Osten.«

»Retz«, meinte Gersen, »ich halte Viole Falushe als Gefangenen. Ich bin Ihr neuer Meister. Verstehen Sie das?«

Retz nickte schmollend. »Wenn es denn sein muss.«

»Können Sie Viole Falushe identifizieren?«

»Er ist ein hochgewachsener Mann, er hat dunkles Haar. Er kann harsch sein oder mild, grausam oder angenehm. Darüber hinaus weiß ich nichts.«

»Dies sind meine Befehle für Sie. Befreien Sie diese armen Gefangenen.«

»Unmöglich!« flötete Retz. »Sie kennen kein anderes Leben, als ihre eigenartigen Umgebungen. Die frische Luft, die Sonne, der Himmel ... sie würden verrückt werden!«

»Dann ist dies Ihre Aufgabe: Holen Sie sie so sanft und angenehm wie möglich hervor. Ich werde in Kürze zurückkehren und sehen, wie gut Sie Ihre Aufgabe erfüllt haben. Weiterhin tun Sie dem Volk im Garten kund, dass sie nicht länger Sklaven sind, dass es ihnen freisteht, zu gehen oder zu bleiben. Denken Sie daran, ich werde Sie einsperren, Sie für Ihre Verbrechen wegsperren und bestrafen, falls Sie mir nicht gehorchen.«

»Ich werde gehorchen«, murmelte Retz. »Ich bin an Gehorsam gewöhnt, ich kenne nichts anderes.«

Gersen nahm Drusillas Arm. »Ich sorge mich um Navarth. Wir dürfen nicht wagen, zu lange fortzubleiben.«

Doch als sie durch die Burg zum Luftwagen zurückkehrten, waren die Umstände wie zuvor. Die drei Gefangenen waren gesichert und Navarth hielt die Waffe unverwandt auf ihre Köpfe gerichtet. Seine Augen leuchteten, als er Drusilla sah. »Was ist mit Jheral Tinzy?«

»Sie ist tot. Aber sie hat Töchter. Es gibt noch weitere. Was ist passiert, seit ich fort war?«

»Gerede. Schmeichelei. Überredungsversuche. Drohungen.«

»Natürlich. Wer war am beharrlichsten?«

»Tanzel.«

Gersen inspizierte Tanzel kühl. Dieser zuckte mit den Schultern. »Glauben Sie, ich genieße es, zusammengeschnürt hier zu sitzen wie ein Hühnchen?«

»Einer von Ihnen ist Viole Falushe«, sagte Gersen. »Wer?, frage ich mich ... Nun, wir müssen noch mehr des schrecklichen Unfugs zunichtemachen, der im Namen der Liebe geschehen ist.«

Er brachte den Luftwagen in die Höhe und kreuzte langsam über die Berge nach Osten. Am Rande des Ozeans, wo die Felsen in das Wasser tauchten, öffnete sich ein düsterer Hohlweg auf einen schmalen grauen Strand. Dahinter lag eine sandige, offene Fläche mit einer Ausdehnung von vielleicht 40 Ar. Gersen ließ den Luftwagen in den Schatten niedersinken und landete. Er sprang hinaus. Drusilla IV, die jüngste der Gruppe, trat langsam vor. Von einer Spalte im Hintergrund kamen wütende, schnatternde Laute von zwei nichtmenschlichen Kindermädchen. Das Mädchen fragte: »Sind Sie *der Mann? Der Mann*, der kommt, um mich zu lieben?«

Gersen grinste. »Ich bin ein Mann, das ist wohl wahr, aber wer ist *der Mann*?«

Drusilla IV blickte vage zu der Spalte. »*Sie* haben mir von dem Mann erzählt. Es gibt eine von mir und einen von ihm und wenn ich ihn sehe, muss ich ihn lieben. Das ist, was ich erfahren habe.«

»Aber Sie haben diesen *Mann* nie gesehen?«

»Nein. Sie sind der erste *Mann*, den ich je gesehen habe. Die erste Person, wie ich selbst. Sie sind wundervoll!«

»Es gibt viele Männer auf der Welt«, sagte Gersen. »Sie haben Ihnen die Unwahrheit gesagt. Kommen Sie an Bord, ich werde Ihnen andere Männer zeigen und ein Mädchen, wie Sie selbst.«

Drusilla IV blickte sich alarmiert und verwirrt in dem farblosen Hohlweg um. »Werden Sie mich von hier fortbringen? Ich fürchte mich.«

»Das müssen Sie nicht«, entgegnete Gersen. »Kommen Sie jetzt an Bord.«

»Natürlich.« Vertrauensvoll nahm sie seine Hand und betrat den Salon. Bei der Ansicht der Passagiere hielt sie erstaunt inne. »Ich wusste nicht, dass es so viele Leute gibt!« Sie musterte Mario, Ethuen und Tanzel kritisch. »Ich mag sie nicht leiden. Sie haben törichte, böse Gesichter.« Sie wandte sich an Gersen. »Ich mag Sie. Sie sind der erste Mann, den ich je gesehen habe. Sie müssen der Mann sein und ich werde immer bei Ihnen bleiben.«

Gersen beobachtete die Gesichter von Mario, Ethuen und Tanzel. Das musste für Viole Falushe nicht angenehm zu hören sein. Alle saßen mit steinernen Gesichtern da und funkelten Gersen mit dem gleichen Grad an Abscheu an – nur, dass an einem Mundwinkel von Tanzel ein winziger Muskel zuckte.

Gersen brachte den Wagen in die Luft und flog hinaus zu der größten der Inseln. Beinahe sofort erspähte er den Tempel, der sich über einem Dorf aus Rohrstöcken und Palmwedeln erhob. Gersen landete den Luftwagen auf dem Stadtplatz, während die Dörfler erstaunt und alarmiert zusahen.

Aus dem Tempel heraus schlenderte Drusilla III, ein selbstsicheres und selbstbeherrschtes Mädchen, das mit den anderen Drusillas absolut identisch und doch in gewissem Sinne anders war, genauso, wie die anderen zwei sich voneinander unterschieden.

Einmal mehr stieg Gersen aus dem Luftwagen aus. Drusilla III inspizierte ihn mit unverhohlenem Interesse. »Wer sind Sie?«

»Ich komme vom Festland«, sagte Gersen. »Ich komme, um mit Ihnen zu sprechen.«

»Sie wollen, dass ich ein Ritual vollziehe? Gehen Sie woandershin, Arodin ist unfähig. Ich habe ihn angefleht, mich woandershin zu schicken und um andere Gefälligkeiten gebeten. Es gab keine Antwort.«

Gersen blickte in den Tempel. »Das dort drinnen ist sein Abbild?«

»Ja. Ich bin Priesterin des Kultes.«

»Gehen wir und schauen uns das Bildnis an.«

»Da gibt es nichts zu sehen – eine Statue, die auf einem Thron sitzt.«

Gersen ging in den Tempel. Auf der gegenüberliegenden Seite saß eine doppelt lebensgroße Figur. Der Kopf war grob verunstaltet: Nase, Ohren und Kinn waren weggebrochen. Gersen wandte sich verwundert an Drusilla III. »Wer hat die Statue beschädigt?«

»Ich habe es getan.«

»Weshalb?«

»Ich habe sein Gesicht nicht gemocht. Den Rezitationen zufolge muss Arodin im Fleische kommen, um mich zur Braut zu nehmen. Ich bin eindringlich ermahnt worden, die Statue um die frühestmögliche Hochzeit anzubeten. Ich habe das Gesicht zerstört, um den Vorgang zu verzögern. Ich mag es nicht, eine

Priesterin zu sein, aber mir wird nichts anderes erlaubt. Ich hatte gehofft, dass, nachdem ich das Bildnis entweiht hatte, eine andere Priesterin ernannt würde. Das ist nicht geschehen. Werden Sie mich fortbringen?«

»Ja. Arodin ist kein Gott, er ist ein Mensch.« Gersen nahm Drusilla III mit in den Salon und deutete auf Mario, Ethuen, Tanzel. »Achten Sie auf diese drei Männer. Ähnelt einer von ihnen der Statue von Arodin, bevor Sie sie verunstaltet haben?«

Einer der Männer blinzelte.

»Ja«, erwiderte Drusilla III. »Ja, in der Tat. Dieser besitzt das Gesicht Arodins.« Sie deutete auf Tanzel, den Mann, der geblinzelt hatte.

Tanzel rief: »Hier, hier! Was geht hier vor? Was versuchen Sie hier?«

»Ich will Viole Falushe identifizieren«, erklärte Gersen.

»Weshalb suchen Sie mich heraus? Ich bin weder Arodin noch Viole Falushe oder Beelzebub, was das angeht. Ich bin der gute alte Harry Tanzel aus London, nicht mehr und nicht weniger und ich wäre Ihnen dankbar, wenn Sie mir die Fesseln von den Armen nähmen.«

»Zu gegebener Zeit«, entgegnete Gersen. »Zu gegebener Zeit.« Er wandte sich an Drusilla III. »Sie sind sicher, dass er Arodin ist?«

»Natürlich. Weshalb ist er gefesselt?«

»Ich habe ihn in Verdacht, ein Verbrecher zu sein.«

Drusilla III lachte – ein klarer fröhlicher Laut. »Was für ein schrecklicher Scherz! Ein Mann wie er, der eine Statue von sich errichtet und sich selbst einen Gott heißt! Was hofft er zu gewinnen?«

»Sie.«

»Mich? All diese Mühe meinetwegen?«

»Er wollte, dass Sie ihn lieben, ihn verehren.«

Wieder hallte das Lachen von Drusilla III durch das Schiff. »Das ist gewaltig viel an verschwendeter Mühe.«

Und Gersen, der alles genau beobachtete, meinte, eine Röte

über Tanzels Gesicht sickern zu sehen. »Sind Sie bereit, diesen Ort zu verlassen?«

»Ja ... Wer sind diese anderen Mädchen, die mir so ähnlich sehen?«

»Ihre Schwestern.«

»Wie seltsam.«

»Ja. Viole Falushe – oder Arodin, wenn Sie es vorziehen – ist ein seltsamer Mann.«

Gersen brachte den Luftwagen in die Höhe und ließ ihn langsam per Autopilot kreuzen, während er nachdachte. Immer noch kein absoluter Beweis für die Identität Viole Falushes. Ein Zucken des Mundes, ein Erröten, ein verunstaltetes Antlitz: interessant, aber kaum ein eindeutiger Beweis ... Im Grunde genommen war er nicht näher an die Identität Viole Falushes herangekommen, als zu Beginn der Reise. Er blickte zurück in den Salon. Navarth war seine Aufgabe langweilig geworden und er beobachtete die Mädchen mit einem halb erwartungsvollen, halb verlorenen Gesichtsausdruck: Vielleicht würden sie durch irgendein Wunder miteinander verschmelzen, um zu seiner Jheral Tinzy zu werden.

Gersen prüfte die möglichen Vorgehensweisen. Es gab nur wenige. Wenn er Zugang zu der ein oder anderen Wahrheitsdroge hätte, würde sich Viole Falushes Identität schnell genug herausstellen ... Es gab niemanden im Palast der Liebe, der Viole Falushe erkennen könnte, wahrscheinlich niemanden in Atar oder Kouhila. Auf der Erde kannte Navarth Viole Falushes Rufcode ... Gersen rieb sich das Kinn. »Navarth!«

Navarth kam in die Pilotenkanzel. Gersen deutete auf das Kommunikationssystem und gab Anweisungen. Navarth grinste von Ohr zu Ohr.

Gersen ging nach hinten in den Salon und setzte sich neben Tanzel. Er blickte zur Pilotenkanzel und nickte Navarth zu.

Navarth tippte Viole Falushes Rufcode ein. Gersen beugte sich vor. An Tanzels Ohrläppchen erklang ein leises Surren – ein nahezu unhörbares Vibrieren. Tanzel zuckte zusammen und zerrte an seinen Fesseln.

Navarth sprach leise in das Mikrofon. »Viole Falushe. Können Sie mich hören? Viole Falushe!«

Tanzel zuckte herum, um Gersens abschätzendem Starren zu begegnen. Es gab kein Verstellen mehr, Viole Falushe war demaskiert. Ein Anblick der Verzweiflung legte sich über dessen Gesicht, er wand sich in den Fesseln.

»Viole Falushe«, sagte Gersen. »Ihre Zeit ist gekommen.«

»Wer sind Sie?« keuchte Viole Falushe. »IPCC?«

Gersen gab keine Antwort. Navarth kam wieder nach hinten.

»Das also ist er. Ich wusste es die ganze Zeit. Er hat mir Schauer über den Rücken gejagt. Wo ist Jheral Tinzy, Vogel?«

Viole Falushe fuhr sich mit der Zunge über die Lippen. »Ihr zwei habt geplant, mich zu töten.«

Gersen und Navarth trugen ihn nach vorn in die Pilotenkanzel und schlossen die Verbindungstür zum Salon.

»Weshalb?« schrie Viole Falushe. »Weshalb müsst ihr mir das antun?«

Navarth wandte sich an Gersen. »Brauchen Sie mich?«

»Nein.«

»Leben Sie wohl, Vogel«, sagte Navarth. »Sie haben ein bemerkenswertes Leben geführt.« Er ging zurück in den Salon.

Gersen bremste den Luftwagen zu einem Schweben. Er öffnete das Luk. Dreitausend Meter unter ihnen erstreckte sich der Ozean.

»Weshalb? Weshalb? Weshalb?« schrie Viole Falushe. »Weshalb tun Sie mir das an?«

Gersen sprach in einem trockenen Ton. »Sie sind ein Monomane. So wie ich auch. Als ich ein Kind war, brachten die fünf Dämonenfürsten ihre Schiffe nach Mount Pleasant. Entsinnen Sie sich?«

»Es ist lange her, oh, so lange her!«

»Sie zerstörten, sie töteten, sie versklavten. Alles, was ich geliebt habe: Familie, Freunde – alles zerstört. Die Dämonenfürsten sind meine Besessenheit. Ich habe zwei von ihnen getötet. Sie werden der dritte sein. Ich bin nicht Henry Lucas, der Journalist. Ich bin Kirth Gersen und mein Leben ist ausgerichtet auf – dies.« Er trat auf Viole Falushe zu, der eine furchtbare, reißende

Anstrengung unternahm; seine Fesseln schnappten, er torkelte, schleuderte die Arme herum und stürzte hintüber aus dem Luk hinaus. Gersen sah zu wie die lange Gestalt zum Ozean hinunterdriftete, bis sie aus dem Blickfeld verschwand. Dann schloss er das Luk und kehrte in den Salon zurück. Navarth hatte Mario und Ethuen bereits befreit.

»Bitte entschuldigen Sie«, sagte Gersen. »Ich hoffe, Sie sind nicht ernstlich verletzt worden.«

Ethuen warf ihm einen Blick unaussprechlicher Abneigung zu; Mario gab ein murmelndes Geräusch tief aus der Kehle von sich.

»Nun denn«, meinte Navarth heiter. »Was nun?«

»Wir werden unsere Freunde auflesen«, entgegnete Gersen. »Zweifellos fragen sie sich, was aus ihnen werden soll.«

»Was dann?« knurrte Ethuen. »Wie sollen wir unseren Weg zurück nach Sogdian finden? Wir haben kein Raumschiff.«

Gersen lachte. »Sie haben sich täuschen lassen? Dies ist Sogdian. Diese Sonne ist Miel. Wie konnten Sie das nicht bemerken?«

»Weshalb sollte ich? Ein wahnsinniger Pilot ist stundenlang durch den Sternhaufen gerast.«

»Eine List. Zog war kein Wahnsinniger. Aber er war unvorsichtig, er hat keine Akklimatisierungsroutine durchgeführt. Als er das Luk öffnete, gab es keinen Unterschied von Druck und Zusammensetzung der Luft. Das Licht hatte die gleiche Intensität, die Gravitation war gleich, der Himmel hatte die gleiche Farbe, die Wolken waren von der gleichen Form und die Flora von der gleichen Art.«

»Ich habe nichts bemerkt«, sagte Navarth. »Aber ich bin auch kein Raumreisender. Ich verspüre keine Scham. Wenn ich je zur Erde zurückkehre, werde ich sie niemals wieder verlassen.«

»Zunächst: ein Stopp in der Stadt Kouhila. Die Leute werden erfreut sein zu erfahren, dass sie keine weiteren Steuern mehr zu bezahlen brauchen.«

In Atar fand Gersen seine *Distis Pharaon*, wie er sie verlassen hatte. Mario, Wible und da Nossa hatten ihre eigenen Raumboote, die

anderen Gäste wurden mit dem Schiff in die Ökumene zurück-
befördert, das Viole Falushe für ihren Gebrauch bestellt hatte.
Navarth und die drei Drusillas kamen an Bord der *Pharaon*.
Gersen flog sie nach Neu Wexford und setzte sie an Bord eines
Postschiffs zur Erde ab. »Ich werde Ihnen Geld schicken«, sagte
er zu Navarth. »Es soll für die Mädchen sein. Sie müssen sicher-
stellen, dass sie angemessen erzogen werden.«

»Ich habe bei Zan Zu mein Bestes gegeben«, erwiderte
Navarth barsch. »Sie ist erzogen. Was stimmt denn mit ihr nicht?
Die anderen werden mehr Zuwendung benötigen.«

»Genau. Und wenn ich das nächste Mal auf der Erde bin, werde
ich Sie aufsuchen.«

»Gut. Wir werden auf dem Deck meines Hausbootes sitzen
und einen guten Wein trinken.« Navarth wandte sich ab. Gersen
holte tief Luft und machte sich auf den Weg, um Drusilla Wayles
Lebewohl zu sagen. Sie trat dicht an ihn heran, nahm seine Hände.
»Weshalb kann ich nicht mit Ihnen gehen? Wohin immer Sie
auch gehen?«

»Ich kann es Ihnen nicht erklären. Aber – nein. Nicht jetzt. Ich
habe es schon einmal versucht, vergeblich.«

»Ich bin anders.«

»Ich weiß, dass Sie das sind. Aber es könnte schlimme Probleme geben. Ich könnte nicht in der Lage sein, mich von Ihnen zu
trennen.«

»Werde ich Sie jemals wiedersehen?«

»Ich denke nicht.«

Drusilla wandte sich ab. »Leben Sie wohl«, sagte sie teilnahmslos.

Gersen machte einen Schritt hinter ihr her, hielt inne, schwang
dann herum und ging seiner Wege.

Gersen charterte einen Frachtträger und brachte ihn zum Palast
der Liebe. Der Garten sah wild aus und weniger gut gepflegt. Eine
undefinierbare Düsternis hatte sich über die luftigen Gebäude
gelegt.

Retz grüßte ihn mit vorsichtiger Freundlichkeit. »Ich habe getan, was Sie mich geheißen haben. Langsam, angenehm, ohne zu verstören oder zu alarmieren.«

Er nahm Gersen mit auf eine Führung durch die speziellen Umgebungen. Er beschrieb die seltsamen und komplizierten Denkmuster, die Viole Falushe seinen jungen Opfern aufgezwungen hatte. Eines nach dem andern tauchten die Opfer an der frischen Luft auf, einige erstaunt, andere erfreut, manche geblendet und verängstigt und wimmernd zurückzukehren.

Die Dörfler im Garten hatten sich verändert. Viele vom Glücklichen Volke waren fortgegangen, andere waren mit ihren Kindern aus dem Hinterland zurückgekehrt. Mit der Zeit würde der Palast der Liebe zu einer entlegenen Farmgemeinschaft werden.

Gersen konnte Viole Falushes Bücher nicht dem Zerfall überlassen. Er lud sie an Bord des Frachters und schickte sie in die Obhut von Jehan Addels in Neu Wexford. Mit einer letzten Ermahnung an Retz reiste auch Gersen ab und flog hinaus durch die Sterne des Sirneste-Haufens zurück in die Ökumene.

Monate später, als er auf der Esplanade in Avente auf Alphanor saß, sah Gersen, wie sich eine junge Frau näherte. Sie trug modische Kleidung von bestem Geschmack und war offensichtlich in einer vornehmen Atmosphäre mit guten Manieren aufgewachsen.

In einem unvermittelten Impuls trat Gersen vor. »Bitte entschuldigen Sie«, sagte er, »aber Sie sehen jemandem ähnlich, den ich von der Erde her kenne. Sind Ihre Eltern Erdenmenschen?«

Das Mädchen hörte ohne Verlegenheit zu. »Sie schüttelte den Kopf. »Es mag seltsam erscheinen, aber ich kenne meine Eltern nicht. Ich könnte eine Waise sein oder …«, sie zog eine wehmütige Grimasse, » … etwas anderes. Meine Vormünder erhalten Geld, um mir ein Zuhause zu bieten. Kennen Sie meine Eltern? Sagen Sie es mir, bitte!«

Gersen dachte, was in aller Welt habe ich nur vor? Weshalb das Mädchen mit Einzelheiten ihres Hintergrundes belästigen oder schlimmer noch mit dem Albtraum, dem sie knapp entkommen war? Denn dies war gewiss Viole Falushes dringendes Geschäft auf Alphanor gewesen.

Gersen gab Zweifel vor. »Ich habe mich geirrt – glaube ich. Die Ähnlichkeit muss ein Zufall sein. Sie können unmöglich die Person sein, für die ich Sie gehalten habe.«

»Ich glaube Ihnen nicht«, entgegnete Drusilla I. »Sie wissen es, aber Sie wollen es nicht sagen. Ich frage mich, weshalb nicht?«

Gersen grinste. Das Mädchen war immens hübsch, besaß Tausend Reize und Eigenschaften. »Setzen Sie sich einen Augenblick hier auf die Bank. Ich lese Ihnen ein oder zwei Balladen aus dem Werk des verrückten Dichters Navarth vor. Als er sie geschrieben hat, mag er an Sie gedacht haben.«

Drusilla setzte sich. »Ein ungewöhnlicher Weg, eine Bekanntschaft zu schließen. Aber ich bin auch eine ungewöhnliche Person … Nun, dann lesen Sie mir die Gedichte vor.«

ANHANG

Whisky becherweise trinken,
Lieder trunkener Wonne singen,
ich wollte ein halbes Fässchen schlucken,
doch Tim R. Mortiss beturbelt mich.*

Nicht so richtig *comme il faut*†
frank Polygamie zu treiben;
ich hätt's vielleicht trotzdem getan,
doch Tim R. Mortiss entwurbelt mich.

Refrain:

Tim R. Mortiss, Tim R. Mortiss
ist ein treuer Freund.
Er hält meine Hand, wenn ich schlafe,
geleitet mich beim Vier-Tage-Suff,
bleibt bei mir bis zum Schluss.

---

* Anspielung auf ein Gedicht von William Dunbar (1464–1520),
Lament for the Makaris, bestehend aus einer Reihe vierzeiliger
Strophen, deren vierte (Refrain-)Zeile immer lautet: »Timor
mortis conturbat me« (lat.), Todesfurcht verwirrt/erschüttert
mich. Als Beispiel die 1. Strophe:

that in heill [health] was and gladnés
Am trublit [troubled] now with great sickness
And feblit [feebled] with infirmitie: -
Timor Mortis conturbat me.

† frz. »wie es sich gehört«.

Um eine zierliche Eskimomaid zu freien,
schwor ich, durch die Beringsee zu schwimmen.
Kaum hatte ich einen Zeh benetzt,
als Tim R. Mortiss mich vergurbelte.
Dunkle Drohung, böses Gift
in einem alten Amulett.
Ich kippte alles ins Klosett,
jetzt zermurbelt mich Tim R. Mortiss.

Refrain:

(dabei Fingerschnipsen und Fersenklacken im Sprung)

Tim R. Mortiss, Tim R. Mortiss
ist ein treuer Freund.
Er hält meine Hand, wenn ich schlafe,
geleitet mich beim Vier-Tage-Suff,
bleibt bei mir bis zum Schluss.

– 2 –

Die Maid, die ich in Eridu traf,
war unglaublich mild;
die Stunden, die ich bei ihr blieb,
waren viel zu kurz.

Wo Weiden das Flussufer beschatten,
hieß sie mich niederliegen.
Sie gab mir Feigen, füllte mich ab
mit Granatapfelwein.

Ich sprach von Kraft und Zeit und Raum,
von weit Entfernt und Drüben;
ich fragte, ob sie mit mir käme,
meine Wunderwelten zu sehen.

Sie umfasste ihre Knie; ihre Stimme war sanft:
»Mich schwindelt, wenn ich denke
an Lodersonnen und das Tosen
der Wirbelwege, die du wanderst!

Du bist du und ich bin ich,
am besten gehst du wieder.
Und ich bleib hier in Eridu,
um all das noch zu lernen.«

– 3 –

Avis rara*, black mascara†,
magst du bleiben, mit mir essen?
Amanita botulina**
unter meinem Upas-Baum‡.

Der feine Topf aus Cloisonné
enthält mein bestes Patchouli.
Sieh an, was haben wir denn hier?
Eine tote Maus im Potpourri.

Die *canapés* mit *mayonnaise*,
dem Schoß der Störin schnöd entrissen;
mit Silberzinken lenken wir
die quäkende Auster zum Untergang.

Ein Samowar mit Galgentee:
ein Becher, oder geht es ohne?
Antimon und Makkaroni
auf meiner Schierlingstafel.

Übersetzung der Gedichte und Anmerkungen
von Gisbert Haefs.

---

* seltener/schräger Vogel.

† schwarze Maske/Larve.

** Botulismus verursachender Knollenblätterpilz.

‡ *Antiaris toxicaria,* javanischer Baum, dessen giftiger Saft als Pfeilgift
verwendet wurde.

Der Autor

Jack Vance (richtiger Name: John Holbrook Vance) wurde am 28. August 1916 in San Francisco geboren. Er war eines der fünf Kinder von Charles Albert und Edith (Hoefler) Vance. Vance wuchs in Kalifornien auf und besuchte dort die University of California in Berkeley, wo er Bergbau, Physik und Journalismus studierte. Während des 2. Weltkriegs befuhr er die See als Matrose der US-Handelsmarine. 1946 heiratete er Norma Ingold; 1961 wurde ihr Sohn John geboren.

Er arbeitete in vielen Berufen und Aushilfsjobs, bevor er Ende der 1960er Jahre hauptberuflich Schriftsteller wurde. Seine erste Kurzgeschichte, »The World-Thinker« (»Der Welten-Denker«) erschien 1945. Sein erstes Buch, »The Dying Earth« (»Die sterbende Erde«), wurde 1950 veröffentlicht.

Zu Vances Hobbys gehörten Reisen, Musik und Töpferei – Themen, die sich mehr oder weniger ausgeprägt in seinen Geschichten finden. Seine Autobiografie, »This Is Me, Jack Vance! (»Gestatten, Jack Vance!«), von 2009 war das letzte von ihm geschriebene Buch. Jack Vance starb am 26. Mai 2013 in Oakland.

Kolophon

Die in diesem Buch verwendete Hauptschriftart ist Adobe Arno Pro,
die Coverschriftart Brioso Pro.

Die Übersetzung dieser Ausgabe folgt
dem Text der Vance Integral Edition (VIE)
www.jackvance.com

Satz/Gestaltung: Joel Anderson
Management: John Vance, Koen Vyverman